U0096289

人民共和國文化與文學叢書

九 編

李 怡 主編

第 **4** 冊

1990 年代以來中國當代小說懷鄉問題研究

郭 名 華 著

花木蘭文化事業有限公司

國家圖書館出版品預行編目資料

1990 年代以來中國當代小說懷鄉問題研究／郭名華 著 -- 初
版 -- 新北市：花木蘭文化事業有限公司，2021〔民 110〕
序 6+ 目 4+180 面；19×26 公分
（人民共和國文化與文學叢書 九編；第 4 冊）
ISBN 978-986-518-502-2（精裝）
1. 中國當代文學 2. 中國小說 3. 文學評論
820.8   110011112

特邀編委（以姓氏筆畫為序）：

吳義勤　孟繁華　張　檸
張志忠　張清華　陳思和
陳曉明　程光煒　劉福春
（臺灣）　宋如珊
（日本）　岩佐昌暲
（新西蘭）王一燕
（澳大利亞）鄭　怡

ISBN-978-986-518-502-2

9 789865 185022

人民共和國文化與文學叢書
九　編　第四冊　　　　　　ISBN：978-986-518-502-2

1990 年代以來中國當代小說懷鄉問題研究

作　　者　郭名華
主　　編　李　怡
企　　劃　四川大學中國詩歌研究院
總 編 輯　杜潔祥
副總編輯　楊嘉樂
編　　輯　許郁翎、張雅淋、潘玟靜　美術編輯　陳逸婷
印　　刷　普羅文化出版廣告事業
出　　版　花木蘭文化事業有限公司
發 行 人　高小娟
聯絡地址　235 新北市中和區中安街七二號十三樓
　　　　　電話：02-2923-1455／傳真：02-2923-1452
網　　址　http://www.huamulan.tw 信箱 service@huamulans.com
初　　版　2021 年 9 月
全書字數　167906 字
定　　價　九編 12 冊（精裝）台幣 30,000 元　　版權所有‧請勿翻印

1990 年代以來中國當代小說懷鄉問題研究

郭名華　著

作者簡介

郭名華，男，1973年生，江西省遂川縣枚江鄉張塘村人。四川作家研究中心主任。文學博士，畢業於上海大學。綿陽市文藝評論家協會副主席。綿陽師範學院文學與歷史學院教師。中國新文學學會會員，中國小說學會會員。長期致力於小說評論工作，在小說創作、小說評論等方面著有300餘萬字，在《學術月刊》《中國文學批評》《小說評論》《當代文壇》等學術雜誌上發表學術論文30餘篇，出版有學術專著《安昌河小說研究》等。獲得沙汀文藝獎一等獎、涪城區社會科學成果一等獎、綿陽市社會科學成果獎二等獎。

提　要

　　本書研究1990年代以來中國當代小說懷鄉問題。懷鄉是現代生存的重要社會現象，懷鄉有著深刻而複雜的社會和時代原因，中國當代小說懷鄉在文學審美、精神內涵和哲學思考等方面都有其創造。審美形態的分析與闡述是現象分析；對懷鄉原因的社會背景分析是深層問題的探查；論述小說懷鄉意義，是為了揭示其文學審美價值、精神價值和思想價值。

　　首先，本書分析了1990年代以來中國當代小說懷鄉的社會時代背景。一是轉型期以來社會思潮的變化；二是城市化進程所帶來的離鄉的流動社會現狀；三是現代性境遇中人的生存狀態。其次，本書闡述了1990年代以來中國當代小說懷鄉的審美形態，本書從三個方面論述了小說懷鄉的審美內涵。一是小說懷鄉在回憶故鄉的風物時抒發了懷鄉者的依戀、眷戀之情；二是懷鄉小說具有認識與闡釋功能，通過書寫故鄉的歷史與現實，在現代性反思中對社會歷史與現實進行批判；三是懷鄉小說通過虛構，想像精神故鄉。其三，本書闡述了1990年代以來中國當代小說懷鄉的意義。小說懷鄉有三方面意義：一是小說懷鄉形成了內在的審美機制；二是小說懷鄉是現代人尋找精神家園；三是小說懷鄉參與了對存在的哲學思辨。現代人的本心漂離精神的寓所，懷鄉就是心靈「回家」。人通過追溯來路（比如懷鄉），以此確證「此在」的存在感，得以繼續安然地生存下去。對小說懷鄉問題的研究，就是對中國社會現實的研究，就是對現代人生存問題的研究。人類生存的困境面臨著各種問題，懷鄉成了人類生存的永恆命題。

研治文學史的方法與心態——代序

李　怡

　　我曾經以「作為方法的民國」為題討論過中國現代文學研究的「方法」問題，最近幾年，「作為方法」的討論連同這樣的竹內好－溝口雄三式的表述都流行一時，這在客觀上容易讓我們誤解：莫非又是一種學術術語的時髦？屬於「各領風騷三五年」的概念遊戲？

　　但「方法」的確重要，儘管人們對它也可能誤解重重。

　　在漢語傳統中，「方」與「法」都是指行事的辦法和技術，《康熙字典》釋義：「術也，法也。《易・繫辭》：方以類聚。《疏》：方謂法術性行。《左傳・昭二十九年》：官修其方。《注》：方，法術。」「法」字在漢語中多用來表示「法律」「刑法」等義，它的含義古今變化不大。後來由「法律」義引申出「標準」「方法」等義。這與拉丁語系 method 或 way 的來源含義大同小異——據說古希臘文中有「沿著」和「道路」的意思，表示人們活動所選擇的正確途徑或道路。在我們後來熟悉的馬克思主義哲學中，「世界觀」與「方法論」的相互關係更得到了反覆的闡述：人們關於世界是什麼、怎麼樣的根本觀點是「世界觀」，而借助這種觀點作指導去認識世界和改造世界的具體理論表述，就是所謂的「方法論」。

　　在我們的傳統認知中，關於世界之「觀」是基礎，是指導，方法之「論」則是這一基本觀念的運用和落實。因而雖然它們緊密結合，但是究竟還是以「世界觀」為依託，所以在「改造世界觀」的社會主潮中，我們對於「世界觀」的闡述和強調遠遠多於對「方法」的討論，在新中國改革開放前的國家思想主流中，「方法」常常被擱置在一邊，滿眼皆是「世界觀」應當如何端正的問題。這到新時期之初，終於有了反彈，史稱「1985 方法論熱」，

一時間，文藝方法論迭出，西方文藝社會學、心理學、語言學、原型批評、接受美學、結構主義、解構主義、新批評、現象學、存在主義、解釋學、以及借鑒的自然科學方法（系統論、控制論、信息論、模糊數學、耗散結構、熵定律、測不準原理等等），這些令人眼花繚亂的「新方法」衝破了單一的庸俗社會學的「舊方法」，開闢了新的文學研究的空間。不過，在今天看來，卻又因為沒有進一步推動「世界觀」的深入變革而常常流於批評概念的僵硬引入，以致令有的理論家頗感遺憾：「僅僅強調『方法論革命』，這主要是針對『感悟式印象式批評』和過去的『庸俗社會學』而來的，主要是針對我們把握世界的『方式』而言的。『方法論革命』沒有也不能夠關注到『批評主體自身素質』的革命。」〔註1〕

平心而論，這也怪不得 1985，在那個剛剛「解凍」的年代，所有的探索都還在悄悄進行，關於世界和人的整體認知——更深的「觀念」——尚是禁區處處，一切的新論都還在小心翼翼中展開，就包括對「反映論」的質疑都還在躲躲閃閃、欲言又止中進行，遑論其他？〔註2〕

1960 年 1 月 25 日，日本的中國研究專家竹內好發表演講《作為方法的亞洲》。數十年後，他已經不在人世，但思想的影響卻日益擴大，2011 年 7 月，溝口雄三《作為方法的中國》在三聯書店出版。〔註3〕此前，中文譯本已經在臺灣推出，題為《做為「方法」的中國》。〔註4〕而有的中國學者（如孫歌、李冬木、汪暉、陳光興、葛兆光等）也早在 1990 年代就注意到了《方法としての中國》，並陸續加以介紹和評述。最近 10 年的中國思想文化與文學批評界，則可以說出現了一股「作為方法」的表述潮流，「作為方法的日本」、「作為方法的竹內好」、「亞洲」作為方法，以及「作為方法的 80 年代」等等都在我們學術話語中流行開來，從 1985 年至 1990 年直到 2011 年，「方法」再次引人注目，進入了學界的視野。

這裡的變化當然是顯著的。

雖然名為「方法」，但是竹內好、溝口雄三思考的起點卻是研究者的立場和研究對象的特殊性。中國何以值得成為日本學者的「方法」總結？歸

〔註1〕吳炫：《批評科學化與方法論崇拜》，《文藝理論研究》，1990 年 5 期。
〔註2〕參見夏中義：《反映論與「1985」方法論年》，《社會科學輯刊》，2015 年 3 期。
〔註3〕溝口雄三：《作為方法的中國》，孫軍悅譯，北京：三聯書店，2011 年。
〔註4〕林右崇譯，國立編譯館，1999 年。

根結底，是竹內好、溝口雄三這樣的日本學者在反思他們自己的學術立場，中國恰好可以充當這種反省的參照和借鏡。日本學人通過中國這樣一個「他者」的來參照進行自我的批判，實現從「西方」話語突圍，重新確立自己的主體性。竹內好所謂中國「迴心型」近現代化歷程，迥異於日本式的近代化「轉向型」，比較中被審判的是日本文化自己。溝口雄三批評那種「沒有中國的中國學」，其實也是通過這樣一個案例來反駁歐洲中心的觀念，尋找和包括日本在內的建立非歐洲區域的學術主體性，換句話說，無論是竹內好還是溝口雄三都試圖借助「中國」獨特性這一問題突破歐洲觀念中心的束縛，重建自身的思想主體性。如果套用我們多年來習慣的說法，那就是竹內好－溝口雄三的「方法之論」既是「方法論」，又是「世界觀」，是「世界觀」與「方法論」有機結合下的對世界與人的整體認知。

事實上，這也是「作為方法」之所以成為「思潮」的重要原因。在告別了 1980 年代浮躁的「方法熱」之後，在歷經了 1990 年代波詭雲譎的「現代─後現代」翻轉之後，中國學術也步入了一個反省自我、定義自我的時期，日本學人作為先行者的反省姿態當然格外引人注目。

如果我們承認中國當代學術需要重新釐定的立場和觀念實在很多，那麼「作為方法」的思潮就還會在一定時期內延續下去，並由「方法」的檢討深入到對一系列人與世界基本問題的探索。

在中國現當代文學的領域中，我堅持認為考察具體的國家社會形態是清理文學之根的必要，在這個意義上，「民國作為方法」或「共和國作為方法」比來自日本的「中國作為方法」更為切實和有效。同時，「民國作為方法」與「共和國作為方法」本身也不是一勞永逸的學術概念，它們都只是提醒我們一種尊重歷史事實的基本學術態度，至於在這樣一個態度的前提下我們究竟可以獲得哪些主要認知，又以何種角度進入文學史的闡述，則是一些需要具體處理、不斷回答的問題，比如具體國家體制下形成的文學機制問題，國家觀念與民族意識的互動與衝突，適應於民國與共和國語境的文學闡述方法，以及具體歷史環境中現代中國作家的文學選擇等等，嚴格說來，繼續沿用過去一些大而無當的概念已經不能令人滿意了，因為它沒有辦法抵近這些具體歷史真相，撫摸這些歷史的細節。

「民國作為方法」是對陳舊的庸俗社會學理論及時髦無根的西方批評理論的整體突破，而突破之後的我們則需要更自覺更主動地沉入歷史，進

入事實，在具體的事實解讀的基礎上發現更多的「方法」，完成連續不斷的觀念與技術的突破。如此一來，「民國作為方法」就是一個需要持續展開的未竟的工程。

對文學史「方法」的追問，能夠對自己近些年來的思考有所總結，這不是為了指導別人，而是為自我反省、自我提高。自我的總結，我首先想起的也是「方法」的問題，如上所述，方法並不只是操作的技術，它同樣是對世界的一種認知，是對我們精神世界的清理。在這一意義上，所有的關於方法的概括歸根到底又可以說是一種關於自我的追問，所以又可以稱作「自我作為方法」。

那麼，在今天的自我追問當中，什麼是繞不開的話題呢？我認為是虛無。

在心理學上，「虛無」在一種無法把捉的空洞狀態，在思想史上，「虛無」卻是豐富而複雜的存在，可能是為零，也可能是無限，可能是什麼也沒有，但也可能是人類認知的至高點。是一個複雜的概念。在今天，討論思想史意義的「虛無」可能有點奢侈，至少應該同時進入古希臘哲學與中國哲學的儒道兩家，東西方思想的比較才可能幫助我們稍微一窺前往的門徑。但是，作為心理狀態的空洞感卻可能如影隨形，揮之不去，成為我們無可迴避的現實。這裡的原因比較多樣，有個人理想與社會現實感的斷裂，有學術理念與學術環境的衝突，有人生的無奈與執著夢想的矛盾……當然，這種內與外的不和諧本來就是人生的常態，對於凡俗的人生而言，也就是一種生活的調節問題，並不值得誇大其詞，也無須糾纏不休。但對於一位以實現為志業的人來說，卻恐怕是另外一種情形。既然我們選擇了將思想作為人生的第一現實，那麼關乎思想的問題就不那麼輕而易舉就被生活的煙雲所蕩滌出去，它會執拗地拽住你，纏繞你，刺激你，逼迫你作出解釋，完成回答，更要命的是，我們自己一方面企圖「逃避痛苦」，規避選擇，另一方面，卻又情不自禁地為思想本身所吸引，不斷嘗試著挑戰虛無，圓滿自我。

這或許就是每一位真誠的思想者的宿命。

在魯迅眼中，虛無是一種無所不在的「真實」，「當我沉默著的時候，我覺得充實；我將開口，同時感到空虛」（《野草》題辭）「絕望之為虛妄，正與希望相同」（《希望》）「於浩歌狂熱之際中寒；於天上看見深淵。於一

切眼中看見無所有；於無所希望中得救。」(《墓碣文》)所以，他實際上是穿透了虛無，抵達了絕望。對於魯迅而言，已經沒有必要與虛無相糾纏，他反抗的是更深刻的黑暗——絕望。

虛無與絕望還是有所不同的。在現實的世界上，盼望有所把捉又陡然失落，或自以為理所當然實際無可奈何，這才是虛無感，但虛無感的不斷浮現卻也說明在大多數的時候，我們還浸泡在現實的各自期待當中，較之於魯迅，我們都更加牢固地被焊接在這一張制度化生存的網絡上，以它為據，以它為食，以它為夢想，儘管它無情，它強硬，它狡黠。但是，只要我們還不能如魯迅一般自由撰稿，獨自謀生，那就，就注定了必須付出一生與之糾纏，與之往返。在這個時候，反抗虛無總比順從虛無更值得我們去追求。

於是，我也願意自己的每一本文集都是自己挑戰虛無、反抗虛無的一種總結和記錄。

在我的想像之中，每一個學術命題的提出就是一次祛除虛無的嘗試，而每一次探入思想荒原的嘗試都是生命的不屈的抗爭。

回首這些年來思想歷程，我發現，自己最願意分享的幾個主題包括：現代性、國與族、地方與文獻。

「現代性」是我們無法拒絕卻又並不心甘情願的現實。

「國與族」的認同與疏離可能會糾結我們一生。

「地方」是我們最可能遺忘又最不該遺忘的土地與空間。

「文獻」在事實上絕不像它看上去那麼僵硬和呆板，發現了文獻的靈性我們才真的有可能跳出「虛無」的魔障。

如果仔細勘察，以上的主題之中或許就包含著若干反抗虛無的「方法」。

2021 年 6 月於長灘一號

序：懷鄉之於中國當代小說的學術叩問

何希凡

　　春節剛過，名華就發來他經過數載沉澱打磨、即將付梓的博士學位論文囑我作序，而我卻毫無思想準備。20 年多來，我雖然已為很多朋友的著作作過序，但為學術著作作序則為數不多，更何況作序對於我而言，早已從美差嬗變為苦差。現在退休了，沒有學術任務的壓力，想寫一點自娛自樂的性情文字，就更不想為作序之類的苦差所累。名華是我 15 年前帶畢業的碩士生，後來考入上海大學攻讀博士學位，師從著名學者王光東先生。他有機會在滬上受教並結識了眾多名流，本來為他作序的美差輪不到我，但真正的名人是靠超越常人的勞心苦志與專心致志成就的，他們大都唯恐一旦破例而求序者紛至沓來。於是，面對自己弟子的訴求，像我這樣沒有為名所累的人就不得不接住名人們踢過來的球，而接這樣猝不及防的球已經有好幾次了，至於自己踢得怎樣，為了那一片純真至誠的師生之情也就顧不得許多了。

　　名華是我所帶畢業的近 80 位研究生中少有的既做學問、又涉足創作者，攻讀碩士學位期間著力關注當代文學批評，他的碩士論文專力研究當時可謂「少年得志」的當紅批評家謝有順先生，連同他在《當代文壇》發表的同類文章一起獲得了學界好評。如此具有研究之研究性質的學術歷練使名華具備了對中國當代文學現象的敏銳感知能力，也初步彰顯了敢於評論、善於評論的風度。他考取博士前後一直關注中國當代小說，尤對當代四川本土作家的小說創作研究用力甚勤，並在《當代文壇》《小說評論》《中華文化論壇》《中國文學批評》等重要學術刊物發表了多篇學術論文，還出版了專著《土鎮的

百年孤獨——安昌河小說研究》。實誠而充盈的文本閱讀感知和嚴肅紮實的前期學術準備為他博士學位論文的選題提供了有效的支持。在王光東先生卓有成效的指導下，他終於完成了《1990 年代以來的中國當代小說懷鄉問題研究》這一不算輕鬆的學術工程，並獲得了博士論文答辯委員會的一致通過。

「懷鄉」在時間上是一個從古說到今的話題，而在空間上則可以指向全人類的精神情感範疇，它是人類在特定時空領域和特定生存境遇中的精神情緒體驗，因此「懷鄉」也是一個人所共知而並不深奧的語詞概念。然而，這個令人們耳熟能詳的概念一旦訴諸學術表達就不再是人人都可以輕易言說的了，它更需要人們穿越自以為熟悉的層面去探索解讀隱含在深層空間而不被常人關注的種種幽微。其實，任何一種足以喚起人們精神情緒共鳴的體驗都潛隱著極其陌生的密碼，而這些密碼是人們並未留意的多種深層因素合力構成的，因此，「懷鄉」的話題盡可以在人文社會科學的各個學科領域討論。但在我看來，不論我們今天是否還認可文學是人學這個經典命題，我們也不得不承認文學是最能讓人類感受到自我生命投射和情緒對應的表達形式，也是隱含著更多生命密碼和精神幽微的表達形式。名華作為一位在高校從事中國語言文學教學和研究的教師，作為一個將中國現當代文學作為學術專攻的研究生，自然而然地在中國當代文學範疇關注「懷鄉」問題。而小說既是一種能在一定的時間長度和空間闊度表現人的生命活動和精神情緒體驗的文學文體，也是自近代小說界革命以來受眾面最廣的文學文體，名華也正是在中國當代小說的研究上著力最多，因而對懷鄉之於中國當代小說的學術叩問成為他順理成章的選擇。

「懷鄉」之於中國古代文學已經有了較為充分的學術關注，但中國現當代文學中的懷鄉，不論在表現形式還是在精神內涵上並非古代文學懷鄉表達的自在性延伸，而是中國文學在突破了封閉的文化空間之後對現當代社會的人們精神懷鄉的全新審美觀照。1990 年代以來，中國社會在文化觀念、經濟體制上的變革導致了中國當代社會的全面轉型，日益加速的城市化進程極大地改變著人們固有的生存方式，現代性生存境遇給人們帶來了前所未有的精神情緒體驗。這一切都給中國當代小說家提供了嶄新的審美刺激和表達機遇，當中國當代小說對社會重大轉型期的精神懷鄉提供了異彩紛呈的審美表達之後，也就為文學上的懷鄉問題提供了前所未有的學術闡釋難題和極富價值的學術闡釋機遇。我認為，名華選擇 1990 年代以來的中國當代小說展開

懷鄉問題的學術叩問，實在是一次有較大難度也極具誘惑的自我挑戰與自我求證。

　　作為一個為人們耳熟能詳的核心語詞概念，「懷鄉」也很容易與一些具有意義交叉但又具有本質區別的近似性語詞概念發生混淆，因此，名華首先在與「鄉愁」、「懷舊」等相似性概念的認真辨析中釐清了「懷鄉」的獨特意義蘊含，為這一核心概念作了必要的學術正名，從而為自己設定的研究範疇提供了論述上的嚴謹與方便。不僅如此，「懷鄉」問題在名華的叩問之前也並非沒有受到過學術關注，而任何有價值的學術勞作都必須首先正視既有的同類研究，即使不能竭澤而漁，至少也應該對那些有代表性、有影響力的研究成果作出認真的梳理和較為準確到位的價值衡估。名華沒有忽略這樣的學術規矩，不論是對一些碩士畢業論文，還是對那些成就斐然的學者的代表性著述，他都能夠一視同仁地珍視這些研究成果對自己選題研究的啟發與助益。他既沒有輕視那些無名作者對「懷鄉問題」或多或少的實際貢獻，也沒有忽略那些學術名家在「懷鄉問題」叩問中實際存在的盲點與侷限。比如，他注意到有些成果雖然早就關注了「懷鄉問題」，但主要還是對古代懷鄉的關注；而有些成果雖然關注了當代小說，但主要是借助當代小說建構自己關於文學懷鄉的理論框架，而對鮮活的文本表達和文學現象缺乏富有深度的窺探與逼視；有的成果涉及到具體的文學文本，但又缺乏必要的富有創造性的理論提升；有的成果雖然關注到 1990 年代的中國當代小說懷鄉問題，但在時間定位上難以看到中國當代小說「懷鄉問題」自 1990 年代以來至今 30 餘年間的歷時性動態演進。我認為，作為具有一定規模的博士學位論文，作為即將出版的學術著作，名華的文獻梳理並非僅僅是研究生論文在寫作程序上的規定性動作，其根本性意義在於有效地避免極有可能的重複性勞動，在於竭力凸顯自己選題的獨立性和原創性勞動，在於能夠在學術長途上留下一串自己踏出的腳印。因此，其意義不僅在於他認真梳理了文獻，更在於他準確深刻地分析了文獻，從而更為清醒地看到了自己選題可以有所作為的未盡空間。

　　1990 年代以來中國當代小說「懷鄉問題」的凸現之所以值得特別的學術關注，就在於它不同於此前任何一個時期的文學懷鄉。名華首先要做的是探索 1990 年代以來中國當代小說對懷鄉問題持續關注的深層動因。他認為 1990 年代以來中國社會轉型中的社會思潮變化是新的懷鄉問題出現的時代原因，日益推進的城市化進程所帶來的離鄉的流動社會現狀是其現實原因，

而現代性生存中的精神境遇則是其根本原因。就我個人的感受和思考而言，名華對這些原因的探討是契合 1990 年代以來這一新的歷史階段從外部到內部變化實際的。社會思潮的急劇變化難免令較長時期處於慣性生存狀態的人們無所適從，日益推進的城市化進程令非城市人頓感身份的漂移和精神的失重，而中國市場經濟體制的確立和全球化格局的影響則加劇了人們的生存競爭，現代性的生存體驗導致人與人之間的精神情感疏離，精神孤獨、人情冷漠，靈魂漂泊等形成了人們難以突圍的精神困境，於是懷鄉便成為人們的一條精神自慰乃至自救之途，對「懷鄉問題」的文學關注也就成為中國當代小說家最具現實意義、最富精神底蘊和審美價值的人學關懷，對「懷鄉問題」之於中國當代小說的學術叩問也就成為既接地氣、又具文學本質意義的學術追問。

「懷鄉問題」之於中國當代小說的學術追問畢竟有別於一般社會學的研究，它必須尊重文學自身的審美表達規律。因此，名華通過對賈平凹、莫言、張煒、阿來、王安憶、格非、蘇童等著名作家的小說文本的細讀，著力考察了1990 年代以來的中國小說的代表性文本所呈現的幾種重要的審美形態：一是小說懷鄉在回憶故鄉的風物時抒發了懷鄉者的依戀、眷戀之情；二是懷鄉小說通過書寫故鄉的歷史與現實，在現代性反思中對社會歷史與現實進行批判，具有認識與闡釋功能；三是懷鄉小說通過虛構而寫出想像中的精神故鄉。我認為，名華對當代小說懷鄉表達審美形態的梳理，有助於我們及時關注中國當代小說因為「懷鄉問題」的介入所作出的嶄新審美開掘，也有助於我們對中國當代小說的「懷鄉」關懷作出具有文學史意義的價值判斷。正因為如此，名華才能夠在此基礎上對小說懷鄉作出契合文學表達實際的意義詮釋：一是小說懷鄉形成了內在的審美機制；二是小說懷鄉表達了現代人對精神家園的探尋與憧憬；三是小說懷鄉蘊含著對存在的哲學思辨，在文學的表達中釋放出詩化的哲理。這樣，名華的學術叩問就構成了深層動因窺探——審美形態解讀——文學意義詮釋的學理邏輯結構。雖然遠未窮盡 1990 年代以來的中國當代小說懷鄉的問題，但卻對其間的幾個重大問題作出了極富建設意義和原創品格的學術追問，把對中國小說懷鄉問題的學術叩問推進到了一個新的境界。我認為，當代小說的懷鄉問題研究還有繼續開墾和拓展的空間，名華還可以對這一極有價值的追問作進一步的深耕細作。誠如是，名華有望成為學術界在這一領域繞不開的自是一家。

　　作序不僅讓我感到猝不及防的惶恐，也讓我有了意外收穫的驚喜。名華的書稿為我提供了認識和理解懷鄉之於中國當代小說的機會，也讓我真切感到了名華令人刮目相看的學術成長，但我畢竟未能如同名華那樣親臨中國當代小說家的表達現場和學術追問情境，所以我也不可能作出如同名華那樣富有意義的學術闡釋，那就讓我在聊盡一個曾經的導師同時也是學術同道的一份真誠關注之後畫上句號吧。

2021 年 2 月 17 日於蜀北嘉陵江畔之果城書齋

目次

導　論

　　本書研究「1990 年代以來中國當代小說中的懷鄉問題」，導論部分包括以下幾方面內容：研究現狀；概念梳理；研究意義；研究方法；研究目標。

一、研究現狀

　　懷鄉是自古以來人類生活中永恆的主題。1990 年代以來，中國社會發生了巨大的變化，中國當代小說也呈現新的變化。本書研究「1990 年代以來中國當代小說中的懷鄉問題」。這個論題以前沒有人進行過專門研究，不過，對這個問題所涉及的某些方面，已有前人研究。有關懷鄉、懷舊和鄉愁的論著和論文，在已有的研究成果中還比較多。其中，論著包括《中國鄉愁文學研究》《懷舊——永恆的文化鄉愁》等。張歎鳳的《中國鄉愁文學研究》〔註1〕，是比較粗線條的勾勒了整個中國文學史（從古代到現代）的鄉愁文學的脈絡，由於論者是古代文學研究者，研究重心落在古代文學，他的鄉愁研究，大體屬於傳統鄉愁的研究範圍。而我所關注的卻是和現代懷鄉有關的現代鄉愁，因而此書的借鑒意義不大。趙靜蓉的《懷舊——永恆的文化鄉愁》〔註2〕一書從理論上論述懷舊的基本內涵。它的理論建基在西方文論基礎上，對懷舊理論作了梳理，闡述目標是現代懷舊問題。趙靜蓉的懷舊研究在學界產生了較大影響，她之後的懷舊研究幾乎很少不受她的影響。我的論文中有關「懷鄉」的理論探討，也受到她的論文、論著的啟發。但是，正如她在總結前人的研究成果時所說，以前的懷舊研究弱在審美的具體分析上，她的這一本論著，也存在同樣的問題，對理論的探討比較深入和系統，也嘗試建構自己的理論框架，對中國社會的懷舊心理的探查也取得了較多的成果，然而，具體到文

<hr/>

〔註 1〕張歎鳳：《中國鄉愁文學研究》，巴蜀書社，2011 年版。
〔註 2〕趙靜蓉：《懷舊——永恆的文化鄉愁》，商務印書館，2009 年版。

學審美，特別是對中國當代文學的審美分析，卻顯得比較薄弱。因而，我的論文必須結合中國當代小說的具體作品，進行深入的文學審美研究，同時，也必須對懷鄉的理論問題進行深入思考，期望能在 1990 年代以來中國當代小說懷鄉問題上，作一些理論提升。

有論者研究過 1990 年代散文的懷鄉問題，這一研究成果〔註3〕對我思考 1990 年代中國社會的思想文化是有啟發的。不過，他的論文研究對象的時間範圍侷限在 1990 年代，而我的論文卻要研究 1990 年代以來、直至新世紀的今天，這個更長的歷史時間段。還有，這一碩士論文對懷鄉研究還缺乏更深層次的探討。此外，這論文的研究對象是散文，而我研究對象是小說，因而，我還有很大的研究空間需要拓展和深入。《現代性批判中的懷鄉》〔註4〕是一篇美學碩士論文，它從理論的角度，對懷鄉的社會背景、哲學內涵等進行了闡述。懷鄉作為現代性的基本論域之一，懷鄉是對現代性的現實反應。該論文認為懷鄉的原因在於流動的現代性，變遷的現實情境，傳統意義的家園和故鄉在生活中逐步消失。在全球化的背景下，全球文化出現勻質化趨勢，因而地方性文化和本土文化有失落之感。反思歷史與文化，是懷鄉的一個維度。在全球化和現代化的背景下，懷鄉往往沉湎於家園記憶，重新在心靈上回到過去。論文還論述了懷鄉的基本內涵。該論文認為，現代懷鄉不同於傳統鄉愁，不僅僅只是個人情思與家國之念，現代懷鄉的「鄉」這一意象，外延更為廣泛，內涵也更為深入。該論文最後一部分是懷鄉理論對現代性的反思。懷鄉是現代人尋找家園的生存形式。哲學上有關懷鄉理論的探究，則把懷鄉從情感投射提升為對人的內在精神和人的存在的探究上來。該論文認為，懷鄉是現代人對現代性的審美反思，是對現代性精神的自省和期望。我認為，這一論文是目前學界探討懷鄉理論較為突出的成果，有一定的理論深度，給我研究「1990 年代以來中國當代小說中的懷鄉問題」帶來諸多啟發。不過，這篇論文主要是從理論上抽象地討論現代懷鄉問題，具體到 1990 年代以來的中國社會的特點，如何具體分析中國當代小說中的懷鄉問題，如何進行審美分析和理論概括等等，卻沒有進行專門研究，這給我留下了巨大的研究空間。賈永平的論文《審美中的懷舊現象研究》〔註5〕也是理論探討文章，討論了回

〔註3〕李忠：《九十年代中國散文的懷舊主題研究》，南京師範大學 2013 碩士論文。
〔註4〕陳萍：《現代性批判中的懷鄉》，陝西師範大學 2010 年碩士學位論文。
〔註5〕賈永平：《審美中的懷舊現象研究》，西北師範大學 2012 年碩士論文。

憶、想像等審美概念，不過這篇論文研究並不深入，且沒有涉及我的論題，因而對我具體分析與闡述小說懷鄉的審美現象，幫助並不大。

隨著 1990 年代初期以來的中國城市化的展開，以上海懷舊為代表的懷舊風潮影響下，不少懷舊的消費文化出現，產生了不少懷舊文藝作品，比如說懷舊電影、懷舊書刊、懷舊小說。在相當一段時間內，懷舊研究成了一個研究熱點。這方面的論文很多，（比如：劉麗萍：《90 年代以來電影敘事中的上海懷舊現象研究》，上海社會科學院，2006 年碩士論文；陳桃霞：《文學中的「上海懷舊」現象分析》，華中師範大學，2008 年碩士論文；孫銀鴿：《懷舊與新生——中國現當代家族小說的情感審美與影視改編》，河南大學，2014 年碩士論文。等等。）然而，雖然懷舊和懷鄉有著密切的聯繫，但是具體到懷舊小說和小說懷鄉，卻又是兩種不同現象。比如說，我們大體可以認為《長恨歌》是一部懷舊小說，但它顯然不是懷鄉小說。本書的研究對象是懷鄉，而不是懷舊，因而，大量的這一類研究懷舊的論文，對本論題的研究，作用並不大。

在已有的研究成果中，有大量的關於鄉愁的論文，這些論文的研究路徑往往關注小說的鄉愁現象，較少從現代性的角度去探討鄉愁文學，因而從總體來說，這些論文對本論題的啟發作用不大。不過，其中也有少數幾篇論文，對本書的思考與研究帶來了啟發。（這些論文包括：陳超：《「鄉愁」的當代闡釋與意蘊嬗變——中國當代文學鄉土情結的心態尋蹤》，《當代文壇》，2011 年第 2 期；盧建紅：《「鄉愁」的美學——論中國現代文學的「故鄉書寫」》，《華南師範大學學報》（社會科學版），2012 年第 1 期；種海峰：《當代中國文化鄉愁的歷史生成與現實消彌》，《天府新論》，2008 年第 4 期；陳國恩、張健：《中國現代浪漫小說的懷鄉意識》，《廣西民族大學學報》（哲學社會科學版），2007 年第 1 期；陳超：《一種離散的詩學：「鄉愁」的越界與現代性》，《文藝爭鳴》，2012 年第 12 期。等）盧建紅和陳超的幾篇論文對鄉愁的剖析深刻，揭示了鄉愁在現代社會的深刻原因，對現當代文學的解讀有獨到之處。比如盧建紅認為對鄉愁缺乏深入研究，「鄉愁」既是中國現代性的產物，也是中國現代性困境的表徵。「鄉愁」與中國現代知識分子的情感精神歸宿問題關聯起來。〔註6〕他認為，中國的現代文學中的「鄉愁」，已經形成一套美學機制和傳統，包括回憶與想像、敘事與抒情、認同與歸依，豐富而複雜。這些觀點對我的中

〔註 6〕盧建紅：《「鄉愁」的美學——論中國現代文學的「故鄉書寫」》，《華南師範大學學報》（社會科學版），2012 年第 1 期。

國當代小說懷鄉問題的審美研究頗有啟發。

　　已有的懷鄉研究比較多。不過，前人的研究多集中在古代懷鄉詩歌，現代懷鄉小說（因戰亂原因而懷想東北土地的作品），臺灣懷鄉小說（去臺的人懷念大陸故國的小說），中國散文的懷鄉等方面。這需要一一辨析。古代詩歌的懷鄉詩研究，實際上也明證了懷鄉是中國自古以來的文學母題。所謂的羈旅行役，流離失所，漂泊異鄉等情況下，產生懷鄉情緒。目前有關懷鄉的研究大多集中在中國古代懷鄉詩上，比如對古詩十九首的研究，有論者認為「十九首作者對故鄉的思念之情是真實而強烈的，在羈旅困頓仕宦失意的孤苦境遇中，故鄉是他們記憶中溫暖的歸所，懷鄉成為他們消解憂愁慰藉自我的方式。」〔註7〕研究懷鄉詩的還有博士論文（比如，李春霞：《唐代懷鄉詩研究》，哈爾濱師範大學 2012 年博士論文，等等。）現代懷鄉同古代懷鄉有較大的差異。這些古代懷鄉詩歌研究成果對我論題的幫助並不大。因為它們沒法回答1990 年代以來的具有現代性反思性質的現代懷鄉問題。在辨識出這一點之後，再回頭看那些抗戰時期的懷鄉小說和 1949 年後臺灣的懷鄉小說的研究成果，（比如，楊明：《1949 大陸遷臺作家的懷鄉書寫》，四川大學 2007 年博士論文。等等。）可發現它們的思想與研究路徑，實際上和古代懷鄉詩的研究是一樣的，因此這一批論文對我的研究幫助並不大。

　　現代文學史上，有一些作家僑寓在城市中進行鄉土文學創作，他們的小說隱含著懷鄉情結。學界對這些小說的研究成果，其中有的對本書的思考、研究會有啟發作用。1990 年代以來中國社會的變化，人們進城引發的懷鄉，和現代文學時期作家們背井離鄉進入現代都市的境遇有相似之處。學者李永東認為上世紀「20 年代北京的僑居作家的懷鄉抒寫，『歸家』與『離家』的心理矛盾是其主導精神內涵」〔註8〕，相對於僑居北京作家的懷鄉抒寫，「二三十年代上海租界作家的懷鄉主題的主導精神內涵已經不是『歸家』或『離家』，懷念的更多的是家鄉的自然景觀與和諧健康的人際關係。」〔註9〕現代文學和1990 年代以來中國當代小說懷鄉的審美機制等有某些相同之處，因此，這些論文對我的論文有一定參考價值。

〔註7〕盧毅：《論〈古詩十九首〉的懷鄉意識》，《山東科技大學學報》（社會科學版），
　　　　2006 年第 4 期。
〔註8〕李永東：《租界文化與三十年代文學》，上海三聯書店，2006 年版。
〔註9〕李永東：《租界文化與三十年代文學》，上海三聯書店，2006 年版。

　　通過檢索文獻，「1990 年代以來中國當代小說的懷鄉問題研究」這個論文題目尚且沒有人做過。不過，那些深入研究這一時間段的作家作品的論文，有時會涉及小說懷鄉的審美分析。這樣，散落在大量論文中的吉光片羽，其中有的對我的研究會帶來某方面的啟發。（比如：韓玉潔：《作家生態位與 20 世紀中國鄉土小說的生態意識》，蘇州大學 2009 年博士論文；葉君：《農村、鄉土、家園、荒野——論中國當代作家的鄉村想像》，華中師範大學 2004 年博士論文，等。還有，梅娟《永恆的鄉愁——生態文學中的鄉土懷舊意識研究》，上海師範大學碩士論文，2012 年；肖珩：《漂泊與懷鄉——徐則臣小說簡論》，東北師範大學碩士論文，2009 年。等等。）其中葉君的博士論文，從農村、鄉土、家園、荒野等幾個核心主題意象，對中國當代鄉土小說中的代表作品進行了深入的審美分析，論文對鄉愁、鄉土烏托邦、家園之思等的論述，對我的研究與思考就有某些啟發。

　　本書研究 1990 年代以來中國當代小說中的懷鄉問題，以論題為導向，對大量當代小說作品進行文本細讀，參考作家們的各種文論訪談，借鑒已有研究成果，參考已有的懷鄉、懷舊、鄉愁理論著述，選擇理論視角，進行深入研究與思考，建構起自身的論文論述框架，結合小說作品，深入闡述，以期得出對本論題的有深切把握、有理論提升的研究成果，進而闡發中國當代小說的價值和意義。這是本書的目標之所在。

二、概念梳理

　　懷鄉，就是思念故鄉的個體心理狀態或者是群體的社會情緒。懷鄉是一個歷史悠久的文學母題。懷鄉在中國是自古都有的一種民族文化心理。懷鄉戀鄉情結，這是中國文學的一個主題，也是世界文學的母題之一。懷鄉同懷舊、懷鄉病、懷念家鄉的風土人情等聯繫在一起。趙園在《回歸與漂泊》一文中說，「『懷鄉』作為最重要的文學母題之一，繫於人類生存的最悠長的歷史和最重複不已的經驗。自人類有鄉土意識，有對一個地域、一種人生環境的認同感之後，即開始了這種宿命的悲哀。」〔註 10〕

　　由於各種原因，離鄉背井，遠離了家鄉，自然產生一種思念故鄉的情感，這是人的本能和文化的自然薰陶的結果。本書突出地論述了離鄉的人對故鄉的眷念，進城的人對故鄉的思念。但這僅僅是懷鄉的第一層含義。懷鄉的第

〔註 10〕趙園：《回歸與漂泊》，《趙園自選集》，廣西師範大學出版社，1999 年 3 月版。

二層次，就是對家園的思念。懷鄉的「鄉」並非就一定是現實生活中的故鄉，而是記憶中的故鄉，經過主體審美過濾美化了的心靈故鄉。懷鄉等於精神還鄉。這主要因為在現實生活中，人們往往遭遇生活、工作、事業上的種種挫折，現實不是那麼如意，因此把撫慰自己的精神寄託在對故鄉的回憶之中。當然，那故鄉並非是現實故鄉本身，而是根據懷鄉者的精神需要而經過了心靈美化的故鄉。懷鄉主要是指在現實的劇烈衝突面前，現代個體沉醉或眷戀於已經逝去的故鄉的夢境之中。懷鄉者不能直面現實，或者在與現實的短兵相接的背後，心底懷念故鄉。斯維特蘭娜‧博伊姆（Svcmala Boym）（哈佛大學教授）在《懷舊的未來》一書中所說，懷鄉是對已然消失，或者是根本沒有存在過的家園的一種懷念。」〔註11〕懷鄉是一種若有所失、漂泊異鄉的情感，但它充滿了溫情的回憶。「懷鄉」Nostalgia 一詞，在西方學界是用來描寫現代化進程中人們的懷舊情緒。

再進一步，懷鄉的第三層次，指的是現代人所懷之鄉，也許根本都不是現實的鄉土之故鄉，而是心靈之精神故鄉，是一種對於理想家園的追尋。那麼，懷鄉的本質就是尋找一種哲學上所謂的「在家」之感。現代人的生活由於或這或那的原因，人們失去了詩意棲居的居所，精神漂泊，心靈無所歸依，這樣就必然激發起尋找精神家園的懷鄉情緒。因此，現代懷鄉在傳統懷鄉的基礎上，多了一份對生命存在感的確認／確證。在懷鄉的過程中，不斷地在心靈上通往理想的故鄉，在這樣心理活動的反覆運作下，讓自己打通了和過去的聯結，明確自己是怎樣進入現代生存場域的，在獲得自己的生命來源之後，認清自己在現代生存中的現實命運，以利於繼續生存下來。

懷鄉在現實生活中的表現又分為兩種程度，一種是完全懷鄉型，完全害怕新生事物，仇視異化人性的現代生活，不願意融入到現實生活，堅持固守在傳統文化的精神家園之中，這是一種自我欺騙的、無法自拔的生活狀態，這些人難以適應嚴峻的現實生活，不斷受到坎坷挫折，不斷接受挫敗感的挑戰。弗洛姆曾說過，現代社會生活中的個體，通過擺脫曾經賦予其生命意義和安全感的所有紐帶，獲得了自由之後，卻陷入無助無奈的孤立無援的不安全狀態。〔註12〕另一種情況，為一種「半懷鄉」型，掙扎於獨立自由

〔註11〕 曹亞琴：《衝突與博弈：現代人心靈失衡的文化因素探微》，《求索》，2012 第 7 期。

〔註12〕 弗洛姆：《逃避自由》，國際文化出版公司，2002 年版，第 183 頁。

的狂歡與安全感缺乏的擔憂中，在傳統與現代的徘徊中更加眷戀和依附傳統文化。〔註13〕

現代人就是通過不斷地懷鄉，尋找現代生活中的存在感，以獲得繼續存在下去的精神力量。當然，懷鄉同時也是一種哲學意義上的現代鄉愁。還有一類懷鄉，表現為一種文化鄉愁。在全球化的情況下，人們對傳統的文化有一種心靈皈依的精神需要，此所謂文化鄉愁。文化鄉愁是現代懷鄉應有內容。西方文化侵襲本土文化，帶來了文化的斷裂，讓人們在精神上失去了傳統文化血脈的滋養，復歸文化的懷鄉，是現代人精神的深層需要。此外，由於現代人遭受異化的命運，現代懷鄉還表現在對自然的皈依，特別是對前現代、甚至是沒有被人類破壞的大自然原始生存狀態的一種回歸與嚮往。這種鄉愁恐怕是自從人類有能力征服自然的同時就產生了。這種懷鄉，是面對著自然生態在現代慘遭破壞的現狀引發的，有著現代懷鄉的鮮明特色。

懷鄉和鄉愁往往聯繫緊密，鄉愁產生懷鄉。鄉愁是指懷鄉時候對於故鄉的憂愁、怨尤等情感。鄉愁就是指思鄉時那種低徊的情緒。已有很多論者對鄉愁的內涵進行了探討。「鄉愁是離鄉人對家鄉親故的思念引發的離情愁緒。P42」〔註14〕在漢語裏，「鄉愁一般是指漂泊在外的遊子對家鄉、故土的思戀情懷。「鄉戀情結之強固，懷鄉作品之繁多，鄉愁氣韻之惆悵，當數中華民族之最。」〔註15〕現代懷鄉小說中，多了一份現代鄉愁。現代鄉愁一般是指身在現代都市的人對於飄逝的往昔鄉村生活的傷感或痛苦的回憶，這種回憶往往伴隨或多或少的浪漫愁緒。〔註16〕」「懷舊（也稱為懷鄉、鄉愁等），英文的對應詞是 nostalgia。從西文詞源角度考察，nostalgia 源於希臘語的 nostos 和 algia。nostos 是「返回家園」之意，algia 即痛苦的狀態，連起來便是指渴望回家之痛苦〔註17〕。「懷舊、鄉愁是懷鄉理論探究的基本範疇，從不同維度規定著懷鄉精神內核和理論研究。」「鄉愁是懷鄉的基礎內容。」〔註18〕可見，

〔註13〕曹亞琴：《衝突與博弈：現代人心靈失衡的文化因素探微》，《求索》，2012 第7 期。

〔註14〕張歎鳳：《中國鄉愁文學研究》，巴蜀書社，2011 年版。

〔註15〕李洪華：《論上海文化語境中現代派的「傳統質」》，《西南大學學報》（社會科學版），2012 年第 9 期。

〔註16〕種海峰：《當代中國文化鄉愁的歷史生成與現實消彌》，《天府新論》，2008 年第 4 期。

〔註17〕周平：《解讀懷舊文化》，《理論月刊》，2007 年第 8 期。

〔註18〕陳萍：《現代性批判中的懷鄉》，陝西師範大學碩士學位論文，2010 年。

鄉愁是人們感時傷懷的一種情緒，是人們對於過去的一種含有情感的記憶與回望，它本身蘊涵著強烈的懷舊情緒。「鄉愁屬於人類一種共同的心理結構，甚至可以說它就是人類的一種生存狀態或者生存方式。」鄉愁「一般是指身在現代都市的人對於飄逝的往昔鄉村生活的傷感或痛苦的回憶，這種回憶往往伴隨或多或少的浪漫愁緒」〔註19〕「一種作為思想運動的所謂現代鄉愁社會思潮已經悄然興起，並越來越引起了人們的重視。」〔註20〕「鄉愁的理念是建立在懷鄉的基礎上的，而懷鄉是間隔著時空的血緣、親緣、地緣、物緣和業緣等各種情緣，這些甚而會成為構建人類「精神回望那片『生於斯』、『長於斯』的熱土。這裡包含著一個人與他的故鄉難以割斷家園」的淵源。」〔註21〕「鄉愁是一種情態，是一種審美思想創造活動，一種精神寄託，同時也是一種具有現代特徵的悲劇理念。凡現實理想不能實現的人生價值尋找與心靈歸宿、寄託，以及更深層次的對自由意願、個體價值的緬懷、審視、追思，對人的本質意義以及終極目的的嚮往、家園、民族、人類的關聯，這些精神活動與之相應的感發情懷 P42」，〔註22〕都可能屬於「鄉愁」的內涵和外延。「懷舊是懷鄉的一種表達方式、鄉愁是懷鄉的基礎論調。」〔註23〕

懷鄉和懷舊是兩個不同，卻又相聯繫的概念。「懷舊」（nostalgia）從詞源來講，來自兩個希臘語詞，nostos（返鄉）和 algia（懷想），是對於某個不復存在或者從來就沒有過的家園的嚮往。因此，「懷舊是一種喪失和位移，但也是個人與自己的想像的浪漫糾葛」。〔註24〕「從詞源上看，『懷舊』最早是思鄉、返家的意思，表示一種狀態，一種想回家的急切感和焦灼感。」〔註25〕我們認為，一方面，懷鄉也是一種懷舊。懷鄉有時表現為懷舊。這時，懷鄉和懷舊是意義對等的兩個概念；另一方面，「懷舊」有時比「懷鄉」在外延上更為寬廣。懷舊包括了懷鄉，又不僅僅只是懷鄉，還包括對過去的舊物，舊人，往事的懷想。在這種情況之下，懷鄉又成了懷舊的一種。因而，總體而言，懷

〔註19〕王一川：《斷零體驗、鄉愁與現代中國身份的認同》，《甘肅社會科學》，2002年第1期。

〔註20〕種海峰：《當代中國文化鄉愁的歷史生成與現實消彌》，《天府新論》，2008年第4期。

〔註21〕王文津：《魯迅的懷鄉》，《內蒙古民族大學學報》，2009年第3期。

〔註22〕張歡鳳：《中國鄉愁文學研究》，巴蜀書社，2011年版。

〔註23〕陳萍：《現代性批判中的懷鄉》，陝西師範大學碩士學位論文，2010年。

〔註24〕〔美〕博伊姆：《懷舊的未來》，楊德友譯，譯林出版社，2010年版，第2頁。

〔註25〕董立超：《懷舊與社會現代性》，《文藝評論》，2011年第3期。

鄉和懷舊是有聯繫又有區別，既相交又相異的兩個概念。

　　「懷舊本質上屬於一個美學問題，它可以同時被界定為審美心理、審美創造、審美意象以及審美格調，它是一種想像的藝術，有距離的觀審，建立在感覺基礎上的情緒化行為，純粹精神性的情感投射。」懷舊總是基於現實與往昔生活的對比而產生的，傾向於過去就意味著對現實不滿，意味著在現實生活中受到了一定的心理「傷害」。〔註26〕「懷舊是某種朦朧曖昧的、有關過去和家園的審美情愫，它象徵了人類對那些美好的但卻一去不復返的過往的珍視和留戀。」〔註27〕這些理論探討啟發了本書的思考，其中有的觀點也被引用到本書的論述之中。

三、論文結構框架

　　本書的結構分為三章。第一章，對1990年代以來中國當代小說懷鄉的原因進行剖析與闡釋。我們從三個方面分析了1990年代以來中國當代小說懷鄉產生的時代與社會背景。第一節，我們認為中國社會轉型是當代小說懷鄉的首要原因。社會轉型期，人們猝然面對市場經濟社會，整個社會思潮呈現人文精神的失落，人們精神空落和迷茫。在這種現實中，人們的心理上自然會產生懷鄉情緒。這一節還分析了消費主義對人們精神生活的影響。第二節，迅猛的城市化進程導致的離鄉流動社會，是當代小說懷鄉的重要原因。城市化進程不斷推進，對進城的農民產生了深刻的影響。脫離土地的農民和進城打工的農民工，由於身份的打破與重構，他們融入城市的過程漫長而艱難，懷鄉情緒油然而生。第三節，現代化生存境遇是當代小說懷鄉的深層原因。孤獨的現代生存體驗，生活在城市的人們普遍地產生現代懷鄉情緒。此外，本節還探討了生態危機對於人類生存的影響。

　　第二章，對1990年代以來中國當代小說的懷鄉審美形態進行剖析。小說中的懷鄉現象是紛繁豐富的，為了便於論述，我們對小說懷鄉的審美形態分三方面進行闡述。第一節，對小說懷鄉的追憶和抒情進行論述，分析小說是如何回憶故鄉的，回憶故鄉記憶中的哪些內容。小說懷鄉主要是表現在對故鄉風物、人和事的回憶，以及通過對家鄉景物、人情的抒情，表達懷鄉情感。

〔註26〕盧建紅：《「鄉愁」的美學——論中國現代文學的「故鄉書寫」》，《華南師範大學學報》（社會科學版），2012年第1期。

〔註27〕劉影：《城市文學的「上海懷舊」之旅》，《北方論叢》，2006年第5期。

為了能夠更好的闡述觀點，我們選擇張煒懷鄉小說中的抒情內容進行具體審美分析。沉醉在故鄉記憶的無盡的回憶中，是懷鄉小說非常鮮明的特徵。追憶和抒情是懷鄉小說中頗為突出的兩類現象。第二節，論述小說懷鄉是如何記錄與闡釋故鄉。我們從認識與闡釋方面進行論述。懷鄉小說由於大量地記敘了故鄉的歷史、人文和人事，實際上是在對故鄉進行深層次的解讀，因而懷鄉小說具有認識和闡釋故鄉的功能。阿來的懷鄉小說敘述了 50 年來川藏地區的當代史，其目標在於向世界講述一個真實的西藏。在表達對故鄉的眷念基礎上，1990 年代以來中國當代小說懷鄉在記錄與闡釋故鄉時，深切地把握故鄉的歷史與現實，對社會和人性進行深入探索。第三節，論述小說懷鄉如何想像精神故鄉。懷鄉小說中有一部分是返鄉小說。現實的返鄉，往往強烈感受到對現實故鄉的失望，有對記憶故鄉深深的失落之感。無處還鄉的現實促使作家們開始了精神故鄉的尋找與虛構。王安憶的長篇小說《紀實與虛構》的創作，是作家憑藉文學的想像，創造出自己的精神故鄉。我們認為，懷鄉小說在尋找和虛構的過程中，創造了慰藉自己心靈的精神故鄉。

第三章，我們論述 1990 年代以來中國當代小說懷鄉的意義。我們從審美創造、精神家園和現代性批判三個方面進行論述。第一節，懷鄉成為文學審美創造的動因。懷鄉的情感觸發了作家的審美創造，進而影響到懷鄉小說的藝術手法的選擇、文體審美創造和小說思想內容傾向。我們從張煒懷鄉小說的抒情性、賈平凹懷鄉小說的輓歌性和莫言懷鄉小說的精神特質等三個方面，進行深入論述。第二節，懷鄉是文學永恆的主題，懷鄉是現代人在尋找精神家園。懷鄉是人類生活的永恆主題。懷鄉是一個對故鄉思念的展開過程，精神故鄉成為了現代人賴以存在的精神家園。懷鄉是一個精神家園破敗的時代，重新尋找、重新建構的過程。懷鄉情感迴蕩在現代人心中。我們選擇了張煒等作家的小說懷鄉來具體論述現代人對精神家園的尋找與建構。第三節，懷鄉成了哲學思辨的命題——懷鄉：現代性反思與批判。在現代化給現代人創造更加安逸舒適現代生活的同時，現代化的後果越來越突兀地在人類生活中暴露出來。懷鄉是現代人應對現代社會中不自然、不自由、非人性方面的一種反應。現代懷鄉是一種對現代性進行反思的現代鄉愁。現代懷鄉這種精神還鄉，其實就是一種渴望回返自然，回歸人自身，尋找精神故鄉的社會心理現象，也是永遠不可能抵達的鄉愁。懷鄉是一種故鄉永遠回不去的精神狀態。1990 年代以來的中國當代小說懷鄉，反映的正是這種對現代生活感到失望的，

表達了在現代哲學意義上的對精神故鄉的渴望。

四、研究意義、研究方法與研究目標

本書把「懷鄉」作為一個問題來進行專門研究。「懷鄉作為美學和文化研究領域的論題，具有重要的研究價值。」研究 1990 年代以來的中國當代小說懷鄉問題，既有文學研究價值，也有社會研究價值，具有較高的理論價值，其意義還在於探討中國當代文學反映現實的能力，探討中國人的精神生活狀態。本書的研究方法是細讀小說文本，借助相關理論，比如現代性理論，後殖民理論，文學理論等，聯繫社會與時代背景，對小說懷鄉現象進行深入的審美分析和理論思辨，以期從這一較為獨特的視角對中國當代文學作出新的理解與闡釋。

有人指出，已有的懷舊研究不足之處也很明顯：「首先，現有理論較少關注現代性的視域，對懷舊在現代社會的新發展缺乏觀照；其次，審美作為懷舊（尤其是現代懷舊）最不可忽視的特徵，恰恰是懷舊研究中最為滯後和欠缺的環節；第三，對懷舊的社會學關注也極易使懷舊研究蛻變為膚淺的現象解讀，而忽略懷舊景觀所蘊涵的哲學深意。」〔註 28〕這段話說的是懷舊研究的三個方面之不足，其實在懷鄉研究上也存在這幾個問題，本書擬在小說懷鄉的現代性反思、小說懷鄉的審美形態分析、小說懷鄉的哲學探詢等三個方面做些深入探討，希望有所突破。

懷鄉成了中國當今一種較為普遍的社會心理，我的論文將從社會背景、時代特點、現代性等角度來探討 1990 年代以來中國當代小說懷鄉產生的原因，闡述 1990 年代以來中國當代小說懷鄉的審美形態和 1990 年代以來中國當代小說懷鄉之現代懷鄉的哲學內涵。在本書中，我更願意將我的論題「1990 年代以來中國當代小說懷鄉問題研究」引向文學研究本身：1990 年代以來中國當代小說懷鄉究竟是如何切入「懷鄉」問題的？1990 年代以來中國當代小說懷鄉的審美形態表現在哪些方面？在懷鄉的情感支配下，作家是如何進行文學創造的？是如何在小說懷鄉的創造中尋找精神家園的？1990 年代以來中國當代小說懷鄉如何回應現代思潮背景下中國社會的現實問題？

〔註28〕趙靜蓉：《懷舊文化事件的社會學分析》，《社會學研究》，2005 年第 3 期。

第一章　1990 年代以來中國當代小說懷鄉的社會原因

　　本章探討 1990 年代以來中國當代小說懷鄉的原因。1990 年代以來中國當代小說的懷鄉，主要有三方面原因：社會轉型期以來思潮；社會流動人口的加劇（城市化／進城；身份的打破與重建）；現代都市中，人的孤獨生存境遇（孤獨／生態危機）。以上三方面稍作展開：其一，中國社會的市場經濟轉型，社會思潮變化：市場經濟在社會發展中占主導，物質主義對社會面貌產生影響，精神生活發生變化。消費主義文化盛行，新的消費觀念和物質觀念對中國社會產生深刻影響。其二，不斷推進的城市化進程，中國大部分人口都被捲入城市化潮流中。在進城的過程中，人們有可能受到歧視和排斥。在這離鄉的流動社會之中，人們的身份認同出現問題，進不了城，回不了鄉。融入城市面臨諸多困難。其三，現代化帶來社會的巨大變化，人類創造了許多前所未有的新生事物，但與此同時，人自身在現代世界也顯得格外渺小，人類面臨異化處境。現代社會工作、生活壓力巨大，在現代文明之中，既有高效率的現代秩序，也有冷漠的社會環境和人際關係，在某種情境下，人們陷入孤獨的現代生存境遇。生態危機來臨，現代人的生存環境變得日益惡劣。

　　城市化過程中，人們融入城市的歷史進程，是小說懷鄉的現實原因；轉型期以來社會高速發展，物質變得豐富起來，物質享受的同時，也許精神處於壓抑和苦悶狀態，這是小說懷鄉的時代原因；現代性生存境遇，是現代懷鄉的根本原因。人們處於現代性的生存困境之中，容易引發現代鄉愁。

第一節　社會轉型期以來的思潮變化

本節分析 1990 年代以來中國當代小說懷鄉的原因之一：轉型期以來的社會思潮。分為三部分內容：1. 市場經濟轉型給社會帶來的巨大變化：經濟迅猛發展，物質越來越豐富；2. 消費主義文化在現代生活中影響巨大；3. 現代人孤獨壓抑，紛紛「望鄉」。

一、社會的經濟轉型

1990 年代以來，中國當代社會發生了翻天覆地的變化，社會轉型為經濟占主導的社會發展模式，人們猝然面對現代化、全球化、城市化的潮流。改革開放到了這一步，經濟改革的步子加快了，整個經濟制度發生了根本性的轉型。中國人面對時間和效率至上的時代理念，接受市場經濟體制帶來的衝擊。社會轉型的中心是社會經濟制度的轉型，由有計劃的商品經濟轉變為市場經濟。轉型對社會的影響為一種趨利的經濟利益驅動模式滲透到社會的很多領域。社會面貌隨之改變。原有的社會價值體系和中國傳統文化倫理被打破，新的價值觀念進入中國社會。社會生活的巨變，對幾代人的思想產生了巨大的衝擊，原有的價值支柱被抽離，原有的價值體系坍塌，人們精神受到巨大衝擊。在最近的三四十年的時間裏，在現代化的道路上，GDP 的發展速度高速維持了許多年，整個社會生機勃勃，經濟發展極其迅速，城市擴容了，摩天大樓參天聳立起來，物質變得豐富起來。如今中國已成為全球第二大經濟體，成了全世界經濟最為活躍的國家之一。然而，我們也看到經濟大潮湧動的過程中，市場經濟以市場為導向，社會發展以經濟價值為首要目標，因而精神方面可能被有意無意地忽視。1990 年代以來，中國社會很多人都在一心向錢看，人們熱衷於談賺錢。人們更多地是關心物質利益、經濟利益和金錢。一方面經濟繁榮，一方面，有人為了利潤，在破壞資源污染環境。有人為了金錢鋌而走險，有人為了金錢，違背基本社會倫理道德。

阿來的短篇小說《蘑菇》中，松茸漲成了天價蘑菇。「我」曾經生活在森林中。我帶著城裏的幾個朋友去採蘑菇。果真，幾個人跟著「我」採到了幾十斤鮮蘑菇（松茸），能夠賺好幾千塊錢。但「我」發現，在金錢面前，友誼變質了，「我」的內心感覺糟糕透了。阿來的中篇小說《三隻蟲草》[註1] 是由

〔註 1〕阿來：《三隻蟲草》，《人民文學》，2015 年第 2 期。

當前的媒體和商業界炒作厲害的冬蟲夏草衍生出來的小說故事。藏民依賴蟲草換取生活。小說寫了藏族少年學生，縣長，校長，喇嘛等人。藏族少年懂事聰明、體貼父母。喇嘛愚弄欺騙藏民、貪婪無比；校長虛偽自私，把《百科全書》占為己有；縣長通過賄賂蟲草，得以在仕途受挫時翻身；唯利是圖的商人，有著無法饜足的貪欲。這是一個受到欲望腐蝕的社會。阿來的中篇小說《蘑菇圈》〔註2〕批判和揭露人對金錢物質貪婪的欲望。小說寫母親曾經是怎樣依靠蘑菇，讓一家人活下來，和村裡人搞好關係。後來，兒子的仕途也都是通過賄賂昂貴的松茸來鋪路的。當今，人們因為巨大的物質利益誘惑，鋌而走險，不顧人倫，把道德拋棄，瘋狂掠奪松茸。漂亮性感迷人的女人丹雅就是其中的典型。退到最後一步，阿媽竭力保護蘑菇圈，不是為了自己的私利，而是為了給後代留下蘑菇圈的一點點種子。但是，丹雅這個商業狂女人，瘋狂的利潤追逐者，通過 GPS 等高科技手段，讓她的公司對阿媽進行跟蹤、定位、拍攝，盜取了阿媽蘑菇圈的全部秘密。小說中，阿媽悲哀絕望地哀鳴「我的蘑菇圈沒有了」，讀之讓人心痛。人類沒有限度的欲望太可怕了，整個世界都可能因此沉陷毀滅。最後，人類的貪婪，使得憑靠著良知保護下來的留給後代的一點點的好東西（比如蘑菇圈），都會給破壞殆盡。《蘑菇圈》對人類的貪婪欲望發出了最為絕望的哀鳴，也表達了無比的憤懣。

　　社會貧富差距拉大，地區間的不平衡，社會矛盾越來越突出。有一些人霸佔、聚集了社會的大部分財富，而相當一部分民眾卻相對貧困。社會矛盾激發，群體事件和社會衝突時有發生。鬼子的《被雨淋濕的河》寫了貧富差距和對立之下的劇烈衝突。陳應松的中篇小說《馬嘶嶺血案》的敘事者是一個中學畢業生，大概也算是生活在社會底層了。小說讓人物自己發聲，這樣寫更能傳達現場真實感。小說渲染了一個地質工作所面臨的冷酷環境，讓讀者感到犯罪事件發生是必然的。小說中的風雨、暗夜、野獸的意象給讀者以強烈刺激。小說寫了一組組的對立：自然和人的對立；城裡人和鄉下人的對立；文明和愚昧的對立；清正和左右逢源的對立……全是對峙，沒有和諧，只有尖銳的衝突。這樣劇烈的城鄉對立矛盾，遭受壓抑和充滿憤懣的人在對立的情緒支配下復仇，而沒有選擇原諒。農民感覺受到壓制，一意孤行，獸行暴行肆意發作，地質工作者死於黑暗。事件發生在一個惡劣的環境中，恐怖的氛圍，令人髮指的屠殺讓人感到心顫。小說中人與人之間的關係僵硬，

〔註 2〕阿來：《蘑菇圈》，《收穫》，2015 年第 3 期。

相互僵持和勾心鬥角，小說寫了人世間險惡的另一面。貧富差距是社會矛盾的重要根源，貧富差距拉大，造成人的不平等，會激發強烈反抗，甚至導致死亡，這樣只會導致惡性循環。

小說對現實很有穿透力。小說中的祝教授這一支隊伍，祝隊長克己奉公，沉浸在地質工作之中，是沒有過錯的，想驅趕九財叔這個潛在的隱患也是合理的。然而，由於小說中兩組人的對立矛盾衝突，祝教授這一個高級知識分子慘死在一個文化上愚昧無知的農民手下（這個農民被貧困逼迫至瘋狂狀態），真是死得冤枉，死不瞑目！但是從農民（底層）來講，他們的境遇，卻也有另一番讓人同情之處。因此，這小說寫得很有張力，讓讀者為小說中人物的遭遇而揪心。

二、轉型期社會的精神旁落

中國當代的社會主義計劃經濟、有計劃的商品經濟，在這個歷史時期，轉向了市場經濟，這階段的人們一時難以適應急劇轉變的社會形態。經濟壓倒一切的價值觀念在社會上頗有市場。市場經濟社會的人際關係，改變了中國人原有的人倫關係。甚至基本的社會公德在這一時期也受到影響。經濟運作中的各種手段，不但在商場，而且也出現在工作環境和日常生活中。

「現代性的根本性後果之一是全球化。P152」〔註3〕全球化就是西方經濟和文化擴張到全球。危害在於，各國的經濟都要受控於全球的經濟走勢，經典馬克思理論論述過的經濟危機不時地在現實生活中發生著。經濟危機導致失業等種種社會問題也是現實問題。全球化的結果，全球一體化，經濟一體化，文化一體化。隨著經濟模式的侵入，隨之而來的就是文化觀念，這必將深刻地影響到中國的社會價值體系。在西方的經濟制度經濟模式大行其道時，西方的文化價值體系就會侵入中國的社會生活。

1990 年代初，中國知識分子的精神狀態是迷茫失落的。精神的創痛感和焦灼感使得中國知識界焦慮不已。1990 年代的人文精神大討論，就是思想界知識界對轉型期不適應的最為強烈的反應。社會轉型過程中，精神性的東西被迅速抽空，導致了整個社會精神失落。人文精神被擠壓，精神苦悶產生。文人找不到出路，紛紛下海，從商，搞影視，搞廣告……忙著賺錢去了。為了

〔註3〕〔英〕安東尼·吉登斯：《現代性的後果》，田禾譯、黃平校，譯林出版社，
2011 年 2 月版。

金錢，失去了崇高追求，有的知識分子沉迷於聲色犬馬。身處轉型期，許多人都「既有內在精神撕裂感，又有世俗生活感官的滿足：既有對過去理想「烏托邦」失落的悵惘，又有對當下消費意識的認同和奢望。」〔註4〕中國知識分子群體在整體上精神頹靡，失去了思想的能力。

　　人們曾經在革命運動和社會主義教育中形成的價值體系受到巨大的衝擊。人們本能地抵制物質主義。然而社會上衡量價值的標準往往是物質。物質主義對現實生活產生極大影響，人們大多受到物慾控制。金錢至上觀念影響了相當一部分人。為了金錢，有些人什麼壞事都敢幹。小到損人利己，大到危害國家安全，破壞生態環境。利益驅使、唯利是圖的資源開發，導致資源消耗巨大，環境污染越來越觸目驚心，人類生存受到威脅。「現代社會中的一個致命的癥結，是急劇增長的物質財富與迅速頹敗的人文精神日益擴大的落差。」〔註5〕韓少功指出：「沒有人能阻止經濟這一失去了制動閘的狂奔的列車。幸福的物質硬件不斷豐足和升級，將更加反襯出精神軟件的稀缺，暴露出某種貧氣和尷尬。上帝正在與人類開一個嚴酷的玩笑，也是給出一種考驗。」〔註6〕

　　人們曾接受理想主義教育，社會主義集體教育，有著浪漫理想。20 世紀八十年代，人們曾經精神振奮昂揚，充滿著豪邁的理想，充滿著希望。然而，進入 1990 年代，曾有的精神高峰體驗突然墜落，精神陷入失落與迷茫。轉型期價值失範，人的精神無所歸依，人的精神追求給擠兌到生活的邊緣。人們一時難以承受市場經濟帶來的精神衝擊，精神痛苦迷茫，進退失據，慌亂失措。進入崇尚金錢、以經濟價值為導向的時代，轉型期人們精神上的挫折感和精神失落、迷茫給暴露無遺。崇仰物質，貶抑精神。有的作家敏銳捕捉到社會轉型期的社會心理，比如賈平凹的《廢都》就反映了知識分子的精神頹廢。《廢都》流露的情緒，暗合了這一社會心理，產生了巨大的社會影響。莊之蝶這個傳統知識分子，猝然面對社會轉型文化思潮，舉止失據，甚至精神崩潰。後來，莊之蝶為了金錢而不顧朋友之間的道義，可見社會上的道德人心變壞了。《白夜》是《廢都》的續篇，雖然事件和人物不同，但是轉型期的

〔註4〕王岳川：《後現代話語錯位與知識分子價值選擇》，《戰略與管理》，1994 年第1 期。
〔註5〕韓少功：《夜行者夢語》，知識出版社，1994 版。
〔註6〕韓少功：《夜行者夢語》，知識出版社，1994 版。

精神震盪卻是一脈相承的。小說《白夜》中，大院裏的人，好人寬哥、夜郎等還保留著一點點良心。在轉型期之初，人們還互幫互助；之後，人與人之間就少了友情的聯結了。莫言的《豐乳肥臀》（1996 年初版本），是莫言轉型期精神迷茫的作品。小說有著很多的乳房意象的描寫，為人所詬病，折射出整個社會的淫靡風氣，其實也寫出了轉型期中國知識分子的精神幻滅。《豐乳肥臀》後半部分寫有人靠推銷乳罩賺大錢。雖然說乳房也有著母親、哺育的象徵意義，然而小說仍有著色情褻玩的意味。主人公在迷幻的乳房叢林中遨遊，是典型的精神迷失的表徵。格非的《欲望的旗幟》等，也是此類轉型期小說。

隨著社會經濟發展，物質財富越來越豐富，名車寶馬，洋房別墅，名牌首飾，美酒佳餚等奢侈品吸引了現代人的目光。有的人甚至用物化的眼光看待人。一切價值都物化了，有人因此失去了自己的靈魂。物質生活高度發達的現代生活中，人類精神的困境比以往更加劇烈。現實生活更加沉重了，世俗的物質欲望對人性壓抑更加厲害了。現代社會中普遍存在的金錢欲望、權力欲望、情色慾望等構成了種種物慾陷阱，導致人性異化，道德淪喪。於是，懷鄉的心理機制就產生了。「望鄉，成了世紀末情緒中作家的共同的精神指向。」〔註7〕《懷念狼》（賈平凹）、《傷心太平洋》（王安憶）以及蘇童的楓楊樹鄉村和香椿樹街系列小說等，都是這一類作品。

計文君的中篇小說《此岸蘆葦》〔註8〕直指中國知識分子／大學教師自身的精神和靈魂。知識分子向來被認為是社會精神高度的標尺。然而，現實生活中的大學教師卻是「做了十幾年來這場規模空前的文化潰敗中的窮寇，他們的失落很多，困境太複雜。」「當下知識分子的文化人格嚴重萎縮，他們賣身權力，放縱慾望，毫無操守。」小說主人公盛易齡教授這樣的文化精英，從社會上收穫名利之後，本應該擔負起起碼的社會責任，然而，實際上卻沒能做到。

物質欲望很大程度上支配著現代人生活的方方面面，人的精神被壓扁，精神、理想、價值、意義等在現代生活中已然沒有它們的位置。魯敏的短篇小說《鐵血信鴿》〔註9〕，主人公穆先生是一個 47 歲的男人，他對自由飛翔

〔註7〕閻曉昀：《紙上的故鄉——蘇童「楓楊樹」系列小說淺析》，《電影評介》，2007年第16期。

〔註8〕計文君：《此岸蘆葦》，《中國作家》，2010年第6期。

〔註9〕魯敏：《鐵血信鴿》，《人民文學》，2010年第1期。

的信鴿產生了興趣。穆先生活了大半輩子後，緬懷起自己曾經的理想，心底渴望著人的精神放逸。和穆先生相對的是穆太太和頂樓的養鴿人。家庭主婦穆太太千方百計讓家人獲得一種營養齊全的「健康」飲食：弄一些雜糧吃，還燉鴿子來吃。不過，小說關心的不僅僅只是活命、長壽，而是探索人的精神生存狀態。對穆先生來說，世俗的物質生活，已經讓他不堪忍受了。他和妻子已沒有溝通的可能。小說中的養鴿人，他關心自己的鴿子是否拿獎。他實際上是得不到到養鴿之真趣，欣賞不了鴿子自由自在翱翔的精神境界，忘卻了人的精神昇華，陷入生活的庸俗。養鴿人是看重世俗的追求，而穆先生卻恰好相反，他執著於精神追求。即使是談鴿子，他和養鴿人之間的談話也是各說各的，沒有真正的精神交流可能。

小說結尾出現了魔幻化敘述，有著超現實主義意味：穆先生躍離陽臺，飛上了天空。他變成了巨大的鐵血信鴿，尾巴上還有「叉」形的尾紋！這一小說情景，真讓人驚奇，讓人驚愕。我們推想，這個變成了巨大鴿子的穆先生，靈魂飛昇了，然而，他的肉體最終要摔到地上。這個幻覺中的穆先生，最終大概是會頭破血流，摔死在地上。這也許就是殘酷的現實：現代生活中，物質的鐵蹄已經踐踏了幾乎所有精神性的東西。追求精神，在現實生活中，也許只會一敗塗地。這個隱喻是如此的尖銳，卻也是無奈，讓人絕望。

《鐵血信鴿》揭示了現代社會可能存在的物質亢奮精神壓抑的現象，精神要突破沉重的物質外殼，是多麼艱難！物質主義肆無忌憚橫行霸道的時代，精神的追求（飛昇）最終難免要栽落到地面，摔個粉身碎骨。魯敏的《鐵血信鴿》小說充分展現了精神要向理想天空翱翔的奮不顧身的拼力掙扎。這是一個重大而嚴肅的思想主題。這樣一個夢想著擺脫物質束縛，實現精神自由的小說意象（人變成鐵血信鴿飛向天空），讓人神往不已。但是，這個似乎已變成了巨大鴿子的穆先生，不堪重負，到最後，也是要從高空摔下來。小說就是現實中精神生存狀況的一個尖銳的隱喻。

三、消費主義文化深入現代生活

生產—消費的循環規律，讓人的自由給捆綁在經濟的車輪上，無法掙扎開來，人們喪失了精神空間。消費是生產消費循環流通中不可缺少的環節。消費文化一方面豐富了現代人的精神生活，另一方面卻萎縮了人的精神空間。消費主義文化是社會轉型後影響甚為巨大的文化思潮。無處不在的廣告宣揚

著「不消費，不存在」。人們都被消費廣告刺激著，被牽著鼻子轉。無孔不入的消費廣告，滲透到人們生活的方方面面。消費觀念被植入人的腦海之中，人就像被操控的木偶一樣。現代社會鼓勵超前消費。房貸車貸這樣的大件消費按揭的情況變得普遍起來。人們欣然被各種名牌物品等物質享受所侵染和改變。人們在享受物質的同時，也被消費文化所奴役。城市是一個消費社會，遠不是精神生活的空間，精神生活往往被消費文化所擠佔。人被消費文化控制，陷入到吃喝玩樂的物質享受之中。消費更多的是物質性的，滿足人們的衣食住行、吃喝玩樂。

李肖瀟的短篇小說《迷失動物園》〔註10〕通過寫物，來寫現代人的生存狀態。小說人物不出現，人的社會心理意識，卻在小說中纖毫畢露地展現。小說細緻地寫她如何去買仿版的名牌服裝，徜徉於動物園服裝市場。她百般打扮自己，為了自己看起來更加漂亮。在這樣一種生存狀態中，人的生活被物質牽著走。被物質所控制的生活，人的精神卻不在其所。人們是掙扎在一邊是物質豐富、一邊是存在的窘迫的現實生活之中。不過，兩年後，也許因為自己的姿色變化了，也許已被花花公子玩膩了，女主人公在分手之後，又回到了從前的經濟生活水平。她來到動物園服裝市場。也許仿版名牌可以讓人看上去也很漂亮，然而，她能回到從前嗎？

小說寫這個年輕女人，如何為了追求美的生活，寫她憑著自己的聰明才智，在市場裏逡巡流連，淘自己嚮往的生活。小說表達了城市中年輕女人的生活渴望。也許，奢侈的名牌、戀愛生活只是一個夢。而那些紛繁的夢一般的，紛至沓來的各種對衣物的認知，或者是這些服裝店鋪裏撲面而來的各種款式、各種顏色的衣服，讓她的生活受到物質（衣服）的控制。也許，這就是城裏女人的生活，為了衣服而花費了很多的時間和心力，為了衣服而發愁，為了衣服而癲狂，為了衣服，用盡了聰明。短篇小說《迷失動物園》寫的就是迷失在服裝市場的城市女人。人在物慾中終究會迷失。物質滿足代替不了精神生活的需求，在物慾中迷失，就等於人失去了自我，失去了人的主體性。

寧肯的長篇小說《三個三重奏》〔註11〕中，敏芬是一個普通的小學女教師。她有著愛慕虛榮貪圖物質享受的弱點。她經常和閨蜜到「海悅城」吃西餐吃「西堤牛排 P130」。杜遠方是個失去權力的逃亡者，人還沒到，事先給房

〔註10〕 李肖瀟：《迷失動物園》，《收穫》，2010 年第 6 期。
〔註11〕 寧肯：《三個三重奏》，《收穫》，2014 年第 2 期。

東敏芬匯了一筆對她來說的鉅款，立刻把她鎮住了。而杜遠方的有型有款的名牌西服，保養身體的男士化妝品，密碼箱裏裝著現金和金卡，以及奧迪新款豪華轎車……這些把一個普通家庭婦女的物質欲望鎮服了。70歲的杜遠方和中年婦女敏芬同居的基礎是物質。敏芬為杜遠方的儀表所征服：70歲的杜遠方「高大筆挺 P89」，像個「壯碩筆挺的中年人 P89」，根本不像個老年人。「老頭風度翩翩，穿背帶褲，名牌襯衫，……用的是香奈兒最新「蔚藍男士香水 P95」。「杜遠方的偉岸風度，風度所蘊含的不言自明的身份 P113」，讓敏芬心動。我們可以看出，杜遠方的迷人魅力主要是由物質堆砌起來的。敏芬的閨蜜藍麗麗只是見過杜遠方一面，她在短信中說「這個人氣場很大 P113」。敏芬顯然是同意這一看法的。杜遠方外表的迷人和物質生活上的豪爽，以至於讓「（敏芬認為）管他可能是什麼人，反正不是壞人。P129」豪奢享受，都是金錢堆出來的，比如名車：「奧迪 A61，新款。全景天窗，BOSE 音響，聲音低沉、細膩，分辨率猶如天空最清澈時，精緻的環境。帶按摩的真皮靠椅，後背有電流隱隱地穩定地通過，中央操控臺繁複如宇宙飛船的操控室，MMI®手寫輸屏……P112」小說寫敏芬看到這輛豪車，「當時有點暈了。P112」她「暈」，是因為她拜倒在物質面前。

杜遠方出手大方，給敏芬買了項鍊；給她的女兒雲雲買了紫色珍珠項鍊、筆記本電腦、手鐲，給雲雲送了紅包。他吃喝的是紅酒、香檳和海鮮。他把敏芬的廚房徹底改造了一番，整體櫥櫃，電冰箱，微波爐等一應齊全，都是名牌。名車，別墅……權力資本攫取來的金錢物質，在這個普通家庭看看來有如天文數字。物質對社會的腐化就是如此潛移默化，它刺激著普通人的欲望。

小說中黃子夫和敏芬的關係也透露了物質利益關係。黃子夫掌握了絕對權力之後，敏芬得到他的幫助，她的薪水因為職位的調動而猛漲了好幾倍。這時的敏芬高興得「幾乎要流淚，還有什麼比錢更能擊中人的軟處呢？P109」這之後，她在嘴上已然答應黃子夫（「潛規則」她）。小說寫道，敏芬面對黃子夫的糾纏，說「我答應你還不行嗎？P110」後來又再次說，「我答應你，行嗎？P110」小說寫敏芬一而再地「答應」黃子夫這一細節，實際上是講權力已經俘獲了敏芬，在她的下意識中，已然放鬆了對黃子夫的警惕。黃子夫垂涎她的美色多年，一直都未得逞，在擁有權力之後，可以支配她的工作崗位、增加她的薪水、提升她的職稱時，讓敏芬就範，就變得輕而易舉。

《三個三重奏》中的敏芬和她的閨蜜更多地代表了普通人的物質欲望。

我們也可以說，敏芬是現實生活中的我們，我們人人都是敏芬。普通人對於權力充滿著崇拜，由於權力欲望的驅使，總想攀附權力以滿足自己的物質欲望。這就是寧肯所批判的「人人都有的權力欲望」。這種針對每一個人自身權力欲望的批判，是寧肯小說探索最為深刻之處。寧肯小說把批判的矛頭對準了我們自身的欲望根源。人們如此崇拜權力和金錢，同社會的發展密切相關。

消費主義文化激發人的物慾，讓人為物所奴役，精神生活空間變得極其狹小。現代人在物慾的重壓之下，渴望心靈的放逸和自然，懷鄉心理由此產生。

四、迅猛的社會發展速度

閻連科的長篇小說《炸裂志》〔註12〕寫了炸裂這個地方是如何迅猛發展成大都市的；社會中金錢如何改變一切；孔明亮是如何撈取權力和享受權力的；朱穎等是如何使用美色手段達到自己的目的……總之，整個社會陷入瘋狂與荒誕！余華說過，「我覺得不是作家的荒誕，而是現實已經非常荒誕了。」這小說敘述了一個瘋狂變化著的世界，重心在於揭示瘋狂發展、擴張、惡性膨脹對人性的毀滅。小說敘述了一個以經濟發展為主導的社會發展史。用小說中孔明亮的話，就是：「經濟是第一大事你懂不懂？」短短幾十年時間，炸裂這地方，由一個村，而鎮，而縣，而市，最後竟然成為了超過了省的超級大都市！它有著無比的喧鬧和繁華。「炸裂忽然不是先前的炸裂了。剛蓋了幾年的新樓被扒掉蓋了更新更高的樓。P264」「當炸裂有了世界上最大的飛機場，有了地下四通八達的地鐵線，並又憑空多出一百多棟數十層的高樓，炸裂就沒有理由不成為全國的超級大都市了。P340」的確，「一個數百人口的小村變為兩千萬人口的都市。P365」炸裂市，真是一個爆炸式迅猛發展的社會縮影。這樣的迅猛擴張，高速發展往前衝的社會，讓人簡直無法適應它。

小說寫孔明亮等扒竊火車上的焦炭、黑煤、煤炭等發財，成為萬元戶，完成了資本的原始積累。小說寫選村長要花錢。金錢顯然在這類事情上起到了作用。「想想這年月，有了錢，啥兒事情辦不成？你有錢想當什麼都可能。P235」小說人物大大咧咧地說：「這年月，啥兒錢你都可以掙。有錢你就是老爺姑奶奶，沒錢你才是孫子和老鼠。有錢鎮長、縣長都聽你的話；沒錢鎮長、縣長就當我們是孫子、重孫子。P99」孔明耀退伍前說：「我想回家掙錢去，我發

〔註12〕閻連科：《炸裂志》，上海文藝出版社，2013 年版。

現錢能辦成世上所有的事。P218」孔明耀有錢，百萬富翁，就使手段，用錢開路，輕易就把軍營給擺平了。後來，他又把整個炸裂市的工業等都壟斷了。小說中，需要辦什麼事，只要肯花錢，就能成功，比如，小說中講了這麼個故事：「一晚的房價是半斤黃金價。縣長胡大軍，原來是決然不同意最富的炸裂從縣裏剝離出去獨立成為縣，⋯⋯後來明亮訂了這套房，讓胡縣長到這套房裏住了兩晚上，胡縣長也就態度鬆動了。又住了兩晚上，也就基本同意了。P173」一切事情都通過錢來擺平。小說中，就是離婚，也是用錢解決。

　　小說對孔明亮一家的情況揭露得相當徹底。專制的孔明亮就像一個皇帝。「我們家要出皇帝了。P13」「二兒子是村長和這村裏的皇帝樣。P51」孔明亮當村長時對妻子朱穎說，「結了婚，我主外，你主內，炸裂村就是咱們家的炸裂村。在村裏你想幹啥就幹啥。」當上鎮長後，孔明亮又說：「炸裂鎮以後就是我們家的了。P111」做了鎮長的孔明亮，「給跟來的鎮上警察遞個眼色兒，兩個警察把手銬嘩嘩套在二狗的手腕上 P132」──動用自己的權力，就把事情給辦了。小說寫，孔明亮成為鎮長了，「就把程菁這姑娘弄上床給幹了。P108」「不能白白當鎮長。你說話和法律樣，不能白當鎮長呢。你要和皇帝一模樣，有妻妾六院，宮女上千，不能白當鎮長呢。P135」孔明亮的「辦公室外的走廊上，站著二哥的六個秘書和四個服務員，⋯⋯他們有的手裏端著泡好的茶，有的拿了文件和報紙，都在等著縣長隨時的召喚和應允。P235」孔明亮們過著奢侈的生活：「茅臺酒泡腳 P321」、「把所有的名牌往大裏整。P113」「他們每人喝的那杯綠茶水，等於每人喝掉了兩千八百元。」對此，他的弟弟不禁說，「二哥，我們腐敗了。P235」做了市長的孔明亮，休息房格外「豪奢 P308」。「市府園和頤和園大小差不太多 P323」小說寫了權力部門「文件和通知」的無窮威力。小說寫孔明亮對弟弟吼叫：「告訴你，我說一句話──一份文件發下去，你的礦企總公司就會垮掉，就有人去沒收你所有的財產封你所有的賬！P250」小說寫了權力的巨大威力。只要是孔市長的批條，只要孔市長需要什麼，都是立馬解決的，甚至讓鳥雀聽話，讓天氣聽從權力的命令了。「隨口說的松鼠蟋蟀，立刻就有人去弄來很多。P323」小說用荒誕的筆法，寫孔明亮「當鎮長時簽了字的白紙，冬天酷冷，乾冷無雪，大旱在即，就在紙上寫「下雪吧！下雪吧！」呼風喚雨，獨霸一方。P294」孔明亮是社會畸形發展的產物，是權力的化身。孔明亮、孔明耀是這個世界中權力和物質的攫取者。

　　孔家所有的人都給安排在令人羨慕的重要部門，礦企總公司，大學校長，

擴展局長等。市長孔明亮的「小秘」，也成了市委秘書長。炸裂已經成為孔家的私有財產，沒有什麼東西不是孔家的。「他知道不僅這兩千畝地的市府園是他的，市政府和整個炸裂也是他的了。p326」「這炸裂是他的。世界是他的。連昆蟲鳥雀都聽他市長的。p325」財富迅速地集中到孔氏家族。「孔東德勸導孔明光時說：「鎮子快成縣城了。縣是我們家的縣。p162」「你想在縣裏幹啥，由我給你兄弟明亮說——只要你和琴芳好好過日子。p162」孔明亮對大嫂蔡琴芳說，「你以後是縣長、市長的嫂，和皇帝的嫂子樣。p144」」權力者的狂妄給暴露無遺。孔明亮對朱穎說：「我們夫妻才是創造歷史、創造城市的功臣。你是這個城市的母親孕育者，我是這個城市的父親創造者。這個城市的高樓、道路、機場、車站、商業大街和開發區，外國居民區和為數還不多的幾個駐炸裂領事館和辦事處，還有這炸裂市所有的花草和樹木，人民和動物園，他們都是你的兒女、我們的後代和繼承者。p357」孔明光也把自己的單位當作自己的私有財產：「我能讓全校每個學生每學期多交學費來，那學費都是我們家的錢。」孔明亮對孔明耀說：「炸裂縣就是咱們孔家的，想從政還是想經商？p234」「山裏有金礦、煤礦和銅礦。煤是大事情，二哥設法把縣裏最大的煤礦弄到你名下？p235」在一番運作之下，「（孔明耀）現在是炸裂最有錢的老闆了。有多少錢？……耙摟山脈的地下有多少金銀、銅鐵、錫鉑和煤炭，明耀就有多少錢。p237」「娘還能活幾天？有錢有保姆，把她侍奉成國母我們就盡了大孝了。p276」但為了遮人眼目，他又說：「我就是當了皇帝你們也別搬（家）。p273」

　　一方面貪婪地攫取社會財富，一方面人與人的關係已經扭曲裂變了。不父不子，不夫不妻。小說中，因為爭奪同一個年輕女人（保姆），父子反目。人與人之間沒有感情可言。人的感情在這個世界已經損失殆盡。夫妻不和，就有了規定：「嫂子不得擅自到市政府去找二哥。p302」夫妻反目，孔明亮就冷酷無情地對朱穎說：「小婊子，你想讓孔家咋樣？」愛情，兄弟之情，孝敬父母之德，對人的憐憫之心，在這個瘋狂的社會中全都給消失殆盡！孔明耀是一個軍事膨脹主義者。小說幾次出現「孔明耀的獵槍 p63」，就暗示了這一點。通過金錢和瞞騙，獲得了他的地位名譽等等。兄弟相爭，孔明耀派人殺死自己的二哥孔明亮。

　　小說寫人對金錢、權力的貪婪、對女人的欲望等，都寫得格外讓人觸目驚心。小說中，女人對男人有主宰力，所有的男人都在女人的掌控之中，朱穎和程菁控制孔明亮，苗瘦豐潤的粉香控制著孔明耀，小翠控制著孔東德父子倆。炸裂市爆炸式的飛速發展，經濟繁榮的過程中，「孔縣長把最優惠的政策和最

漂亮的姑娘給了美國人。P241」炸裂的娛樂設施應有盡有，桑拿浴，天外天，世外桃源，……妓女出身的朱穎給立碑立傳。「致富學炸裂，榜樣看朱穎。」「姑娘、女人們都已經這樣了。P100」那麼多鮮嫩的女孩到城裏去賣錢了。也就是說，不管是怎麼搞錢，有錢就可以，不問來路。（當然，小說表露了對這些農村姑娘的同情。）那些姑娘在朱穎的帶領之下，到城裏賺到了很多錢。她回來競選村長，到處撒錢。後來，炸裂升級為超級大都市，又是她派出八百個青春靚麗的「保姆」，「染拿」（色誘）專家、院士等，讓孔明亮在第一輪投票之中慘敗。朱穎以美色來征服這個世界，派遣這些靚麗的姑娘來「染拿」官員和專家院士教授等。這些年輕女孩被用來對付官員和他們的司機秘書，控制專家院士。朱穎對粉香妹說，「你帶著這八百姑娘進京城吧。」「今天投票的那些男人專家們，有一半家裏的保姆都是婊子、都是炸裂人，都是從炸裂那個你我都沒聽說過的特殊技校培訓出來的婊子們。P352」她們接觸不到要害的高級幹部時，就把他們的司機、秘書和廚師「染拿」了，目標是把那些專家、教授、院士「染拿」下！「他不給京城那些人物送禮嗎？……送啥都不如送這女子技校的學生們。P281」「女子技校的特等生，……會讓全世界的男人都變成畜生、變成豬和狗。P304」孔明亮多少有點軟弱地對朱穎說，「現在炸裂要升格為超級大都市了，可你卻把那整整八百個姑娘、保姆和技校的特殊女生撒到京城的特殊家庭和特殊崗位上，讓她們以保姆的身份染拿下有投票權的專家、教授和院士。P357」看來，朱穎使用美人計，讓權勢薰天的孔明亮都感到萬般無奈。

　　小說使用了荒誕的手法來寫人的情緒和感覺，花草，各種植物都可以隨著心情不按照時序和時辰來開放或者凋落。小說中有兩類現象反映了社會亂象：一是植物在亂長，梨樹上可能是結核桃，等等；二是人物對話是答非所問，也就是說，人與人之間沒能好好互相傾聽和對答，而是都在各想各的心事。也就是說，人們除了為自己的物質貪欲興奮之外，已經沒有任何心思聽別人說話了。

　　小說中的世界已經惡化到了令人恐怖的程度。這哪裏是一個善良的人能生存的世界，這分明是一個強人的世界。這世界充滿了強盜！這個世界讓人無比恐懼。這些都表明社會已經發生了巨大的變化。小說描寫了世界末日一般的情景：「整個炸裂城，所有的鐘錶、手錶上的時針、秒針都在一夜之間不走了。P370」「遠處山礦的爆炸聲，在黃昏中又悶又響地傳過來，之後就是一片死寂了。落日被那爆炸炸成了一攤血淋淋的水。一包巨圓的漿紅被炸裂後流

在天邊外。樹成紅的了，如一樹血的花。鳥的叫聲也紅了，歸巢的路上都是它們的紅絨毛。有一隻野兔在那爆炸中，惶恐地朝著起塵的地方看了看，驚叫一聲——「天！」，就朝莊稼地裏跑去了。被炸驚了的草籽剛好嵌到了餓鳥的肚裏去。被炸落的花草和嫩葉，到牛羊嘴裏躲著了。明輝就在那驚慌寂靜裏，朝著墳地裏走。路上碰到了紅的空氣，污的泉水，驚慌失措的飛蛾和口吐白沫的病螞蟻。還有在路上口乾舌燥到將要死去的一條無家可歸的狗。P184」這是多麼可怖的世界末日情景！炸裂市是社會高速發展的一個縮影。小說描繪了經濟社會金錢萬能，權力腐敗等醜惡現象。在這樣一個生存環境中，人們的生存境遇可想而知。

本節有幾個關鍵詞：轉型期、市場經濟、物質主義、消費主義、精神頹喪、精神壓抑。轉型期給知識分子帶來的衝擊巨大，理想主義時代已經過去，人文知識分子的失落感可想而知。市場經濟放開之後，物質主義／消費主義對人們精神的損害是潛移默化、曠日持久的。轉型期對人的影響集中在人文知識分子身上。轉型期後，整個社會的思想追求消遁於對物質的追逐之中。轉型期過後的思潮中消費主義文化對人們的生活產生了巨大影響。

阿來的《蘑菇》寫出了人類追逐金錢而喪失了情感；陳應松的《馬嘶嶺血案》寫了貧富差距造成的社會悲劇；李肖瀟的《迷失動物園》寫出了現代人在物質主義時代物化的現實；魯敏的《鐵血信鴿》寫現代人沉重的物身，精神卻無法自由舒展；寧肯的《三個三重奏》寫普通人被物慾所擒獲的社會現實；閻連科的《炸裂志》寫了不斷擴張、無限膨脹的現代人的欲望，寫了社會爆炸式的高速發展過程中出現的嚴峻生存問題。這些小說都表明轉型期以來，社會面貌發生了巨大變化，人們在這樣的時代變幻面前不容易適應變化，就容易激發懷鄉情緒。

第二節　離鄉的流動社會——城市化、進城與身份認同

本小節從三方面探討城市化背景下從鄉村進入城市的問題。1. 城鄉政策放開之後的人口流動到城市中的現實與問題：歧視、排斥。2. 城市化生活對農民工的影響：進不了城，回不了鄉。身份的打破與重建。農民文化身份無法在城市中生活，經歷城市文明的人回歸農村也不容易。3. 農裔知識分子作

家通過寫作完成身份認同。這三方面的內容，就是 1990 年代以來中國當代小說懷鄉的現實原因，都圍繞城市化進程展開。

　　城市化所帶動的社會人口流動，人們離鄉背井，是目前中國社會較為普遍的狀況。這是懷鄉情緒產生的重要原因。中國有史以來，都沒有過改革開放、城鄉體制放開之後那麼大的人口流動。曾經的九億農民當中，青壯年流動到城市，成為農民工，那是極其壯觀的人口流動社會現象。在流動社會，人們離開自己故土，處在離鄉狀態，懷鄉也是自然而然的事。這一以農民工占絕大多數的巨大的流動人口（包含農裔知識分子），他們的離鄉狀態和情緒，他們的懷鄉，有著更為深層而複雜的原因，必須深入分析研究。

一、城市化：從鄉村進入城市

　　正如美國學者斯諾所說：「本世紀（20 世紀）以前之社會變化，慢到一個人一輩子都看不出來什麼。現在，變化的速度已經提高到我們的想像力跟不上的程度。」〔註 13〕1990 年代以來，城市化進程加快，「包括城市規模、城市人口、城市產業結構和城市空間等在內的城市元素都發生了巨大變化。P178」〔註 14〕在城市化推進的這幾十年中，中國的土地成為了世界上最大的建築工地。中國的城市在不斷的建設之中，在不斷的擴張中，在不斷地佔有土地。來到城市，往往可以看到弔塔在忙碌著，往往可以看到混泥土攪拌機在轟鳴，往往可以看到運送建築材料或者是建築垃圾的汽車在來往穿梭，往往可以看到那種打起高高的架子新建樓盤。城市如今有了許多玻璃幕牆建築，是那樣地豪華和現代，參天入雲的摩天大樓拔地而起，氣派豪華、令人豔羨的國際酒店、豪華賓館散落在城市最好的路段，吃住玩一體化的購物中心、城市廣場雄踞城市的繁華之地，現代商業寫字樓進駐城市空間，城市的夜晚，霓虹燈閃爍著妖媚的燈彩，那是高級的娛樂場所，保健中心，夜總會……

　　雷蒙德・威廉斯在《鄉村與城市》一書中，對於「城市」和「鄉村」是如此進行判斷和區分的：城市是「龐然大物」、「巨大擁擠」。「龐然大物」作為城市的核心意象。相對於鄉村的寧靜，城市是擴張性的；相對於鄉村的純真，城市是貪婪的。〔註 15〕城市如今成了現代文明的象徵，而現代城市已經成為

〔註 13〕〔美〕托夫勒：《未來的衝擊》，新華出版社，1996 年版。
〔註 14〕劉士林：《2007 中國都市化進程報告》，上海人民出版社，2007 年版。
〔註 15〕〔英〕雷蒙・威廉斯：《鄉村與城市》，商務印書館，韓子滿、劉戈、徐珊珊譯，2013 年 6 月。第 196 頁。

了人們工作和生活的主要場所。〔註 16〕大批的農民脫離土地，源源不斷湧入城市，「數以億計的農民離開鄉村到大城市和新興城市打工，這一獨特群體成為沒有城市戶口的實際上的城市人口，並從這個角度提高了中國的城市化程度。P99」〔註 17〕經濟學家厲以寧說過：「社會流動通常包括兩種流動：一是水平的社會流動，即在人們的社會地位不改變的情況下變更了自己的居住地點或職業。二是垂直的社會流動，即人們的社會地位發生了改變。P188」農民工進城屬於水平的社會流動。這一流動，帶來了社會變化。「人的身份也處在時時刻刻的變化當中，由此，不斷變化的社會角色使得人們不容易在社會中尋找到精神支撐。長期生活在這樣環境中的人，身份被解構了，為了尋找生存的支撐，他們又寄希望於尋找各種重建自我角色的方式。」〔註 18〕

城市化過程中，城市疆域擴張，城市的邊界不斷地擴張，不少農村的土地轉變為城區。農民和土地分離的過程中，沒有思想準備、文化準備，猝然成為有了城市戶口的城里人。這些人開始脫離土地，開始有如浮萍的生活。數以億記的農民工離開土地，湧入城市。這個巨大的社會流動人口，形成現代流動社會，的確是一個矚目的社會問題。在農村，除老弱病殘外，青壯年幾乎都往城市流動。城市被湧入大量人口，打工者們在城裏討生活。

「中國從鄉村時代進入城市時代，開始了一個被稱作「現代化」也可稱為「全球化」的急速城市化歷史裂變時期。」〔註 19〕城鄉差別戶籍管理制度放開了之後，農民也可以進入城市。但是，身份的焦慮卻無法克服，「失地農民雖然在戶籍身份上已轉變為城市居民，但其中的絕大多數人在心理認同與社會角色中任然堅持自己的農民身份，這就形成了身份認同的延遲。P182」〔註 20〕農民工因為身份問題，在城市中的生存變得尤為艱難。「城」與「鄉」身份的劃分，這種曾經的制度對於中國的影響是極其深遠的。即使到現在放開了戶籍

〔註 16〕羅崗、倪文尖編寫：《90 年代思想文選（第三卷）》，廣西人民出版社，2000 年 7 月版。

〔註 17〕項飆：《傳統與新社會空間的生成——一個中國流動人口聚居區的歷史》，《戰略與管理》，1996 年第 6 期。

〔註 18〕李忠：《九十年代中國散文的懷舊主題研究》，南京師範大學碩士論文，2013 年。

〔註 19〕張勇、彭在欽：《現代化語境中的新世紀「底層文學」》，《貴州社會科學》，2010 年第 5 期。

〔註 20〕楊風：《排斥與融入：人口城市化進城中農民市民化研究》，山東大學出版社，2014 年 6 月版。

管理制度，但是，曾經的「城市戶口」與「農村戶口」，仍然影響人們在城市中的工作與生活。

1958年，國家頒布《中華人民共和國戶口登記條例》，相繼出臺一套輔助行政措施，比如城市人口的「定量商品糧供給制度」、「勞動就業制度」和「醫療保健制度」等，以此形成一整套以「條例」為核心，以其他輔助性措施作為補充的戶籍制度。「戶籍制度在控制城市人口過度膨脹、房子農村人口大規模湧入城市以及預防「城市病」等方面發揮了積極作用，但也阻礙了農民市民化進程。P171」〔註21〕進城農民面臨多重社會排斥，一是在經濟方面，就業機會要少於原有城市居民，就業領域有限制，有些領域規定了外來人員不能進入，農民工在城裏的工資待遇相比較也要偏低。二是在社會權益方面。1. 農民工在城裏就業，不一定簽訂勞動合同，農民工每週超過44小時工作時間的情況也多。2. 在城裏就業的農民工買社會保險方面，和城市戶口的人相比，也有差異，也許就少買一種。3. 農民工不能夠享受城市居民最低生活保障。4. 住房方面，經濟適用房農民工沒有條件購買。〔註22〕「農民工只能從事苦、髒、累、險、毒和其他市民所不願從事的工作，而沒有資格同城市居民進行公平競爭。P156」〔註23〕進城的農民工在城市中漂泊無依。人滿為患的城市，因為要爭奪有限的生活資源，人與人之間的關係緊張。「由城鄉二元對立所導致的當代異鄉者身份意識的失落和精神的困境，反映出了他們對當前自我「身份塑造與意識重構」的惶惑與焦慮。從鄉村到城市，城市異鄉者親身體驗了時代發展和文化轉型所帶來的城市與鄉村、異地與故鄉、富裕與貧苦二元對立的現代性裂變。」〔註24〕

賈平凹的《高興》中劉高興、五富等就是這樣的一批人。「生存困境和都市的誘惑，使這些身份難以確定的人開始了都市的漂泊生涯。P408」〔註25〕離鄉，離鄉到城市的農民，加入到中國巨大的社會人口流動之中。這些人在城

〔註21〕楊風：《排斥與融入：人口城市化進城中農民市民化研究》，山東大學出版社，2014年6月版。

〔註22〕楊風：《排斥與融入：人口城市化進城中農民市民化研究》，山東大學出版社，2014年6月版。參見P156～161。

〔註23〕楊風：《排斥與融入：人口城市化進城中農民市民化研究》，山東大學出版社，2014年6月版。

〔註24〕陳超：《「鄉愁」的當代闡釋與意蘊嬗變——中國當代文學鄉土情結的心態尋蹤》，《當代文壇》，2011年第2期。

〔註25〕孟繁華、程光煒：《中國當代文學發展史》（修訂版），人民文學出版社，2011年10月版。

市中，做著最為低等的勞動力工作，因為經濟文化地位，幾十年的城鄉差別造成的階層地位的差別，腦力勞動體力勞動的差別，戶籍管理的差別，受到歧視，有時甚至人的尊嚴受到侮辱。

近二三十年來的城市化，從鄉村湧入城市的人們，即使成為城市居民，也割不斷和鄉村的精神文化血脈聯繫。在精神和情緒壓抑無法排解時，他們心靈最後的棲息之所很可能就是懷鄉了。城鄉衝突不僅僅在現實的種種矛盾，而且還會出現在文化、精神和人的心靈當中。因為城鄉差別這巨大的鴻溝，自然就成了城鄉之間交流的障礙，也成了在短時間內難以化解的問題。這樣，面對城市生活中的種種遭遇和不幸，懷鄉者只能陷入到不盡的鄉愁之中。

阿來的短篇小說《奧帕拉》寫的是時代變遷中的一個偏遠小鎮。小鎮建起來速度驚人，衰頹也非常迅速。《奧帕拉》中小鎮的衰落，有一種無可奈何花落去的感覺。阿來的《槐花》在城市的背景下展開，寫的是一個山裏的農民，曾經還是一個獵人，年老時來投靠在城裏工作的兒子，兒媳婦嫌惡他身上的獵人氣息，他自己主動選擇了離開兒子的家，去守護城裏的一個停車場。小說專注於寫這個老人在城裏生活的感受。在守停車場時，老人同一個前來停車的來自家鄉的年輕人一起喝酒、交往。這個老人，通過車場的槐花，想念起遠在家鄉的槐花的香氣了，渴望家庭的溫情了。《槐花》對老人心中對家庭溫情的渴望進行真切地描寫，這就是懷鄉的敘寫。

二、異鄉：進不了城，回不了鄉

英國齊格蒙‧鮑曼卻從「本地人」與「異鄉者」的身份揭示了其內存的矛盾性，認為「異鄉者」「既非朋友也非敵人」，「因為他們什麼都不是，所以他們什麼都可能是」。這讓「本地人」深感威脅，於是他們會採取「去疏離化」或「馴化」、同化「異鄉者」。讓「異鄉者」尷尬的是，如果認同當地文化則意味著肯定自身方式的低劣和不合道德標準，但承認自我身份的低劣顯然又是一個分裂痛苦的過程。這就導致「異鄉者」在面對當地文化時往往會採取雙重的姿態，即一方面拒絕離去，而將他的臨時寓所改變成長期家園；而另一方面卻又時常保持著離去之心，充斥著漂泊的宿命感。〔註26〕這裡分析的就是一種典型的進城的異鄉者的心態。

在城鄉結構發生了根本性變化的新世紀，大量的農民工在城市化的進程

〔註26〕齊格蒙特‧鮑曼：《現代性與矛盾性》，商務印書館，2003 年版。

中背離鄉土，進入城市。他們身上所攜帶的鄉土文化和城市文明猝然相遇，會產生劇烈的文化衝突。經過長時間的城市文化的浸染、洗禮，他們終於擺脫了泥土文化的束縛，卻仍然不容易融入城市。這些新近進入城市的外來者，他們的青少年大多都是在鄉村度過的，因而鄉土性很強。他們漂泊在城市中找生活，追求自己的理想，但城市的繁華喧鬧並沒有給他們帶來快樂，城市不是他們的，他們只是底層的勞動者，而不是城市的主人。因而這些異鄉者的身份顯得尷尬：城，進不去；鄉，也回不去。賈平凹《白夜》中的夜郎和《高興》中的劉高興，都是這樣一類人。他們在城裏奔波於生活，苦熬。劉高興到城郊的麥地去散散心，就是懷鄉的表現。在艱難融入城市的過程，他們精神糧食也許就剩下懷鄉了。「《高興》隱含了賈平凹巨大的、揮之不去的心理焦慮，這就是在現代化的過程中，中國農民將以怎樣的方式生存。他們被迫逃離了鄉村，但都市並未接納他們。當他們試圖返回鄉村的時候，也僅僅是個願望而已，不僅心靈難以歸鄉，就是身體的幻想也成為巨大的困難。五富的入土為安已不可能，他只能像城里人一樣被火化安置。P409」〔註27〕青年小說家魏微的《異鄉》《姐姐》和《回家》等小說都表明，懷鄉，卻回不去了。在外面漂，城與鄉，兩頭都不是家。

作家魏強的《北京北》〔註28〕關注農民工進城的身份問題。小說中的農民工住在北京的北邊城鄉結合部。在河對岸，就是城市富人們的豪華別墅區。農民工們生活棲息在違章建築群裏。讓人有點驚訝的是：這一所在已經沒有了自己的地名。農民工像野草一樣頑強地生活在城市邊緣，他們就是想獲得北京這座城市的接納。小說寫了城市文明對於農村的侵犯和剝奪。寄居在髮廊的年輕女農民李小靜實際上成了妓女；林初丹，一個來自農村的學音樂的大學生，被老闆，一個有錢的壯年男人包養了；城裏有錢的女人，她們在漁獵年輕男人。小說主人公叫王亞，人高馬大的，英俊帥氣，正是女大款們漁色的對象。王亞是否答應富姐許琳去做「鴨子」，每個月輕鬆賺一萬元，在小說中是個懸念。小說故事情節波瀾叢生：王亞載客的「黑車」，沒有在出租車公司登記，被扣了；趙姐的兒子小四失蹤了，大家一齊出去尋找；發小對李小靜癡迷，於是，兩人去偷拍她賣淫的視頻，留下影像資料；一時間，街坊皆知，李小靜在這裡生活

〔註27〕孟繁華、程光煒：《中國當代文學發展史》(修訂版)，人民文學出版社，2011年 10 月版。

〔註28〕魏強：《北京北》，《星火》，2010 年第 2 期。

不下去了。後來，王亞被警察抓走，為了救他出來，家人到處找人幫忙，卻找不到門徑。最後，還是林初丹，那個被包養的女學生，動用了自己的關係去救他。然而，她的命運和人生道路因此發生了變化，離開了這座城市。

這些懷揣著一個能夠扎根、定居北京的願望來到城市的農民工，頑強地生活在城市邊緣，沒有合法身份，生活在北京。小說關心農民工的命運，希望農民工的城市生活合法化，農民工們盼望政府開放政策，讓他們能夠成為北京人。這或許就是作者給小說取名的「北京北」的原因。

融入城市極其困難，這個過程往往需要付出巨大代價，甚至為了生存而不擇手段。滕肖瀾的中篇小說《美麗的日子》〔註29〕講述江西上饒的女人姚紅殫精竭慮成為上海媳婦的故事。小說後半部來了一個轉折，姚紅假扮演懷孕的事情暴露，被驅逐。通過在公園長椅上靜坐，取得了主動權，她還是頑強堅韌地咬牙堅持下來，最後，她終於成為了上海小媳婦。小說結尾寫得驚心動魄：那個上海方老太，竟然是當年那個哀求廠長給予雙倍撫恤金的漂亮少婦。小說回溯了方老太的當年往事，失去丈夫的她，為了撫恤金，不惜抱著小孩子在雨中跪著鬧騰了好幾天。在得到了她丈夫的撫恤金之後，和廠長發生了關係——雖然廠長女人對她好過。這樣，婆媳兩個女人竟然都是為了達到某種目的，不擇手段。她們所做的，只是為了能夠在城市中立足而已。這就是嚴酷的生存現實。這深深刺痛了讀者敏感的心靈。小說講，姚紅這個女人根本都不是離婚沒有女兒的女人，而是已經有了一個十歲的女兒的女人。她還想著把自己的女兒將來也弄到上海，也成為上海女人。這個女人不簡單，她叫姚紅。她溫婉堅韌，以生存為第一位。這是一個不惜代價進入城市的鄉村女子的典型形象。

三、身份的打破與重建（身份認同）

這些湧入城市的異鄉者，一邊在城市中通過艱辛的勞動獲得薪水，一邊還要面對城市對他們的擠壓。「這一生存悖論使得人們的鄉愁更加濃烈和真實。對於那些懷鄉的人來說，沉湎於對過去生活的懷想，就是借助這種精神上的超越性「回返」，以排除現實世界對於自身的異己感和不適感。」〔註30〕

〔註29〕滕肖瀾：《美麗的日子》，《人民文學》，2010 年第 5 期。
〔註30〕種海峰：《當代中國文化鄉愁的歷史生成與現實消彌》，《天府新論》，2008 年
　　　　第 4 期。

從鄉村進入城市，身份角色發生了轉換，人們一時難以勝任新的身份角色，就會產生一種失重感，只好通過懷鄉，來確認自己在這個世界的存在感。這些人正是通過懷鄉，理順自己的來路，實現了歷史與現實的溝通，漸漸認同與確證自己的城市身份。「身份認同作為文化研究中的一個重要概念，其基本含義是指個體對某種帶有本質特徵的社會文化的認同。P272」〔註 31〕現代懷鄉起源於生活在城市中的異鄉者的一種身份消失。現代生活中的個體對自己在現代物質社會中的異化以及對傳統的疏離是有非常敏感的。因此，他們往往沉浸於懷鄉之中，以此來進行自我認同的重新建構。對於全球化進程中出現的身份焦慮問題，有論者認為，「身份認同的出現不在當代，然而身份認同成為一個問題卻是在當代。科伯納·麥爾塞說：「只有面臨危機，身份才成為問題。那時一向被認為是固定不變、連貫穩定的東西被懷疑和不確定的經歷取代。」〔註 32〕P275」〔註 33〕進城的農民工等異鄉者，身份認同成了一個亟需解決的社會問題。

　　中國社會近幾十年來的城鄉差別，使得人們各自所擁有的鄉土文化和城市文化的差異衝突也極其顯著。徐則臣《耶路撒冷》中年輕夫婦之間的矛盾，根本原因還在於城鄉文化衝突。阿來的《血脈》中，除不同文化的摩擦之外，其實也有城鄉差異。農民工在城裏成了異鄉人，其實是游離於城市生活之外的，是城市的邊緣人或底層。為了能夠融入城市，他們往往飽受歧視的目光，拼盡自己全力，取得了某種程度上的成功，才能夠獲得城市生活的存在感。在城市文化主導的都市生活空間中，農民工的身份極為尷尬，他們必須重建城市生活經驗，以擺脫農民身份。身份是可以改變的，比如說社會和文化都可能改變具體的個體的身份。來自農村的青壯年，在城市中打工，被命名為「農民工」。這種和農民身份有著聯繫，又同城市工人有點聯繫的身份，其實包含了城市文化的異樣目光，在城市中受到不公平待遇。這一巨大的流動人口，出現了普遍的身份認同問題。「身份認同主要指在主體間的關係中確立自我意識，並在普遍有效的價值承諾和特殊身份意識的張力中獲得自我歸屬感和方向感，它往往給人一種空間的想像，一種在家的感覺，一種本體性的安

〔註 31〕曾軍：《文化批評教程》，上海大學出版社，2008 年 10 月版。
〔註 32〕〔英〕拉雷恩：《意識形態與文化身份：現代性和第三世界的在場》，戴從容譯，上海教育出版社，2005 年版，第 195 頁。
〔註 33〕轉引自曾軍：《文化批評教程》，上海大學出版社，2008 年 10 月版。

全感和歷史感。」身份的認同，是一種精神上的歸屬感，而這些城市「邊緣人」的身份認同的危機引起了進城者極大的不安全感。」〔註 34〕

這些從農村來的進城者，遠離鄉土，遠離自己曾經生活的文化圈，來到城市這樣一個陌生環境，他們原來的自我身份認同無法在新的環境中延續下去。他們不得不改變自己，以適應城市生活，然而，城市生活又比較難以融入，在這個階段，舊有的身份認同又無法延續的時候，他們就成了遊走在城市與鄉村之間的漂泊者。「在後殖民文學作品中，『流放』的複合狀態表現為主人公往往同時經歷著地域、文化、血緣和心靈的流放，這些『流放』的感覺彼此互為因果，相互交織在一起，使得這種『流放』的生存狀態顯得更為複雜和深沉。心靈的流放似乎是地域、文化和血緣流放的必然結果，心靈的流放可以理解成一種『無根』的感覺。人類學家喬治·斯班德勒指出，人類永恆的自我『是一種對過去的延續，對個人的生活經歷、生活意義以及社會身份的延續。這些能夠幫助人們確認自我。』而這種延續是需要一定的社會語境的，一旦失去了相應的社會語境，這種延續就會中斷，或轉變方向。『自我就失去了安全感。』這就是後殖民主義語境中心靈『流放』的主要含義。對於自我歸屬的困惑和失落，使『流放』者的心靈，失去了精神的家園，心靈無所歸依，自我的身份無法在一種有延續性的社會文化中得到確認，自我的文化措置的過程中迷失了。P141~142」〔註 35〕

「幾億農民已經成為『鄉村裏的都市人』和『都市裏的鄉村人』，而這種雙重身份又決定了他們在任何地方都是邊緣人，都是被排斥的客體，他們走的是一條鄉土的不歸路。」〔註 36〕「故鄉回不去了，而城市又不是我們的精神家園。(《土門》)」〔註 37〕「懷鄉者被宣布是不受歡迎的人，故鄉的大門對懷鄉者封閉了。在梁鴻和喬葉那裡，失去的還只是故鄉；到了魏微這裡，懷鄉者整個被摧毀了。還有，《回家》母親鼓勵小鳳出去，同樣意味著故鄉對懷鄉者的驅逐。」〔註 38〕

〔註 34〕謝菊：《論劉慶邦小說創作中的家園主題》，廣西師範大學 2014 年碩士論文。

〔註 35〕任一鳴：《後殖民：批評理論與文學》，外語教學與研究出版社，2008 年 2 月版。

〔註 36〕丁帆：《中國鄉土小說生存的特殊背景與價值的失範》，《文藝研究》，2005 年第 8 期。

〔註 37〕王亞麗：《「老西安」、「古典」傳統與「招魂」寫作——論賈平凹的西安城市書寫》，《文學評論》，2015 年第 1 期。

〔註 38〕岳雯：《懷鄉者說》，《小說評論》，2011 年第 6 期。

四、現代都市生活的巨大壓力

「一種名為「鄉愁綜合症」的情緒在大城市中暗流湧動。」城市生活的巨大壓力，競爭的加劇，人際環境可能存在的險惡，勞動強度大，家庭負擔重，人們時時處於緊張狀態。有人把這一種症狀和情緒命名為「鄉愁綜合症」〔註39〕。一個年輕人在城裏安家，背後往往要有一個家族的眾多親友的支持，借錢給他付按揭購房首付等，才能夠得以在城市中容身。然而，這還沒有完結，後續還有諸如小孩入托等子女教育問題和其他問題接踵而來。這些奮鬥在城裏的年輕人，有相當一部分人，疲憊不堪，心力憔悴，必須要進行一番精神蛻變，才能適應城市生活。

在城市化的過程中被捲入城市，卻又面臨著城市嚴峻考驗的年輕人，就這樣面對著在城市中生存壓力大，然而又「回不去」的處境。在中國當前的城市生活中，工作，住房，戶口和子女教育問題，成了剛剛進入城市中生活的年輕人的不能承受之重。身處城市，生活壓力大，人際關係緊張，工作壓力和強度都非比尋常，導致年輕人的焦慮不堪。這些人自然回望故鄉，在心中湧起了懷鄉情緒。

格非的《春盡江南》中，龐家玉（李秀蓉）這個女人是一個悲劇人物，她中年患癌症自殺死去，社會環境和自然環境的惡化造成了她人生的悲劇。社會風氣不好，在要回自己房產的過程中，困難重重，兒子的教育壓力很大。生活環境中，那裡不講衛生、垃圾遍地，河道中也有垃圾，環境污染厲害。龐家玉的家庭生活不容樂觀，一方面，本著社會禮儀，對婆婆示好；另一方面，婆媳倆相互很難相容。由於緊張和焦慮，她教育兒子，時時失去耐心，繼而發火吼叫。

讓人痛心的還在於，在她不長的人生的最後一年，竟然是在討回房產的煩惱中度過的（她的房子被捲款而逃的中介公司租出去了，卻不容易收回）。小說這一中心事件，暴露了社會中存在的醜惡一面。雖然龐家玉自己就是一個律師，但是，竟然不能通過法律手段要回房產。在幾番交涉未果，尋求工商和司法幫助不得的情況下，竟然是通過黑社會手段，才得以解決這個苦惱著這個小家庭的大事。家玉總算收回了自己家的房產。

龐家玉也許一生都在做著自己厭惡的事。這是命運呢，還是一種社會規

〔註39〕《鄉愁綜合症》，《農村工作通訊》，2010年第9期。

定性？她要相夫教子，婚後，她成了一名律師，開了律師事務所，拼命賺錢，被生活追趕著往前走。這是一個要強的女人，性格竟然那麼溫婉。丈夫是一個耽於精神生活的人。她必須行動，必須努力工作賺錢。她腳踏實地，拼命工作，擁有汽車，兩套房產，還有成立了一個律師事務所（最後兌現為 80 萬元現金）。兒子在學校讀書，成績名列前茅，還當著代理班長。這些都是通過她拼命的付出而追求來的。她曾經也是一個文學愛好者，寫過詩歌。她有自己的精神嚮往，想到聖地西藏去。她克制自己，至少從表面上，不敢忤逆婆婆。她愛自己的丈夫，幾乎都是溫順的，不像別的潑辣婦女，雖說家庭中的矛盾和摩擦也是有的。然而，她卻不能在這個世界活下去了，一方面是因為癌症晚期，另一方面，恐怕也由於以李春霞為代表的人對她有著巨大精神打擊和傷害，這些促成了她在疾病中自殺。

小說書名為《春盡江南》，恐怕和這麼一個女主公的命運是相聯繫的。有多少在現實生活中辛苦忙碌的人像她啊。龐家玉的離世，她的死，令人惻隱。這樣人生的歸宿，怎不讓人哀傷？！她知道了自己要在六個月之內離開人世。她把愛灑向這個家庭。她把自己的全部都給了這個家，包括她的最後的八十萬元！回首人生，她特別珍惜自己對丈夫的感情。她說，她愛！小說讀到這裡，我們不得不重新認識這個妻子和母親，她在日常生活中對丈夫要求高，對兒子的教育嚴格，辛苦忙碌了一輩子，最後選擇了體面地離開人世。她的生命是非常實在的。其實她給丈夫帶來了綿長的愛，永遠難以忘懷。這是一個在巨大城市生活壓力下的生存的生命記錄。

五、農裔知識分子（作家）：以寫作確證身份

城市化是大勢所趨，人們進城也是很自然的事。有的農裔知識分子進城後不能適應城市生活，有受挫感、壓抑感。在這種現實境遇中，他們懷鄉，思念故鄉。他們曾經生活其中的鄉土文化所擁有的生活方式，思維習慣、思想觀念以及審美情趣、生活趣味等，和城市文化有很大不同，因而會有文化衝突，一方面他們融入城市需要一個漫長的過程，另一方面，他們有意和城市文化對抗。他們在生活和工作中始終處於一種身份認同的危機之中。這種危機源於他們和城市生活始終是隔膜的，因而他們實際上是生活在城市的邊緣，追憶和依戀故鄉成了他們的精神生活的一部分。

在城市化過程中，從鄉村進城的知識分子，他們的生命之根是在鄉村，

少年兒童時代所形成的文化行為習慣，和城市文化行為規範相衝突。這些人生活在城裏，異鄉感特別強烈。他們在工作交往和日常生活中，必須要改變自小養成的行為習慣和文化行為，要認同城市裏的一套文化規則。然而，他們的內心卻是懷鄉的，這造成了兩種文化矛盾交織的痛苦。這一角色的轉換，脫胎換骨，其實是一番痛苦的蛻變。更深層的痛苦還在於，無論是現在所棲身的城市，還是遙遠的故鄉，都已經不是他的家園，他只是飄蕩在這個世界上，沒有歸宿感，此在不是他的精神家園。他們生活在這種精神狀態，很容易引發現代性鄉愁，只好在心靈中幻想著一個精神家園，供他棲息，沉醉其中以得到精神的撫慰。故鄉，他們是回不去了。他們在城市中生活時間長了，終究要在城市中生活下去，只好在內心回返精神故鄉。

在城市生活之初，他們要付出比城市原有居民更多的辛勤汗水，才能夠獲得社會的承認。他們必須要接受種種現實生活磨難的考驗。在沒有任何退路的情況之下，他們只有堅韌地生存下來。城市的確是無情地歧視他們曾經有過的鄉土文化身份。他們所體驗到的文化衝突，在內心是相當強烈的。他們在城市生活中所感受到的孤獨感以及社會疏離感，是相當深切。正因為如此，城市對他們的擠壓越是屬害，他們就越是沉入到懷鄉的氛圍之中不可自拔。經過心靈美化的故鄉，成為了他們理想的田園，成了他們魂牽夢繞的精神家園。

出身農村的知識分子，如今的城里人，當初離開故鄉時，他們是恨不得永世不回家鄉，走得越遠越好。他們嚮往繁華的現代城市。城市對他們來說，有著巨大的吸引力。在那商品琳琅滿目、高樓大廈的城市中，總有迷人的東西在吸引人們。然而，他們一心想的是城市的好處，卻沒有任何心理準備面對進入城市生活之初的不適應症。城市非常現實的一面，他們必須承受和面對。「這一批知識分子，有著兩套文化性格。一方面內心保持了自小的文化生活習慣；一方面，必須適應和學習城市中的文化規範。文學懷舊常常與故鄉、童年、舊交聯繫在一起。」〔註40〕懷鄉，其實是對於過去的緬懷，是一種記憶過濾之後，對於過去溫馨的回憶，帶著溫暖甜蜜的味道，以補償現實生活的無奈、傷害、悲傷和痛苦，是對冷漠無情的現實的一種拒絕和抵抗。懷鄉的過程，越是認同原有的身份，緬懷過去，就越認同現實身份和角色的重要

〔註40〕陳犀禾、王豔雲：《懷舊電影與上海文化身份的重構》，《上海大學學報》（社會科學版），2006 年第 3 期。

性，否則就無法在城市中生存。「認同」作為一個概念，它是指一種框架和視界，人們在其中獲得方向感、確定性和意義。查爾斯‧泰勒指出：「分解性的、個別的自我，其認同是由記憶構成的。像任何時代的人一樣，他也只能在自我敘述中發現認同。P37」〔註41〕

賈平凹在相當長時間裏，都無法使自己像一個真正的城里人生活在城市中。有論者認為，劉高興的身上有著賈平凹對逝去的故園傳統的情感寄託，表明了作家與城市文明的隔閡。《高興》的「精神內核還是鄉村的。」〔註42〕一個作家都是如此，那麼來自農村的普通進城者，他們付出的代價更大，才有可能融入城市文化中去。在西安城裏生活了幾十年之後，賈平凹漸漸地由否定農民「這張皮」，漸漸轉變為對農民身份的認同。他頹然承認自己終究脫不了農民這張皮，只好承認自己是農民，乾脆承認自己是農民了。故鄉才是人們的皈依和歸宿，最終是要葬在故鄉的。賈平凹的《我是農民》就是這樣一部回溯了自己作為農民的人生記錄，回憶自己的青年農民這一段生命歷程，寫出了自己成長於農村的往事，以此來獲得自己的存在感和身份認同。在精神上追溯自己曾經的農民文化身份，敢於面對自己這段人生，與此同時，賈平凹作為城市知識分子作家的身份也得以確立，這是經過了一番痛苦的煎熬和精神蛻變的。

阿來通過寫作長篇小說《空山》和中短篇小說《群蜂飛舞》《槐花》《血脈》等來懷鄉，來理清自己的人生來路，以此確證自己在城裏的作家身份。中篇小說《血脈》是一部自述身世的作品。有意思的是，小說中的「我」爺爺本是漢族，但是孤身一人生活在藏區，倒成了不折不扣的「少數民族」。「爺爺」一輩子生活在遠離故土的地方，一直在尋找跟自己血脈相連的文化因子。「我」的漢族爺爺在一種不同於自己血脈文化當中的艱難生活。而「我」的父親遭遇剛好相反：他離開藏區，來到大城市中找自己的兒子，因為獨特的民族服裝，與眾不同的生活習慣，成了城市中一個突兀的存在。在這裡，父親和城市格格不入，被城里人當作異類。父親「散發著另一塊土地上人們食用的陳年油脂以及牛欄和馬匹的味道，甚至日常使用的香料味道來到這裡，

〔註41〕〔加〕查爾斯‧泰勒：《自我的根源：現代認同的形成》，韓震等譯，譯林出版社，2001 年版。

〔註42〕劉小佳：《城鄉二元結構視角下的賈平凹與王安憶三十年創作》，《小說評論》，2014 年第 4 期。

他顯得過於濃烈和沉悶了。所有這些，都會叫人顯得怪異而且孤僻。P75」〔註43〕《血脈》中一邊寫爺爺當年融入藏區的艱難，一邊寫藏族父親如今來城裏兒子家在現代城市中的遭遇。阿來其實也是通過寫作，獲得自己在城市中生活的身份確證。

莫言通過寫作小說《豐乳肥臀》等來懷鄉，倔強地確證自己在城市中生活的身份，以此獲得城市身份的認同。「他雖然對家鄉充滿了逃離的渴望，但是真正離開這片土地後，他卻發現自己根本無法割斷對家鄉的依戀。P69」〔註44〕莫言講過，「等到真的逃離之後，發現在城市的環境裏，我的故鄉經驗和城市生活產生了更加尖銳的矛盾和對抗，城市對我的壓迫更加嚴重。P235」〔註45〕莫言的這種外鄉人的生命體驗，很多現當代作家都曾經經歷過。莫言曾講，在這個人生階段，他每天都惶恐不安。他拼命地寫作，通過寫作來拯救自己，來克服對未來、對人生的惶恐和絕望。我們甚至可以說，他的大部分文學作品都是在這一壓力下創作的。

懷鄉是現代人獲得存在感的基本方法之一，也是現代人自我認同的重要方式。在艱難的現代生存環境下的懷鄉，通過追憶，在記憶中挑選了最美好溫馨的東西來建構自我，反覆進入懷鄉情境，沉湎於其中，然後和現在的生活進行對比，在現實和記憶過去之間反覆穿梭，記憶通過了多次修改，懷鄉者終於理順了自己的來路，從而完成了現實生活中的身份重新建構。因此，從自我認同的角度來講，故鄉其實成為了現代生命個體的一個鏡象，讓自我得以建構，另一方面，現代生活中的個體也在對精神故鄉的想像之中找到了人存在的價值。這樣，懷鄉就溝通了故鄉和自我之間的生命聯繫。

本節認為，城市化是現代化最為核心的問題之一。城市化進程中出現的問題非常多。中國當代城鄉兩極的戶籍管控制度造成的幾十年來的巨大城鄉差異恐怕是其中最為突出的，它深層次地影響了次生問題。比如，進城的人們身份的打破與重構問題。（也就是說，如何撤去農民身份，認同城市人身份的問題。）這和幾十年來所形成的中國城鄉文化巨大差異有關。新進城的人們，必須經歷一番精神上的脫胎換骨，才能適應城市生活，融入城市中去，否則，就會身份尷尬：城市融入不了，鄉村回不去。從某種角度講，農裔知識

〔註43〕阿來：《寶刀》，作家出版社，2009 年 9 月版。
〔註44〕林間：《莫言和他的故鄉》，廈門大學出版社，2013 年 1 月版。
〔註45〕林間：《莫言和他的故鄉》，廈門大學出版社，2013 年 1 月版。

分子的作家,和農民工融入城市的過程的境遇是相同的。因此,我們討論作家通過寫作完成自己在城市中的身份認同問題,其實也涉及了農民工融入城市過程中的身份確證問題。

本節討論了離鄉的流動社會當中的城市化問題、非城市戶口的進城問題,身份的打破與重建問題等。魏強的《北京北》,寫農民工雖然在城裏找工作,生活在城郊的貧民區,卻很想融入城市,成為真正的「北京」人。滕肖瀾的《美麗的日子》寫的是一個女人如何頑強堅韌地擠入城市成為上海人的過程。格非的《春盡江南》寫了生活在城裏的女人龐家玉,在巨大的工作和生活壓力下,拼命工作,竟然得了嚴重的病症。這些,幾乎都是城市化背景下人們的艱辛生活。這從另外一方面道出了城市化背景下的社會現實原因。和農民工等進城的流動人口一樣,很多農裔作家也是有一個新的身份認同的艱難過程,包括莫言、賈平凹等人在內的作家,都是通過寫作來確證自己在城市中生活的身份,同時,也是在寫作中追溯自己的來路,以確證自己此在的存在感。

城市化進程中非城市人口進入城市的艱難處境,是小說懷鄉的現實原因。然而,1990 年代以來中國當代小說懷鄉的根本原因還在於,包括農民工在內的現代人,都要面對異常強大的現代化造成的對人的壓抑這一生存狀態。人們在這一孤獨的境遇中,猝然面對現代化對個體的擠壓和折磨。因而,現代懷鄉成了現代生命個體的精神生活。這是下一節需要深入探討的問題。

第三節　現代性生存狀態

本小節探討現代人的現代性生存境遇中的懷鄉心理需求:1. 現代社會中,由於地區間的經濟發展不平衡,由於貧富差距,由於工作和生存環境對人的要求高,因而,可能導致人際關係的改變,甚至出現人與人之間的敵視,相互冷漠。在日常生活環境,包括家庭生活環境,有可能會變得逼仄狹小。現代人容易陷入孤獨的境遇,往往被迫獨自面對現代社會給生命個體帶來的巨大壓力。2. 現代大工業生產對於人的影響很大,在現代工作環境中,人們工作緊張、壓力巨大;3. 現代社會環境和自然生態環境的改變對現代生存產生重大影響。現代性生存狀況,是中國當代小說懷鄉最為深層、最為根本的原因,越來越深刻影響著現代人的精神生活。

一、現代都市生活中人的孤獨境遇

　　只要深入地研究中國當代文學 1990 年代以來的懷鄉敘事，就會發現現代懷鄉和傳統的懷鄉有著巨大的差異。現代懷鄉「已不再只是單純地表現為情感的宣洩和傾訴，而更多的是摻雜了對城鄉階層分化、社會身份轉移和社會改革所帶來的生存困惑和思想困擾。」〔註 46〕

　　「現代化是一個古典意義的悲劇，它帶來的每一個利益都要求人類付出對他們仍有價值的其他東西作為代價。」〔註 47〕在現代工業社會，工業化使人異化，人類在創造許多前所未有的新生事物的同時，人自身似乎變得渺小。在那些科技武裝起來的現代工具面前，人成了龐大的現代社會機器中的一部分。人的異化和心靈壓抑現象比較嚴重。生命個體在整個工業時代，時常處於非人性狀態，人給侷限固定在狹小的工作間或流水線上，成為機器生產流水線的一部分。人的主體性精神萎縮，人變「小」了。「在當代全球化經濟的衝擊下，個人在整個社會中的作用越來越顯得渺小。商品與人的地位逐漸發生了變化，人在社會中的主角地位不斷下降。」〔註 48〕大工業生產同人的本性所要求的人的自然性、人的自由天性是相牴觸的。人們在人口、交通、資源、氣候等社會環境和自然環境的壓迫之下，在經濟的壓迫下、在生活的重壓下，人際關係發生了巨大的變化。人與人之間的聯繫是按照現代規則和秩序連接起來的，較少人情味。和鄉土中國的熟人社會不同，生活在城市中，生命個體往往置身於陌生人之中。在城裏，人們匆匆忙忙，擦肩而過，誰都不認識誰。對比鄉土中國的鄰里關係（互幫互助的關係），在城裏，人與人之間的關係是冷漠的，即使是住同一單元同一層樓的鄰居，往往相互不認識，也不想認識，見面不打招呼，連對方的最基本情況也不知道。「疏離帶來的隔膜，滲入到個人的具體生活，阻隔著對他人的信任，帶來個體孤獨、敏感和充滿敵意的焦慮行為。」〔註 49〕

　　後工業化的影響。信息社會中，人們擁有互聯網，通訊和聯繫更為便捷

〔註 46〕陳超：《「鄉愁」的當代闡釋與意蘊嬗變——中國當代文學鄉土情結的心態尋蹤》，《當代文壇》，2011 年第 2 期。

〔註 47〕〔美〕艾愷：《世界範圍內的反現代化思潮》，唐長庚等譯，貴州人民出版社，1991 年版，第 231 頁。

〔註 48〕李忠：《九十年代中國散文的懷舊主題研究》，南京師範大學碩士論文，2013 年。

〔註 49〕陳萍：《現代性批判中的懷鄉》，陝西師範大學碩士學位論文，2010 年。

了，但與此同時，人與人之間產生疏離感，現代心靈空間反而可能變得逼仄，現代人精神可能更為壓抑。城市生活節奏快，人口擁擠，人與人之間的競爭也更為厲害。現代生活既有舒適快捷的一面，也有隔膜、冷漠、孤獨的另一面。在很多情境下，人情關係轉換成冷漠的金錢關係／利益關係。這種金錢關係是非人性的。唯利原則讓人的精神生存嚴峻逼仄起來，人與人之間的戒心和提防越來越厲害了。人與人之間的冷漠和敵意，即使在同一單位，都有可能是相互算計，相互提防，勾心鬥角的，這是現代人際關係環境惡劣的一面。發達的現代社會，人與人之間見面打交道的越來越少，人機互動越來越多。現代城市生活中，人和世界打交道，有很多是通過冷冰冰的機器來實現的，缺少人性的溫度。人在高科技背景下的現代生活環境中，和整個世界隔離開來，每一個生命個體成了現代生活中的一個個相互獨立的小島。人們相互之間的實際需要越來越少，人與人之間越來越冷漠。在都市緊張工作壓力下，在逼仄精神空間中，在精神生活壓抑的生存狀態中，作家終究會回歸精神故鄉，通過寫作慰藉自己的「鄉愁」。鄉愁是一個現代社會普遍性性的命題。哲學家海德格爾在論述荷爾德林詩歌的時說過，「惟有那些倍嘗艱辛、在外流浪久許，並擁有足夠的閱歷的人才能踏上精神還鄉之旅。」有論者進而分析道，當每一個具體的個體，在面對自己所處地理位置、時空結構發生重大轉變時，當他一貫以來熟悉政治、經濟和文化環境等變得陌生化，他往往會對紛繁龐雜的過去，懷有單純的信念，油然而生懷舊的情緒。在他的心目中，過去歲月中的一切都變得格外的溫暖、柔情，而且有著甜蜜的憂傷、崇高的道德價值和淳樸自然的善。「這是個體生活安全感、穩定感、自尊感和優越感在需要面對、調整、改變甚至重建另一種生活感覺時必然會產生的心理反應。」〔註 50〕

後工業社會的信息社會當中，人們生活在一個人與人疏離，陌生的、物化的社會生活環境中（都市生活），現代人在消費社會的巨大經濟壓力下，在物化和實利的人與人交往的情況下，在現實生活中找不到自己的存在感，唯一的辦法就只好懷鄉，以此尋找自己的精神慰藉。「異化處在現代性的邏輯核心。」〔註 51〕全球化進程中，現代性危機日益突出，而現代性危機導致了現

〔註 50〕種海峰：《當代中國文化鄉愁的歷史生成與現實消彌》，《天府新論》，2008 年第 4 期。

〔註 51〕〔美〕喬納森·弗里德曼：《文化認同與全球性過程》，郭建如譯，商務印書

代性主體的分裂與身份危機。喬納森・弗里德曼就是從異化觀念出發，闡述了全球化對現代生活中個體的主體性分裂和身份認同的影響。「各種關係的快速變化及解體，生存的不確定性和焦灼感，主流意識形態和傳統規範的削弱，這一切使主體對自我連貫、穩定的認知發生了動搖；而人類真實地面對其所處的生活環境及其同類的關係，則預示著對身份和身份認同建構方式認知的重大轉變。P276~277」〔註 52〕

　　現代性生存境遇中，孤獨感幾乎是到處蔓延。現代社會一方面使人很便捷地和很遙遠的外界聯繫，但另一方面卻也容易使人自囚。現代生活容易產生自閉心理。由於外部的現代生存環境比較嚴峻，因而，人們往往喜歡躲進自己的小屋，自我保護起來。從某個角度來講，宅男其實就是面對現實社會無力的產物。由於職場競爭厲害，為了避免傷害，人們往往自我保護起來。現代工作環境中，除了因為有著共同的目標而合作的關係之外，人際關係中還包含一種利益競爭關係。人在工作環境也容易孤獨。在現代社會中，夫妻關係有可能是物質利益關係，生活在家庭中的個體，也有可能是孤獨的。現代社會中，人很容易陷入孤獨。現代性生存狀態，孤獨的深層原因來源於人的欲望。人的孤獨是因為人被欲望所囚禁，人被欲望牽著鼻子走，就失去了精神的自由。現代人本應該和他人有更多的交往，人應該更加社會化，但現代人由於各種原因，反而可能生活在和社會疏離的生存狀態之中。

　　離開了原有的文化傳統，進入到現代化世界，人們有可能喪失某些幸福感。現代生存境遇中，人們時常陷入空虛迷茫孤獨的狀態。人類千百年來賴以生存的精神家園有的被現代西方文化所衝毀。人的精神無依無靠，心靈也沒有地方可以棲息。人們無法再過從前的那種歷史連續和生命感受完整的生活，和傳統的文化斷裂。在這種孤立的狀態下，現代生活中的個體情不自禁沉湎於懷鄉之中。從這個角度講，懷鄉是現代社會必然會產生的情緒和社會心理。懷鄉主要來源於「現代化所帶來的文化變遷：都市生活對人的自然狀態的異化，對人與人、人與自然關係的疏離，現代人對「現在」的集體不信任。」〔註 53〕這些，都使得現代人在懷鄉進行心理補償。

　　　館，2003 年版，第 298～299 頁。

〔註 52〕曾軍：《文化批評教程》，上海大學出版社，2008 年 10 月版。

〔註 53〕陳犀禾、王艷雲：《懷舊電影與上海文化身份的重構》，《上海大學學報》（社會科學版），2006 年第 3 期。

　　現代人是徹底的孤獨，通過懷鄉的幻想來自我安慰。「傳統懷鄉所指向的對象往往是具體的、確定的，而現代懷鄉則會有抽象哲理的成分，懷鄉通常是對於精神家園的渴望，但在現代生存境遇中，除了這種「思鄉病」之外，「它還常常被用來指一種更為寬泛的統一性，道德確定性，真實的社會關係、自發性和表現性的喪失。」〔註 54〕因此，懷鄉也是現代生存的精神生活方式之一。

　　「（現代性的）不安寧也讓人越來越不安，隨著時間與變化，推動了現代性前進的車輪，又威脅著要吞沒它。難怪現代社會中越來越多地出現布萊恩特納所說的對過去時光的普遍懷念，懷念逝去的社區，懷念美好的時光。」〔註 55〕路易·沃斯曾指出現代生活方式的重要特徵「次要接觸代替主要接觸，血緣紐帶式微，家庭的社會意義變小，鄰居消失，社會團結的傳統基礎遭到破壞。」〔註 56〕這種現代性的孤獨體驗，是誕生在一個荒涼冷漠的世界，人們比任何歷史時期都更渴望友情和溫暖。然而，現代生活中卻匱乏這些。因而只有懷鄉才能慰藉孤獨的心靈。王德威說過：「所謂的鄉愁未必是舊時情懷的復蘇，也可能是我們為逃避或瞭解現在所『創造』的回憶。」〔註 57〕「懷舊本身的精神實質也越來越被融合在現代懷舊的物質活動中，人們已經習慣了「經常懷舊」的現代生活。」〔註 58〕

　　韓少功長篇小說《日夜書》〔註 59〕就反映了現代生活條件下的親情淡漠的問題。小安子追求極樂生活，拋棄家庭，遠渡重洋到國外，使得她的丈夫郭又軍作為成年男性過著一種非人的生活，也讓她女兒丹丹喪失母愛的溫暖。即使後來小安子暫時回國期間，她竟然仍是對女兒漠然。她對自己丈夫的傷害，也缺乏反省。此外，她丈夫郭又軍一個單身漢，千辛萬苦地撫養大了女兒丹丹，然而他的女兒卻一點都不曉得感恩，竟然把他這個爹叫做「哥」。丹丹酷愛現代時尚的食品，包括什麼冰淇淋之類，也是花錢得很。這個女兒不

〔註 54〕斯圖亞特爾：《現代性旳多重建構》，《文化現代性精粹讀本》，周憲主編，人民大學出版社，2006 年版。

〔註 55〕斯圖亞特爾：《現代性旳多重建構》，《文化現代性精粹讀本》，周憲主編，人民大學出版社，2006 年版。

〔註 56〕陳萍：《現代性批判中的懷鄉》，陝西師範大學碩士學位論文，2010 年。

〔註 57〕王德威：《想像中國的方法》，北京：生活·讀書·新知三聯書店，1998 年版。

〔註 58〕趙靜蓉：《通向一種文化詩學——對懷舊之審美品質的再思考》，《文藝研究》，2009 年第 5 期。

〔註 59〕韓少功：《日夜書》，《收穫》，2013 年第 2 期。

顧父親生活的艱難，還在外經常惹事生非、製造各種事端，讓父親最後只好以死來威脅（拿瓶子敲破自己腦袋），以此來希望喚醒小孩，讓她懸崖勒馬。還有，小說中最年輕的人物形象是女孩笑月，她竟然神經質地舉槍，要槍殺撫養過自己的姑爹。小說中這些內容，真是充滿了殘酷的死亡氣息與人性的絕望，讓人看不到未來的希望，人類的希望。小說流露出極其悲觀的情緒，這些年輕的後一代已無任何希望。這種絕望，成了小說的悲哀底色。現代世界的冷漠，讓親情、友情和愛情等都發生了巨大裂變。人類的情感在現實中卻變得冷漠無情。物質利益成了人際關係的核心，凸顯出現代社會的冷漠。

　　須一瓜的短篇小說《我的蘭花一樣的流水啊》〔註60〕抒寫了生命之痛，人性之痛。起初，讀者可能會以為是一個反映社會上的各個部門之間互相推諉的社會諷刺小說。然而，小說往後讀，你就會越來越感到，原來作家在傾訴生命之痛、存在之痛。我們不禁會問：人與人之間的關愛和溫情到哪裏去了？人生活在這個世界上，不時被冷漠所傷。小說主人公碰到的各個單位的熱情接待，是一種糊弄人的假象。而實際的情況卻是，那些工作人員根本不會考慮到別人（比如「我」）的生存的艱難。在市長接待日，「我」的奇遇，可謂現實世界中，人被真正的冷漠所愚弄的一個極其典型的例子，批判直指現實的荒謬。在人的生存境遇如此不堪承受的時刻，這個世界給予普通人的，仍然是冷漠，徹骨的冷漠！以至於到了後來，在沒有任何希望之下，「我」為了得到同情，竟然花錢到妓女身上，讓她來看看「我」的水在白白地流失。「我」想以此來獲得一點同情，哪怕是花錢買來的同情！正如小說動情地寫「我」對洩漏的流水的感覺，這溢流出來的水啊，可真是象徵「我」生命的流逝啊！是的，一個人的存在沒有得到別人的重視和尊重，對他個人來說是多麼的可怕！整個社會都匱乏同情心，令人沮喪，令人心寒！當同情心的獲取竟然要通過施捨金錢來獲得，這讓人感到多麼悲哀！小說直指生命被漠視的現實，流露出生命的哀感。如此被遺棄在一個無人理睬的處境，人真的會為自己的生命白白流失而傷心欲絕！

　　然而，小說中還有更悲慘的處境。小說結尾所敘述的悲哀人生處境，更是讓人感到悲涼：在小說前部相當大的篇幅裏，我們一直在期待「我」的老婆，這個可能的救世主的出現。然而，「我」的老婆終於出現了，卻讓讀者大失所望：她不承認是「我」的「老婆」，儘管她和「我」在一起生活那麼久。

〔註60〕須一瓜：《我的蘭花一樣的流水啊》，《鍾山》，2005年第3期。

更加駭人的是，她的出現，不是前來拯救我的生存危機和精神危機的，而是為了前來和「我」分財產！這真是讓人感到極其震驚！在「我」瀕臨生存絕望之際，她的到來竟然還如此雪上加霜。這個極其冷漠的社會，包括「我」老婆在內，完全把一個處於生存和精神的雙重危難中的人，活活往死路上逼！這就反映了現實生活中生命個體缺少愛與關懷！這就是現代人生存所面臨的極其惡劣的現實環境！雖然小說的敘述風格輕盈，有如卡爾維諾的《牲畜林》，然而，讀後頗感沉重。小說揭示了現代社會的冷漠和人的孤獨無援。

賈平凹的長篇小說《高興》中，美麗女子孟夷純被公安部門抓起來了，曾經和她關係不一般的有錢老闆見死不救；不良老闆整死人，劉高興只好背（五富的）死去的屍體回鄉。那是一個冷漠無情的世界。格非的長篇小說《春盡江南》中，譚端午是一個耽於自己內心的人，孤獨而脆弱。蘇童的長篇小說《黃雀記》寫了一個悲涼世界，仙女做了二奶，生下一個赤臉嬰兒。她不僅沒有得到任何同情悲憫，而且還在種種不平的命運的驅使下，最後悲慘死去。這個世界讓人感覺冰涼。徐則臣的長篇小說《耶路撒冷》中，年輕人的夫妻關係僵化，生活似乎是一種搏鬥。現代社會金錢原則異常冷酷，讓城市生活變得更加沉悶無趣。閻連科的長篇小說《風雅頌》中的現實世界是充滿著權力欲望，性慾望，是一個陰暗醜陋的世界。楊科生活在那個世界，是多麼地孤獨啊。這一人世間讓人感到是多麼地寒冷！《風雅頌》實際上是對現代人生存困境的憤怒表達，透露出對現實的徹底絕望。

余華的長篇小說《第七天》模糊了歷史時間，而突出了空間：殯儀館、鐵路旁搖晃的小屋、出租房、拆遷建築、髮廊、飯館、防空洞、地下室等等。這些空間很有某種特點，勾勒了世界末日的圖景。殯儀館對於現世的人是有著強烈的刺激，在這樣的地方，竟然也是貧富強烈對比。鐵路旁搖晃的小屋卻是一個搖籃一樣，是那麼地美好；出租房，是底層人生活的地方；拆遷區域是社會矛盾集聚發生衝突之地；髮廊，一方面是有錢、有權人尋歡作樂之所，另一方面又是窮人的血淚之地，標誌著身體的恥辱和犧牲；還有隱秘的地下室，是賣腎者等待售賣的棲身之地；防空洞，是貧困者的棲身之地；飯館是一個反映工商稅務公安消防等對經營者發生某種關係的場所。

《第七天》的意義不在於暴露社會的不公，而在於肯定人的感情。小說寫愛情，親情，非常感人。敘事者「楊飛」和李青的愛情，起初像是一個浪漫電影故事。李青非常漂亮，後來投身於辦公司，就離棄了楊飛。他們之間還

是相愛的，恐怕是因為社會現實嚴酷，兩人才分開的。後來，自殺的李青死後找到楊飛的鬼魂相會，上演了鬼戀。小說中的親情是以父子之愛來突出的：楊金彪當年是一個二十一歲的男青年，撿到楊飛這個嬰兒後，含辛茹苦把這個非親生的孩子撫養大，因此失去了人生的另外樂趣（和愛情婚姻擦肩而過）。父子情深，兒子成了楊金彪的唯一的精神支柱。這份親情，感人至深。

　　小說中還寫了鼠妹劉梅和伍超的愛情故事。伍超講，「她說最大的願望是和我結婚。P220」「她那麼漂亮，很多人追求她，他們掙錢都比我多，可是她鐵了心跟著我過窮日子，她有時候也會抱怨，抱怨自己跟錯男人了，可她只是說說，說過以後她就忘記自己跟錯男人了。P223」但是，這樣的愛情在這個世界也不容易維持下來，只有死。表面上看來，似乎是劉梅因為男朋友買了一個Ipaid4的山寨手機而自殺。而實際上，卻是因為男朋友欺騙了她，生氣之下，劉梅賭氣而自殺的。還有，劉梅她總是受到有錢有勢的人的性騷擾。這個故事把不良社會中，人們艱難的生活表現出來。小說還寫了一個男人娶了個精神病女人作妻子，有一天妻子出去之後再也沒有回來，後來在別處發現了一具面目模糊的女屍，這男人被懷疑是殺人犯。這是一個被冤枉的男人。

　　伍超是為了給女友買塊墓地而去賣腎，賣腎的地下交易渠道給揭露出來；楊飛的失業，開店，到最後窮困潦倒，也很有代表性；在小說中強拆的故事裏，夫婦倆上完夜班回來，白天睡覺，逃離不及，被埋葬在強拆現場，而他們的女兒卻還在風中、日頭的照射下，等待著父母歸來。小說直指黑暗，對這樣的現實充滿了批判，通過寫死無葬身之地，來反襯這個世界。

　　余華的這部小說和別的小說迥然不同，當人們都在暴露、批判人性的黑暗時，他寫人性的溫暖。這恐怕是不容易為人所理解。小說充滿著普通人之間溫暖的感情，很感人。小說飽含對人世間的情感，有一種精神的撫慰力量。當然，換一個角度看，《第七天》不正是寫盡了現代生存的孤獨、寒涼麼？！

二、《拇指銬》：現代性存在的荒誕表現

　　莫言的短篇小說《拇指銬》，頗有象徵意味，完全可以把它當作一個夢，小說寫的是現代生存的噩夢般境遇和生命體驗。莫言很多短篇小說，都是有著現實主義情懷，卻往往用非現實的手法來表現。小說並非照相般地寫實複製生活，而是一種想象生活可能性的藝術。莫言小說富有藝術隱喻功能，往往講述此故事，表達彼思想，富含深意。小說中，阿義的心理體驗和生命的

死亡，集中體現了現代生存境遇中人類存在的恐懼感。

小說的故事情節很簡單：阿義母親生病快要死了，他一大早拿著母親的銀釵去藥房換了兩包藥，返回時，經過墓地，只因為張望了兩眼，就被一對身份不明的男女，一個老頭和一個年輕女人，給銬上了拇指銬。這根本都不可能掙脫，阿義由此經歷了一場生死劫難。

此後，曾經有過一隊開著拖拉機的人來幫忙，其中有個黑皮女子。他們雖然想了一些辦法，卻沒能解救下這男孩。而且他們無端而武斷地推測無辜的阿義，認為他可能是不良少年，認為他可能做了壞事，才會被銬在這裡。這裡寫阿義平白受到冤屈。雖然黑皮女子希望同夥能夠解救阿義，但是終究沒法解開拇指銬，最終，這一夥人揚長而去。

後來又有一個母親抱著她的嬰兒路過。這個女人自顧自奶孩子。在求救聲中，她在想，是不是神仙菩薩來考驗她的善心的。那女人返回來救阿義這個八歲的孩子。但是，終究也沒能解救他。最後，她給了阿義半壺水喝。阿義感激不盡。由此可見，現代生存之中的同情，是多麼珍貴啊！

在極其煎熬的漫長時間裏，雖然能看到人，卻沒有人過來解救他。在這極端的處境中，他像一隻被綁住後腿的被人用火燒烤的青蛙。整整一個白天，阿義遭受了烈日的暴曬，他中暑、休克；到了下午，又下起了冰雹，冰雹把他取的中藥都打爛了。這是一個現代生存艱難處境的隱喻。

到了晚上，阿義在絕望中出現了幻覺，夢見了自己被困在懸崖上，「骷髏、餓狼」出現在夢中。這是現代人生存的噩夢。小說後來寫母親披著白雲來解救他，「帶著他飛昇，一直升到極高處。」阿義醒過來。

仍然沒有人來救他。巨大的恐怖襲來。最後，阿義咬斷了自己的兩個拇指（「咬拇指，牙齒上貫注著仇恨」），終獲解放，他面前出現了鮮花月光組成的大道。這裡，莫言採取了魔幻現實的手法。我想，這應該是阿義在垂死時的幻覺。他能夠往前走嗎？小說寫道，一個紅孩子從他的軀體鑽出來，這也是阿義的幻覺。

小說故事發生在阿義的母親生病，等待中藥救治的背景下。本來都已經是一種困苦的處境了，哪知，阿義這麼一個早熟懂事的孩子，卻慘遭厄運，被人用拇指銬銬在樹下，不能解脫。在外野合的老男人、年輕女人也許害怕別人發現他們的秘密，惡毒地對一個無辜的孩子施以嚴酷的懲罰（拇指銬），讓孩子遭到滅頂之災。這小孩最終很有可能是死了。小說表達了對冷酷無情

世界的憤恨：「他恨，恨鎖住拇指的銬，……恨樹，恨這個世界。」

傍晚時，男孩阿義心想，自己究竟是死是活，想到了地獄裏的鬼。小說其實寫的就是現代人生存內心的恐懼。這恐怕也包含作家童年的創傷性記憶，然而，更是現代生存（冷漠、孤獨、無援）的一種隱喻。小說對現代生存困境的揭露頗有深度。小說寫了被剝奪自由，經受刑銬後遭遇的種種厄運。讀後讓人不寒而慄。小說中的人際關係，以及一天之中變幻著的惡劣天氣等，都有著豐富的象徵含義。現代生存境遇下的人們，生存頗為艱難，面對生存的恐懼和死亡的絕望，現代人缺乏關愛同情之心，不肯下力施以援手，以至於個人面對厄運時束手無策，甚至最終難逃厄運。小說使用了象徵主義的手法，把現代生存的恐懼揭示得極其真切。

小說寫道，在幻覺中，一個褐色的孩子從軀體中出來，「他揮舞雙臂，如同飛鳥展翅，飛向鋪滿鮮花月光的大道。」他跑向了草房子，跑進了母親溫暖安全的懷抱。「他呼喚著母親，在瑰麗皎潔的路上飛跑。……他撲進母親的懷抱。」鋪滿鮮花月光大道，是美麗溫馨的（有如《賣火柴的小女孩》臨死前的幻覺），恰恰因為它的虛幻，對比強烈，揭示出現實的殘酷。

小說結尾，哭聲遍野，這哭聲呼應著男孩阿義無法擺脫恐懼的死亡。這蒼涼的獨唱，孤獨而淒涼，阿義的死讓人深感悲痛。小說發出了在現代生存的孤立無援悲慘困境中的一聲聲哀鳴。

三、生態危機對現代人生存的威脅

我們所說的生態危機指的是地球上的生態遭到破壞，給人類和其他生物造成的生存危機。因為人類攫取資源，大自然遭到了前所未有的破壞，大地滿目瘡痍，被採礦等人類活動弄得千瘡百孔，整個地質鬆動，導致礦物質污染，泥石流等地質災害發生。秀美的山川已然變化，山給解體，水給斷流，或是遭到污染。河流湖泊遭受污染，水生動物魚類等難以生存，有的水域是好多生物滅種絕跡，就是海洋也遭受了破壞和污染，有的海灣如今已髒膩不堪。好多靠海產品為生的人們已沒有了生活出路，因為海裏的魚等都被毒死等等。人類對地球造下來的惡，已經讓很多動植物都難以生存了。大片的森林被毀，好多地方的喬木再也長不高大。多少地方都在開疆破土，好些地方成了建築工地，在那裡，遍地水泥鋼筋、玻璃等建築材料。建築垃圾，生活垃圾，傾倒到了城市外面，造成了巨大的污染，有的傾倒到農村，破壞農村的生活環境。

人類也製造了毀滅地球和毀滅自己的核武器：原子彈、氫彈等，製造恐怖，威脅人類的生命。

人類的生存，人類的貪婪欲望，對整個自然進行掠奪性佔有，又極大的浪費（現在多少人有肥胖症啊）。由於人類毫無理性地瘋狂索取、破壞大自然，現代人類生存環境惡化了。人們吃食品沒有安全感。人們已經不容易吃上放心的綠色食品，轉基因食品是否有危害還在爭論之中，不法分子製作栽種販賣有毒蔬菜、食品，人類的基本糧食，牛奶，大米等屢屢出現問題。唯利是圖的人，賣假藥危害人類的肌體健康。現代工業的發展，人類肆無忌憚地污染了水源。最基本的飲用水，現在也成了問題，自來水不可飲用，而原本必須經過過濾等環節加工處理的飲用水，安全和質量也讓人擔心。

厄爾尼諾現象，也是現代工業等人類活動造成的。地球表面溫度上升。氣候總是出現極端性天氣，要麼太冷，要麼太炎熱，適合人類生存的好天氣越來越少了。臭氧層遭破壞，大氣層現在已經多處出現了臭氧層空洞，太陽光直曬後，人們容易得皮膚癌。還有肆虐中國多個城市和多個地區的霧霾，讓人們呼吸到新鮮空氣已經越來越不容易了。

總之，從某個角度看來，人類生活在一個不安全、充滿恐懼和危險的生存世界當中，人類本應該好好地和大自然友好相處，本應該和可以成為人類朋友的動物、植物們好好相處，然而，人類卻把它們大肆破壞、損害和摧殘，導致人類自己現在也成為生態環境遭到破壞之後的受害者。

人類在已經極端不自然的生存環境中，開始懷想前現代、原始自然的生活了。生態危機凸顯，呼籲生態環保，迫在眉睫。張煒小說中那麼多對土地兼併的暴露，對大地破壞和污染的暴露。張煒寫了建築工地上鑽孔的鋼針扎入大地的那種痛，讓人覺得心顫。阿來在《空山》，賈平凹在《帶燈》等小說中，都有對生態危機的揭示。《帶燈》中，那些採礦造成的污染和對人的身體造成損傷的事故，已經有人集體上訪了。《老生》當中，也寫了礦業開發破壞自然環境。為了金錢，那些人唯利是圖，竟然種有毒的蔬菜。人在這種現代化的生態危機面前，自然就會想起前現代的那種原始自然的生活，希望回歸大自然母體，希望生活在一種有安全感的自然生態環境之中。這是人類的現代鄉愁。遲子建和王安憶寫有對前現代懷鄉的長篇小說：《額爾古納河右岸》和《匿名》，我們將在後文詳細論述。

現代化帶來人類生活的巨大變革和解放的同事，也對人類生存、對整個

地球的生態帶來嚴重的危害。二十多年來，張煒關注生態環境，關切現代化過程中環境污染的問題。城市化有一種洪水猛獸般不可遏制的迅猛勢頭，蔓延開來，無限擴張。城市化所向披靡，改變了山河的面貌，破壞了人與自然的和諧關係，人們被抽離土地，進入到一個陌生的城市環境中。他們懷念故土，曾經生活的土地上給種上了高樓大廈，無處還鄉了。余華的《第七天》、喬葉的《拆樓記》等，對強拆的現象多有表現。張煒的長篇小說《我的田園》《刺蝟歌》《荒原紀事》等，寫資源掠奪，開礦，比如半島的金礦開發等，侵害農民的利益。工業廠房佔地或者是房地產商圈地，導致了田園土地荒蕪。失去土地的農民極其憤怒。莫言的長篇小說《豐乳肥臀》的結尾部分，寫上官金童的母親的屍體都已經給埋在地裏了，還被勒令著要重新挖掘出來火葬。余華的《第七天》中，寫了死無葬身之地，看來無論是人或鬼，都失去了自己的家園。

1990 年代初的長篇小說《九月寓言》寫礦場開採帶來了地陷，導致了一個村莊的覆亡，其時的張煒已對有著巨大破壞力的現代化提出了警告。《家族》中寧伽和他的導師朱亞對大海灘地區進行了實地調查，查閱了相關文獻資料，經研究得出結論那裡是不適宜進行大開發，但有關方面仍在不顧一切地推進大開發工程。《我的田園》《刺蝟歌》《荒原紀事》中，已然寫到工業化城市化的無限擴張，毀滅了良田，吞噬了果園。現代化的機械所到之處，山河為之變色，大地千瘡百孔，滿目瘡痍。生態破壞，讓人類／生物的生存受到嚴重威脅，前現代鄉愁，對原始自然生活的懷想，成了一種形而上的探討，也成了較為普遍的社會情緒。

三十多年來，中國成了世界上最大的工地，其中有的以建設的名義破壞地理結構，造成環境污染，幾乎沒有停歇過，不但是城郊，就是遠在海上的小島（比如，張煒小說中的毛鋯島等），都被貪婪的資本大鱷盯上，投資修造魔窟，供達官貴人淫樂（《荒原紀事》）。在 20 世紀最後十年，現代化進程迅猛加速，張煒的小說卻表達了一種對於現代化的拒絕和警惕。現代化、城市化、全球化席捲大地的時代，他站在「落後」的立場上同現代化的弊端作鬥爭，毫不留情地批判了肆無忌憚的物慾膨脹帶來的巨大破壞力。一個發展中國家，現代化的理由是充分的，但如果沒有警惕現代化可能帶來的弊病和危害，無疑就可能面臨巨大的災難。新世紀才過去十來年，生態危機的呼聲越來越緊，我們已深切感受到了無序的現代化進程造成的環境污染等嚴峻問題，

已嚴重困擾著人們的基本生活，威脅著人類的生存。

本節分析了現代人生存狀態。現代生存狀況導致的人的孤獨存在的境遇。人應該是有情感性的高級動物，然而，現代的冷漠卻讓人感到離人性越來越遠；人應該是在社會中生活的人，然而現代人卻越來越感到孤獨。懷鄉似乎成了現代人的一種命運。韓少功的長篇小說《日夜書》有的內容寫出了現代生存人類情感的淡漠，甚至親情都很淡漠，乃至發生裂變。須一瓜的短篇小說《我的蘭花一樣的流水啊》，寫的是整個世界對生命個體的痛苦遭際格外冷漠無情。余華的長篇小說《第七天》，具有諷喻意味地寫出了現代生存所遭遇的困境。莫言的短篇小說《拇指銬》是現代生存困境的噩夢之象徵。

本節還提出了生態環境的惡化、生態危機，也是 1990 年代以來中國當代小說懷鄉的原因。懷鄉簡直成了現代人的宿命。懷鄉也是抽象和空泛的：所懷之鄉，因為現代化的席捲和人類對生態肆意破壞，在現實的世界中，理想家園不復存在。這就是現代人的悲哀。

本章小結

本章探討了 1990 年代以來中國當代小說懷鄉的三方面原因：一、轉型期思潮的變化，導致知識分子的精神迷茫，失落，頹喪，這是 20 世紀九十年代初期至中期的知識分子懷鄉的最為直接和重要的原因。隨著市場經濟的深入，人們欣然接納和享受了物質主義文化／消費文化帶來的物質享受，欣欣然過著物慾的生活。然而，在物質主義／消費主義狂潮之中，物慾得不到滿足也是常有的，因而，精神痛苦也就很容易跟著出現了。此外，即使物慾得到滿足，也仍然存在精神苦悶壓抑的可能。二、中國城市化進程中巨大的流動人口所面臨的現實處境也是懷鄉的重要原因，這是 1990 年代以來中國當代小說懷鄉的現實原因、時代原因。這些離鄉背井到城市中找生活、謀發展的人們，猝然面對城市文明，迎面碰到的最大問題就是身份認同的問題。農民身份在城市中飽受歧視和排斥，城市文化的養成也非一日之功，從鄉村進入城市的人們要適應城市，融入到城市的生活中去，必須要經受一番脫胎換骨才能完成城市人的身份認同，完成身份轉換與重建。這一漫長的過程，有著現實障礙和文化矛盾衝突。這是目前中國社會懷鄉中最為突出的原因。三、現代性生存狀況，是新世紀以來中國當代小說懷鄉最為根本的原因。現代化一邊給

人類生活帶來了令人矚目的變化，一邊也破壞了自然生態環境，現代性對現代社會的巨大改變，現代人享受現代生活舒適便捷的同時，在生產（工作）、生活中也面臨著巨大的壓力。現代人生活在一個理性而有秩序和規範的現代世界，人的人情味卻也越來越淡漠，現代人的社會性似乎也很淡薄。現代生命個體往往要孤獨地面對整個現代世界施加給個體的壓力。在這種孤獨的生存境遇當中，人們的現代懷鄉似乎成了一種命運。懷鄉也成了現代人一份精神食糧。此外，生態環境的惡化，導致了現代人的前現代鄉愁，這也是一種現代懷鄉。

第二章　1990 年代以來中國當代小說懷鄉的審美形態

　　1990 年代以來，中國社會轉型進入市場經濟時代，在這二三十年的時間裏，社會發生了巨大的變化，社會高速發展，在物質增長的同時，人類的精神生活也出現一些問題。在這樣的社會現實中，懷鄉成為一種較為普遍的社會情緒。1990 年代以來中國當代小說中，有不少作品就表現了懷鄉內容，其中包括劉震雲的故鄉系列小說，莫言的《豐乳肥臀》(修訂版)，賈平凹的《秦腔》，阿來的《空山》，蘇童的《黃雀記》等。這些小說大多都是從鄉村進入城市的作家，身居城市創作的懷鄉之作。當然，1990 年代以來，含有懷鄉內容的中國當代小說還有很多，我們有必要進行梳理歸納、深入研究。

　　本章闡述 1990 年代以來中國當代小說懷鄉的審美形態，重點論述小說懷鄉三類現象：1. 小說在回憶故鄉時，充滿了對故鄉風物人情的追憶，抒發了對故鄉的眷戀之情；2. 懷鄉小說在記敘故鄉的歷史和現實時，表達現代鄉愁，充滿著對鄉土的憂思，本著認識、闡釋與批判的態度，深入地表現故鄉的歷史與社會現實以及人性的豐富內涵；3. 由於對現實故鄉的失落、失望，懷鄉小說虛構、想像精神故鄉。

第一節　追憶與抒情──小說懷鄉如何回憶故鄉

　　本節探討小說懷鄉如何回憶故鄉。首先，剖析懷鄉產生的心理機制。其次，梳理懷鄉小說的懷鄉內容。最後，論述小說懷鄉的內容經過了作家的心

靈過濾、美化。從現象層面上看，小說懷鄉的審美形態最為突出表現在追憶和抒情兩方面。這一節側重論述小說懷鄉對故鄉風物的追憶和對故鄉依戀之情的抒發。

一、小說懷鄉的心理機制

人們往往是在離開故鄉或者是失去了故鄉的狀況下，才會產生懷鄉的心理。在《後現代性的生活和時代》中，基思·泰斯特認為懷舊源於這樣的原因：「懷舊感隱含了對某種不在場事物的雙重渴望。第一，懷舊意味著某種鄉愁。第二，懷舊隱含了對某種在遠處或從前的事物的渴望。」〔註1〕這裡的渴望，主要指精神上、情感上的撫慰。斯維特蘭娜·博伊姆（美國社會學家）分析懷舊的潛在原因其實在於「所渴望的那個原物的喪失，以及它在空間和時間上的位移。」〔註2〕而現實生活中的懷鄉也是產生於這一基礎：往往是自己的故鄉已經消失，或者是因為時代變遷等原因，故鄉已經變得面目全非。其實，懷鄉也可以「是一種想像化的時光追憶，一種情感化的生命體驗，一種詩意化的生存藝術。」在人們的日常生活之中，懷舊／懷鄉往往是通過回憶，把曾經歷過的人生事件，記憶中的情感體驗、景物的印象，經過審美的過濾與轉化，在心靈中重新建構起形象。人們沉醉在這種審美的心理狀態之中。當然，這種獨特的心理體驗，有著對已經逝去的鄉愁以及對美好事物的嚮往。斯維特蘭娜·博伊姆在《懷舊的未來》一書中講：「詩性的懷舊是現實的重建與生命的追問，包含著一種痛苦的眷戀和喜悅的尋求。詩性的懷舊超越自我、超越現實，甚至超越時代，因為它不再是「舊」本身，而是一種詩意的修復、重建和反思。〔註3〕這其實就是小說懷鄉的心理機制。

「懷鄉是一個家園和故鄉展開的過程」〔註4〕。自然，這只是在懷鄉者心靈中展開的心理過程。當然，記憶中的家園形象，也在這一懷想的過程中，通過心靈的體驗昇華為一種精神性的東西。這時的故鄉有著家園的意義，這一故鄉有如懷鄉者心靈的庇護所，同時，生命的個體在懷鄉中獲得一種存在

〔註1〕王安憶：《重建象牙塔》，上海遠東出版社1997年版，第192頁。

〔註2〕〔美〕斯維特蘭娜·博伊姆：《懷舊的未來》，楊德友譯，譯林出版社，2010年版。

〔註3〕〔美〕斯維特蘭娜·博伊姆：《懷舊的未來》，楊德友譯，譯林出版社2010年版，第63頁。

〔註4〕陳萍：《現代性批判中的懷鄉》，陝西師範大學碩士學位論文，2010年。

感，確證自己存在於現實世界中。也許正因為故鄉是作家的生命之源，作家懷鄉時往往把她昇華為美的象徵，藉以慰藉自己艱辛跋涉的人生。「懷鄉由此成為文人們抹之不去的浪漫情結。」〔註5〕因而我們看到沈從文、孫犁、汪曾祺等，都有對故鄉詩意描繪的小說。懷鄉情緒體驗中的「故鄉」，不僅僅是一個地理上的空間，更是文化上的、精神形態上的概念。有論者認為「在城市中無所適從的文人，以平等的態度追憶曾經美好的鄉村風情，欲求心靈棲息的安然之所。」〔註6〕這一精神還鄉，就是小說懷鄉的審美心理過程。

懷鄉的情感機制，在於不滿現實，而把過去的記憶美化，以滿足自己的精神需求。現代人「不顧一切地「回去」，從某個「目的」裏面抽身，不顧一切地回家。」〔註7〕而這一「回家」，就是懷鄉。魯迅在《中國新文學大系》（小說二集）中，認為現代僑寓在城裏的作家們的作品大多是「回憶故鄉的」，「也只見隱現著鄉愁」。〔註8〕懷鄉是離鄉者最容易激發的一種心理情緒。從鄉村來到城市的作家，在艱辛融入城市的過程中，「他們在城市空間下對鄉土世界的審美寄託，體現了現代人在遷徙過程中的精神處境，是一種「鄉愁」的越界和現代性嬗變。」〔註9〕評論家孟繁華也關注到這一現象，他認為，《生命冊》（李佩甫）、《裸地》（葛水平）、《我的名字叫王村》（范小青）、《後上塘書》（孫惠芬）、《黃泥地》（劉慶邦）等小說，都是在「回望家鄉」。」〔註10〕懷鄉成了中國當代小說的重要現象。

小說懷鄉離不開對故鄉的回憶。張煒坦承：「誰沒有故地？故地處於大地的中央。他的整個世界都是那一小片土地生長延伸出來的。p296」〔註11〕這種回憶往往是對故鄉的過往進行追憶。小說懷鄉，作家沉浸到故鄉的人、事和景物之中。這種回憶，是一種經過過濾的，回憶過往美好事物的心理過程。

〔註5〕陳國恩、張健：《中國現代浪漫小說的懷鄉意識》，《廣西民族大學學報》（哲學社會科學版），2007 年第 1 期。

〔註6〕韓玉峰：《精神家園的守望者》，《山西日報》2009 年 8 月 17 日；轉引自：孔明玉、曉原：《從柔聲輕訴到精神懷鄉——楊通詩歌創作論》，《當代文壇》，2014 第 4 期。

〔註7〕蔡翔：《文學寫作的專業性與非職業化想像》，《小說評論》，2015 年第 3 期。

〔註8〕魯迅：《魯迅全集（第 6 卷）》，人民文學出版社，2005 年版。

〔註9〕陳超：《一種離散的詩學：「鄉愁」的越界與現代性》，《文藝爭鳴》，2012 年第 12 期。

〔註10〕孟繁華：《「望鄉」：當下中國的鄉土文學》，《文藝爭鳴》，2015 年第 6 期。

〔註11〕張煒：《融入野地（代後記）》，轉引自《九月寓言》，作家出版社，2009 年 4 月版。

故鄉的山水、風物、習俗、民風、民情、倫理、文化等一切美好的東西,在追憶中進入小說文本。「人都會有鄉愁,那是對過去的選擇性記憶,許多痛苦全都被忘記,只把一點拿來放大美化或神化。」〔註12〕「懷舊是對過去的一切不加批評的讚美。」〔註13〕在對故鄉的回憶中,懷鄉使得記憶中的故鄉的一切,在追憶與想像中被美化。回憶相當深入,似乎一切都是那麼美好。這是人的懷舊心理機製造成的。小說懷鄉不是照搬故鄉的現實,即使描寫故鄉的山水、風物、風俗、風習,都是經過了作家的心靈創造和審美創造。張煒承認,他在懷鄉時,「誇大了故地之美。P216」〔註14〕懷鄉時,故鄉似乎沒有荒涼與寂寥。蘑菇、小獸、大海,都成為張煒心中最美好最完美的世界。

懷鄉者的回憶有著追憶的性質,在這一懷鄉的心理機制中,懷鄉包含兩部分內容,一個是對於美好人情的回憶,一個是對故鄉美好風物的回憶,這些,在懷鄉者心中一遍遍反覆地咀嚼與懷想。人在獨處時,這樣一種懷鄉,就會在靜寂中的內心湧現。在人生的漂泊之中,人們有一種精神還鄉的強烈願望和回望精神故鄉的情結。其實,無論是對故鄉風物的回憶,還是對過往人情縈繞心懷,都是懷鄉者心靈中不願讓它們離去的美好事物。在這一過程中,往往反襯著現實的難以應對,而過去卻像美酒一樣,越久,就越是醇美,過往給心靈美化得越來越完美了。於是,懷鄉者在不斷地追憶中,在情感的沉醉中,在理性的思辨中,在渴望溫情的心靈中創造出一個精神家園來。在這一過程之中,對(精神)故鄉深摯的情感也自然給抒發出來。

二、張煒小說懷鄉:追憶與抒情

「膠東半島是張煒的故鄉,他毫不掩飾自己對這片土地的傾慕、癡情,在他看來,故土上的一切,從古到今都值得好好記敘」〔註15〕海邊的風景,海灘,海岸,海灣,海水,半島海灣的童年生活對張煒影響頗大,他曾在這裡接受優美大自然的薰陶。海灘是美麗的,「這個時刻,彷彿正有一隻無所不在

〔註12〕南方朔:《鄉愁很美但有什麼用》,《南風窗》,2012 年第 6 期。

〔註13〕〔斯洛文尼亞〕米迪亞·維利科尼亞:《轉軌中的失落——後社會主義國家中的社會主義懷舊現象》(張文成譯),《國外理論動態》,2010 年第 8 期。

〔註14〕張煒:《我跋涉的莽野——我的文學與故地的關係》,《我跋涉的莽野》,春風文藝出版社,2001 年 9 月版。轉引自王光東主編:《中國現當代鄉土文學研究》(下卷),東方出版中心,2011 年版。

〔註15〕馮晶:《張煒小說創作中植根民間大地的文學觀探索》,《東嶽論叢》,2009 年第 9 期。

的巨手輕輕撫摸荒原，讓其在懷抱中沉入夢鄉。歌聲停歇了的時候，催眠的絮語就要響起——海浪一下下拍著沙岸，那是淡淡的、溫柔的、使人安怡的黃昏之聲……P393~394」〔註 16〕「在太陽沉入大地前的這段時光，海灘平原上到了一天裏最壯觀的時刻。每一片枝葉上都閃爍著金色暉光，它們在晚風中顫抖，與搖動的野花摻和一起，燦燦灼目。那些在草叢裏起起落落的鳥雀翅膀和萱草花的顏色一樣；更遠處是地平線上的彩色流雲，雲際裏閃射出一道道霞光，像綿綿無盡的金色絲線，被傍晚時分的氣流吹拂到很遠很遠……它的末端也許就浸濕在大海深處。」〔註 17〕這一追憶中的景色描寫就寫得格外壯麗而美好。小說中，記憶中故鄉的河流等也是那麼地優美：「世間那裡可以找到這麼美的午夜之聲？它像一道潺潺流泉水，像穿過了一片玉簪花的溪水，踏著月光走來。在它的環繞下我想起了美好的夏夜——河邊洗浴、白沙灘上艾草旁的仰臥——大魚嗵嗵跳水，它滑亮的豐腴的身軀真像我心愛的女人……艾草浪漫的白煙飄著散著，野外小蚊蟲們近了遠了。老爺爺的故事如河水汩汩流去，永不乾涸。這是生的安慰，是人生的莊稼吸水拔節時發出的響聲。P204」〔註 18〕這其中有美的意象，也充滿著大自然的生命氣息。

張煒懷鄉的對象有野地林莽。張煒小時候居住在海濱的叢林中。野地帶給了他自由，野地里許許多多的大大小小的動物，這些動物大多數都是人類的好朋友。小動物每每給他帶來欣喜。張煒毫不掩飾自己對小動物的喜愛，《鹿眼》和《憶阿雅》中，就有對小動物的描寫。《我的田園》中寫了一條忠實的狗。張煒小說中，各種樹木，花草，作物等，都能夠準確地叫出名字來，都能夠如數家珍一般通過描繪詳加介紹。大自然的各種活物也進入到他的小說：「百靈在霞光裏叫得更歡，入夜之前的這段輝煌中是它最興奮的一個瞬間，它們要趁著這個時刻把一腔激動傾吐淨盡……在百靈的歡叫裏我似乎還聽到了野雞、斑鳩、野鴿子、啄木鳥和長尾喜鵲的歌喉。各種各樣的聲音此起彼伏，遙相呼應。就在這一唱一和、一問一答的呼喚之中，野兔箭一般跑過。灌木、蘆葦、寬葉蒲草，都在風中溫柔地擺動。P393」〔註 19〕這大自然是歡樂的。

葡萄園是張煒最優美的故鄉記憶之一。張煒對葡萄園的描寫在當代小說

〔註 16〕張煒：《鹿眼》，作家出版社，2010 年 4 月版。
〔註 17〕張煒：《鹿眼》，作家出版社，2010 年 4 月版。
〔註 18〕張煒：《家族》，作家出版社，2010 年 4 月版。
〔註 19〕張煒：《鹿眼》，作家出版社，2010 年 4 月版。

中非常突出。在張煒的小說中，葡萄園是一個清新的意象。在《我的田園》中，寫葡萄園的景色，寫葡萄園中勞作的男女，寫葡萄園中生活的景象。歡樂和諧的葡萄園，身在其中，能聽到河水的聲音。小說寫鄉間女子的服飾、姿態，還有鄉間的晶瑩濕潤的露水，這些都是美的。葡萄園是一個愉快而安謐的地方。葡萄園就是張煒的田園理想。

追憶大自然景色，給懷鄉者以精神撫慰。故鄉中美好的一切，自然湧入張煒的筆端。山地曠野的各種大小植物，小昆蟲，小動物，等等。張煒對大自然、對鄉村都非常喜愛。大自然對人類有著慷慨的饋贈，林子裏的果實也是讓人們盡情采摘。張煒小說懷鄉中，很多內容都是對母親，對美麗女子的依戀，感受母親、祖母的慈愛，感受女性的溫存，感受憐愛的眼神，留戀女性溫暖的胸脯、優美的體態，還有美麗的心靈。

原野上的小動物是如此的富有靈性，灌木叢的動植物都湧入懷鄉者的心胸：「灌木越來越密，有的地方因為葛藤的纏繞，要通過非常困難，我必須費力地扳開樹木枝椏往前，野鳥越來越多，黑色的啄木鳥篤篤敲著樹幹，警惕的小腦袋歪來歪去，一直用目光把我送遠。松樹鴉和花斑啄木鳥弄出撲棱棱的聲音，使人覺得它們過於肥胖或笨拙。野鴿子的模樣嫻淑娟秀，它們循規蹈矩，嬌羞難掩。P392~393」這些小動物都有自己的個性，都有各自的性格特點，可見張煒對它們觀察、體驗和喜愛之深。〔註 20〕張煒小說中的懷鄉，的確印證了這樣一種看法：「現代的懷舊不僅僅是重現過去的經歷和場景，而是在記憶拉回到過去的過程中，主體用現代人的身份和眼光去凝視和思考那些已經消失的時光。也就是說，懷舊是主動地記憶重現，在這樣的重現中人們積極的回到那段美好的往昔時光，在這樣的過程中對自我和歷史進行回溯，實現失落現實中的種種心理期待。」〔註 21〕

懷鄉的心理機制，美化故鄉記憶中的人和事優美的一面，而忽略陰暗醜陋的一面，甚至作家筆下的故鄉很大程度上的來自想像。「從更深的心理學層面分析，懷舊隱含著人的退行（REGRESS）心理。退行是一種心理防禦機制。」〔註 22〕懷鄉者通過退回到記憶中的故鄉中去，尋找美好的事物與人情來滿足

〔註 20〕張煒：《鹿眼》，作家出版社，2010 年 4 月版。

〔註 21〕李忠：《九十年代中國散文的懷舊主題研究》，南京師範大學碩士論文，2013年。

〔註 22〕周平：《解讀懷舊文化》，《理論月刊》，2007 年第 8 期。

現實中受挫之後的情感需求。懷鄉時製造出的情景，正好以一種象徵的方式替代現實的不足，給人以撫愛。

　　張煒的長篇小說《九月寓言》採取了浪漫抒情方式來表達，而主題思想隱晦在文本深處。小說的目的不在社會批判，而在於發掘民間中對現代生存有價值的精神。《九月寓言》把七個聯繫不是很緊密的內容排列組合在一部小說內。全書總體呈現出曠野的歡樂，現實中的苦難退隱到不明顯的文本位置。小說以浪漫對抗苦難的歷史和嚴酷的現實。《九月寓言》抒發了對生機蓬勃、自由自在的曠野的讚美。小說盡情地描寫鄉間夜晚曠野的奔跑。野地裏，苦難之中的歡樂，夜色中竄動活潑的青春身影。夜晚的曠野中，小村的少男少女在一起玩耍、奔跑。這一切是多麼歡快！「誰知道夜幕後邊藏下這麼多歡樂？一夥兒男男女女夜夜跑上街頭，竄到野地裏。他們打架、在土末裏滾動，鑽到莊稼深處唱歌，汗濕的頭髮貼在腦門上。這樣鬧到午夜，有時乾脆迎著雞鳴回家。夜晚是年輕人自己的，黑影裏滋生多少趣事；……咚咚奔跑的腳步把滴水成冰的天氣磨得滾燙，黑漆漆的夜色裏摻了蜜糖。跑啊跑啊，莊稼娃兒捨得下金銀財寶，捨不得這一個個夜哩。P6~7」〔註 23〕這種鄉間生活洋溢著歡樂和蓬勃的生命力。這些內容和小說中幾十年來人們所經受的苦難之間，形成了一種巨大的審美張力。小說中，露筋帶著老婆，過著流浪而滿足的愛情生活。因為地瓜燒胃，丈夫痛打自己的女人，一個願打一個願挨（有論者把這理解為一種生命的形式），日子過得疼痛而甜蜜……無邊無際的火紅的地瓜，在小村的人看來，簡直是人世間最好的食物，它填飽了人們的肚子，讓村莊上的人不至於挨餓。有論者對此有精彩的論述：「他（張煒）筆下的世界是一個非常紅火、歡樂的世界，小村中的一切困難，一切沉重，一切艱難，由於這個歡樂紅火的視角的過濾而改變了性質，通通賦予了審美含意。讀張煒的作品有一種非常強烈的暖意撲面而來，裏面有一個核心就是地瓜意象，火紅的地瓜、騰躍的地瓜。挖出來的地瓜，紅紅的放在那裡像一團燃燒的火焰。P403」〔註 24〕

　　張煒的長篇小說《能不憶蜀葵》中，有如鄉村陽光一般的燦爛的蜀葵，給人以溫暖和生機勃勃的強烈印象。小說主人公淳于陽立每一次在城市生活

〔註 23〕張煒：《九月寓言》，作家出版社，2009 年 4 月版。
〔註 24〕吳炫：《穿越當代「經典」——〈心靈史〉和〈九月寓言〉偈限評述》，《山花》，2004 年第 3 期。

中受挫，都要返回有著濃鬱大自然氣息的小島療養。長篇小說《刺蝟歌》寫了一個無比奇異的世界，各種奇奇怪怪的野物生長的世界。人和野物彼此之間似乎並無明顯界限。從某個角度看來，小說寫了一個令人神往的奇異的野性世界。

張煒的十卷本小說《你在高原》中的每一部，幾乎都穿插了主人公寧伽的「懷念和追記。」〔註 25〕「這是沒有回程的遠行／是世界上所有的／追憶和懷念都盛不下的／一次依戀和痛別……P474」〔註 26〕《你在高原》中，那些傾訴、獨語的抒情段落，有如依戀母性的傾訴，有著溫馨與柔情，和整部小說粗樸剛健的雄渾結構形成一種對比，使得整部小說因此增添了溫婉之美，也多了份空靈蘊藉。《你在高原》中，在鄉村的核心意象中，有一座小茅屋，茅屋旁邊有一棵巨大無比、開滿了雪白花朵的李子樹。這是張煒故鄉記憶的中心。這小茅屋掩映在無邊的蔥蘢的海濱叢林中，似乎與世隔絕，同大自然親近，與世無爭，安逸而又自足。如果沒有外來的監視和侵擾的話，這裡簡直是一個世外桃源。然而，這只是一個躲避災難、退守時的去處。這裡的生活並不寧靜，迫害他們的人始終追蹤和監視著這個小茅屋裏的動靜。這一家人有如驚弓之鳥，天天擔驚受怕，惶惶不可終日。

張煒小說懷鄉時，喬木、灌木、茅草等植物和鳥類等往往湧入他的心靈世界，進入小說懷鄉文本：「長茅草瘋一般茂長，荒蕪了群山與大野，遮住了紅果與哼鳥。小鵪鶉的鳴叫如不成音調的笛子，百靈羞聲斂口。長茅草糾纏撕扯，在太陽下伸出焰舌舐遍大地。」「藤蔓筋絡罩住東南西北，握住泥土和岩石。韌長的枝葉仍在迷長瘋躥，大風攪動千里。我伏下身軀，把頭顱緊貼其間，讓生鮮濃旺的汁液染個周身遍體。筋絡飛快攀來繞去，午夜時分只有青蔥蓬綠的一片。這融入和遮隱是長久的喜悅，是皈依的充實，是跟隨的真誠，是吸吮的感謝。我知道一道白色的閃電會在某一刻騰過南北，燃起無邊的長蔓和糾葛。爆亮的熾白，熊熊的焰舌，與白色閃電結成一體。這渴望啊，這如同一地茅草般瘋長的無邊渴望！P378」〔註 27〕「堤外的茅草連成了一大片，它們幾乎一半高、一個顏色，此刻在霞光裏拂動，很像是大自然一次傲慢的

〔註 25〕任相梅：《高原的吶喊——評張煒的長篇小說〈你在高原〉》，《中國現代文學研究叢刊》，2013 年第 2 期。
〔註 26〕張煒：《橡樹路》，作家出版社，2010 年 4 月版。
〔註 27〕張煒：《家族》，作家出版社，2010 年 4 月版。

炫耀。離河灣近一點的灌木長得又高又密，也開始變得混雜了。它們當中有山柳、刺槐、鵝耳櫪，有南蛇藤，苔參、牡荊、胡枝子、普吉藤，偶而還能看到青杞和尖葉杜鵑。一些喬木闊葉林中常見的麻櫪和木杉之類，甚至側柏和赤松，三三兩兩長在河灣兩側。P392」〔註 28〕張煒的心胸中充滿了這些有著生命感的動植物，小說詳盡地加以描寫。這些故鄉的景物大量地進入小說文本，顯得熟稔和親切，飽含了作家對故鄉的赤誠熱愛之情。

　　張煒小說也寫流浪在鄉間，風餐露宿，然而因為大地的慷慨饋贈，總不會輕易餓死人。大自然是美麗和諧，蘊藏著豐富的物產，而且還那麼地慷慨，給予了人們必須的食物。此外，大地上的地瓜，土豆，蘿蔔，花生等，都可以用來充饑。張煒的長篇小說《醜行或浪漫》中，河流中的魚蝦，野地裏的作物，全都能讓逃亡與流浪的人充饑。山地、平原的人們也是富有同情心的，盡可能地在流浪的人飢餓時給他們一點點食物。鄉村女子劉蜜蠟在山野裏，不斷地投靠善良而淳樸的人家。烙餅，成了終生不忘的最為甜美的好吃物。此外，小說懷鄉中，張煒還塑造了田園風光中的美好人性，比如說山地中的老人，還有拐子四哥、鼓額等人。張煒小說對有著野性的人，也是大加讚美：比如說中篇小說《蘑菇七種》中的老場長、長篇小說《外省書》中的鱸魚等，小說是肯定了這些人的生命力的頑強和生猛的。

　　總而言之，張煒的小說通過追憶，詳細描繪故鄉的各種風物，在敘寫故鄉記憶的同時，抒發了對故鄉的熱愛之情。比如，追求詩性寫作的張煒在長篇小說《我的田園》中，寫了一個位於登洲海角的美麗的葡萄園，那裡充滿了田園的寧靜。人們在葡萄園當中勞作，享受著田園生活的美好。不過，《我的田園》中，善良的人們，生存遭到威脅，鼓額遭到惡棍的強暴，世俗塵囂步步進逼葡萄園；後來，葡萄園遭到嚴重污染，海水倒灌，河水惡臭，草木枯萎，一片狼藉；此外，土地開發商在覬覦這片土地。小說也許告訴我們，很難找到一處「桃花源」式的「詩意的棲居」的田園了，它只是我們的一個「白日夢」，是一個永遠無法實現的鄉土烏托邦。

三、格非小說懷鄉：烏托邦情結

　　格非的懷鄉小說「江南三部曲」（《人面桃花》《山河入夢》和《春盡江南》），原名烏托邦三部曲。花家舍成了精神烏托邦想像的象徵。小說中有對

〔註 28〕張煒：《鹿眼》，作家出版社，2010 年 4 月版。

花家舍的優美描寫:「這座長廊四通八達,像疏鬆的蛛網一樣與家家戶戶的院落相接。長廊的兩側,除了水道之外,還有花圃和蓄水的池塘。塘中種著睡蓮和荷花,在炎夏的烈日下,肥肥的花葉已微微捲起,成群的紅蜻蜓在塘中點水而飛。家家戶戶的房舍都是一樣的,一個小巧玲瓏的院子,院中一口水井,兩畦菜地。窗戶一律開向湖邊,就連窗花的款式都一模一樣。P130」〔註29〕這花家舍是不是很像桃花源?

英國學者莫爾的《烏托邦》,讓「烏托邦」成為世人皆知的一個詞語。烏托邦是指想像中存在的,無法實現的,帶有行動狂熱以及宗教熱情般的社會政治理想。中國自古以來有著世界大同的理想,有著自己民族的烏托邦情結。晉末宋初,晚年的陶淵明寫下了《桃花源記》並詩,描繪了優美田園的桃源世界。在中國現代早期思想中,康有為等人倡導天下大同。近現代以降,中國的無數仁人志士為了實現心中的大同世界而不惜拋頭顱灑熱血。

花家舍在格非的小說《江南三部曲》中經歷近百年的歷史滄桑巨變,幾經易主,起起伏伏,它不僅見證了幾代人夢想的追求,也見證了夢想的消逝。《人面桃花》中,王觀澄精心建造的花家舍,是其夢想中的人間天國。「桑竹美池,涉步成趣;黃髮垂髫,怡然自樂;春陽召我以煙景,秋霜遺我以菊蟹。舟搖輕,風飄吹衣,天地圓融,四時無礙。夜不閉戶,路不拾遺,洵然有堯舜之風,就連家家戶戶所曬到的陽光都一樣多。P106」〔註30〕花家舍還承載著陸侃、張季元、陸秀米等人的夢想;它是王觀澄的世外桃源,是陸侃的桃花源,也是張季元的大同世界;它是秀米投身革命的動力,改變普濟的美好藍圖。然而,到了小說《春盡江南》中,花家舍,也許可稱為「人間天堂」,卻成了一個有錢人尋歡縱慾、舒適享樂的場所,用小說中人物吉士的話,那就是「你只要有錢,在這裡什麼都可以幹。P375」〔註31〕從《人面桃花》到《春盡江南》,花家舍歷經了百年滄桑歲月。它一度是人類夢想中的桃花源,有著人們嚮往的一切美好。當下,花家舍儼然已成為一個墮落之極的銷金窟。烏托邦的花家舍最後竟成了糜爛生活的場所,這是一個強烈的反諷。從現代到當代,烏托邦的衝動越來越泯滅了。《人面桃花》之中,革命起於亂,是一股盲動,被欲望挑撥而起,本質上確定了革命的方向。烏托邦

〔註29〕格非:《人面桃花》,作家出版社,2009年9月版。
〔註30〕格非:《人面桃花》,作家出版社,2009年版。
〔註31〕格非:《春盡江南》,上海文藝出版社,2011年版。

的衝動成了某一些人的理想，卻有著一種不切實際的特點。陸家兩代人都被烏托邦的革命理想衝動捲入其中，最終都因此死去，結局是悲涼的。如果單看《人面桃花》，我們以為小說是否定烏托邦衝動和否定革命的；如果單看《山河入夢》，也會認為譚功達這個人的作為是政治妄想，是可笑和可厭的。然而，看完整個三部曲之後，才發現烏托邦情結在這多卷本小說中並非如此簡單，而是有著深邃而豐富複雜的內涵。我們接下來詳細探討之。《山河入夢》中普濟是充滿著盲動的暴力。開挖運河、修築水庫、試驗沼氣等幾乎都帶來災難後果。這是對當代歷史的反思。然而，看到第三部《春盡江南》之後，卻又讓人反思：人們走在精神迷途，沉迷於物質追求，片面追求物質財富，會是人類的幸福快樂生活麼？由此，反觀這部三卷本小說，烏托邦情結就顯得充滿著悖論而有著複雜內涵。《山河入夢》第四章寫了烏托邦花家舍小島表面整齊富麗的勝景，同時又指出，它還是一個埋藏著很多諸如告密、信件檢查等可惡、可怕的黑暗內幕的生存環境，生活在其間的人們在精神上失去自由。《春盡江南》寫市場經濟時代，人們為經濟壓力所迫，匍匐在生活壓力之下。主人公譚端午是一個頹廢的文人，不能適應社會轉型，似乎是20世紀「八十年代」的遺老遺少。還有綠珠這個女人，也是一個和時代不合拍的人物。花家舍有了高級賓館，有了酒吧街等燈紅酒綠的地方，甚至成了色情場所。整個山河發生了巨大變化，再也沒有百年烏托邦夢想了。而此前的《人面桃花》中，風雨長廊，就是當時革命者和知識人的夢想。格非不僅寫他們在做夢，也寫這些人私人的隱秘。《春盡江南》寫了烏托邦情結的無跡可尋。寫的是平庸瑣屑，乃至絕望的現代日常生活，烏托邦理想給擠兌在現代生活之外。烏托邦的衝動給人們的生命帶來了災難，但是如果完全放棄烏托邦的思考和追求，同樣會陷入到人性的黑暗之中。這一時代的產物是沒有行動能力的譚端午。「江南三部曲」的烏托邦情結給讀者提出了問題：中國近現代百年來的追求如何評價？人究竟如何生存？社會究竟要往何處去？花家舍是我們的理想所在地，也是生命罹難所在。懷鄉時人們對美好世界的想像，故鄉成了精神的棲息地。格非在懷鄉中寫了理想的衝動和現實生活的悲哀。懷鄉，卻無處懷鄉，小說戳破了一般意義的懷鄉之虛幻。「江南三部曲」敘述了花家舍、普濟的歷史，有一種烏托邦消逝的悵惘。烏托邦的鄉愁有著現代懷鄉的意味。

閻連科的長篇小說《受活》也許可以是反烏托邦寫作的典型。小說中烏托邦荒誕劇的主人公柳鷹雀為了實現其烏托邦的目標，竟不擇手段妄想通過革命導師遺體來實現自己的目標，他妄想自己的照片將來和馬恩列斯毛並列貼在牆上，因此成為「全世界最偉大的農民領袖，第三世界最傑出的無產階級革命家。」狂想曲狂到石破天驚。欲望膨脹到不知天高地厚。

懷鄉是一種對故鄉的想像性的追憶，是一種情感生命體驗，是詩意化的精神生活。懷鄉是內心中的自我和過去的一種對話，以及對故鄉記憶的細細品味，是面對殘酷的現實時，發出的一種呼救。在懷鄉之中，懷鄉者追求生活的純美，從記憶中搜尋親人朋友和家鄉風物中最為美麗溫馨的內容來慰藉自己在現實生活中受傷的心靈。實際上，懷鄉是超越了現實的種種不足，不樂意，而沉醉在一個審美化的想像空間中。這是一種渴望被遙遠的故鄉的溫情所撫慰，以期詩意棲居在這個世界上的心理體驗過程。有論者認為，鄉愁的抒情有著兩面性：其一，現代鄉愁有著悲情底色，是現代性對傳統世界的一種衝擊和斷裂。這使得現代個體在生活中喪失了基本的穩定感和精神依託。這些人在懷鄉時，抒發的情感不單單是溫馨和純粹的懷鄉之情，更多了哀婉和憂鬱、失落和孤獨的情緒。其二，抒情的時候也是主體現身的時候，執著懷鄉並深深沉醉其中，既是主體自我情感的抒發，也是自我精神的挽留和堅守、抵制和抗議。因而，懷鄉的情感抒發，最終會凸顯「一個現代自我的在場。」〔註 32〕

本節我們首先論述了小說懷鄉的心理機制，進而分析了張煒的小說《九月寓言》和《你在高原》懷鄉時的抒情內容，探討了作家懷鄉的審美創造時的內在心理機制。張煒的抒情段落表達了對故鄉的回憶與眷戀。張煒毫不保留地抒發自己對故鄉母親般的依戀之情，表達了對故鄉風物、人情的深深眷戀。其次，分析了格非的《江南三部曲》，圍繞烏托邦情結來展開論述。格非的懷鄉，既是一種批判，也是一種現代鄉愁，是對現代存在的哲學思辨。小說對烏托邦理想（生發、實踐、沒落）的探索，是結合江南小城鎮（普濟／花家舍）的歷史與現實來敘述的。1990 年代以來中國當代小說中的懷鄉，都是建基於故鄉記憶的，一定程度上就是對故鄉的追憶，抒發了對故鄉的依戀之情。

〔註 32〕盧建紅：《「鄉愁」的美學——論中國現代文學的「故鄉書寫」》，《華南師範大學學報》（社會科學版），2012 年第 1 期。

第二節　認識與闡釋──小說懷鄉如何記錄故鄉

　　本節我們探討 1990 年代以來中國當代小說懷鄉是如何記錄、闡釋故鄉的，從三方面展開：1. 記錄與闡釋是小說懷鄉審美形態的拓展和深化；2. 阿來的懷鄉小說追求講述一個真實的川藏。3. 論述小說懷鄉認識與闡釋的意義。懷鄉小說揭示社會歷史與現實本質，具有批判價值。

一、記錄故鄉的百年歷史與現實

　　在遺忘與回眸中，在逝去與重建中，在現實和歷史的碰撞中，現代懷鄉有其獨特的價值。懷鄉把故鄉歷史納入追憶範疇，對過去一往情深，有著歷史感。「當代鄉愁敘事已不拘囿於對個人情感與體驗的直接宣洩，而是更為「彈性」地拓展為對歷史、對社會的思辨審美。」〔註 33〕當代小說記錄故鄉的社會現實生活和歷史變遷。懷鄉小說以故鄉為中心，在歷史的維度上拓展，回溯故鄉近百年的歷史。莫言的《豐乳肥臀》敘寫了故鄉近百年歷史與現實，《生死疲勞》寫了 20 世紀下半葉中國當代史；張煒的《你在高原》也深入描繪了百年中國現當代史。這些小說懷鄉，都有一個中國近現代百年歷史情結，為的是更有深度地認識和闡釋歷史與現實。

　　故鄉「等待著懷鄉者去觀察，去分析，去挖掘，去愛。」〔註 34〕賈平凹的小說被人譽為中國當代編年史，忠實地記錄故鄉幾十年來的社會發展變化。賈平凹坦承，如果這個時代不能出偉大的作家和作品，那麼，哪怕做一點記錄也好，為後世留下一份社會檔案：「如實地記錄故鄉，就是記敘故鄉發生的一切。P43」〔註 35〕比如，長篇小說《帶燈》寫了故鄉被破壞的現狀，是對農村的憂思之作。小說後半部分，鄉村的各種矛盾集聚起來，陡然爆發劇烈衝突事件。小說寫了鄉村惡民，也寫了鄉村治理存在的問題。長篇小說《老生》縱貫百年歷史，反映了百年苦難，簡約地寫出了民間歷史。故鄉在《老生》中立體而全面，從歷史的縱軸看來，解放前的革命，解放後的土改，反右派，大躍進，還有搞鬥爭哲學和批鬥的文化大革命等，在他的筆下有反映。結果，似乎唯有古代典籍《山海經》的古老曠遠，才能消弭小說中的百年苦難和劇

〔註 33〕陳超：《「鄉愁」的當代闡釋與意蘊嬗變──中國當代文學鄉土情結的心態尋蹤》，《當代文壇》，2011 年第 2 期。

〔註 34〕岳雯：《懷鄉者說》，《小說評論》，2011 年第 6 期。

〔註 35〕賈平凹：《秦腔》後記，轉引自《定西筆記》，安徽文藝出版社，2013 年 4 月版。

烈的痛楚。人如微塵存在於人世間。喪歌在文字內外飄蕩,《老生》的敘述深
具哀歌的哀感。

劉震雲的「故鄉」系列長篇小說,包括《故鄉天下黃花》《故鄉相處流傳》
和《故鄉麵和花朵》。這些小說把故鄉的故事荒誕不經地敘述出來,目的在於
對中國歷史和現實進行縱貫式和全景式的描繪。劉震雲的懷鄉小說,表達了
對歷史和人性的質疑。劉震雲的小說有鞭撻了故鄉醜陋的一面,但這何嘗又
不是一種特殊的懷鄉?莫言的小說也有書寫故鄉醜陋的一面。

張煒的《九月寓言》中,小說寫了古老鄉村的雙重飢餓:糧食飢餓和性
飢餓。村里人因為缺少糧食,生存艱難。這個村子似乎沒有其他口糧,好像
只有九月份出產的地瓜;村子裏,女人奇缺,村民中有很多是外來游蕩居留
此地的人,有很多光棍,老光棍,他們過著痛苦的生活。《九月寓言》對歷史
進行了時間模糊處理,很隱晦地寫罪惡。小說涵蓋了大約三十年的歷史,鄉
村的種種罪惡、醜陋和黑暗,人們的苦難生活:鬧饑荒,當權者的惡,各種運
動帶來的痛苦……苦難潛隱在小說中。張煒對人性的美好和人性的黑暗都非
常敏感。《你在高原》全景式地記敘了中國現當代歷史,從革命戰亂年代寫到
當前的市場經濟時代,寫戰爭血腥殘酷,寫戰亂民不聊生;寫專政和傾軋的
歷史、身陷冤案的歷史;寫金錢物質對人的腐蝕,寫權勢者的貪婪腐敗,中
飽私囊,魚肉民眾;寫權力和金錢如何霸佔美麗女子;寫資本大鱷到處圈地,
搞掠奪性開發,掠奪資源,破壞環境。小說毫不留情地暴露了侵害鄉村的惡
勢力:開發集團、資本,走狗,等等。

二、《空山》:寫出真實的川藏

(一)

阿來的小說不著意去渲染異國情調,藏族風情卻融入骨子裏,不追求外
在的譁眾取寵,但藏族(宗教)文化卻成為小說的精髓,給讀者以精神洗禮。
阿來小說懷鄉情緒中有著靜穆的宗教感,這宗教感讓生命變得莊嚴而寧靜,
使得生命顯得高貴。阿來詩歌中出現的意象,草原,犛牛,森林,湖水,神山
等,都是故鄉的風物,這些幾乎都進入到阿來小說懷鄉文本中。

阿來在藏區生活了近四十年,生命的根在這一地區,「這個故鄉是我的故
鄉。行政上屬於四川,習俗及心理屬於西藏。P72」〔註 36〕這裡屬於藏族人的

〔註 36〕阿來:《血脈》,轉引自《寶刀》,作家出版社,2009 年 9 月版。

聚居區，當今世界對它非常關注。人們都是從外部來看待西藏的。人們對西藏／藏地充滿著神奇的想像，把藏地想像得格外神秘。遊客到此，往往在尋找絢爛的經幡和神秘的轉經筒、虔誠的佛教徒、曠遠的藍天和神奇的高原等藏族風情。扎西達娃有過對於西藏的描寫，但渲染了較多的宗教感和神秘感，阿來也寫了引起轟動的長篇小說《塵埃落定》，在一定程度上滿足了人們的想像。但這些都遠不能夠讓讀者清晰地認識真實的藏地。阿來極力反對以旅遊心態從外部浮光掠影看待藏民的生活。阿來不希望自己的故鄉只是被當作異國情調。阿來更多地想向世界呈現一個有著現代化要求的川藏地區的真實生活，表達了自己的故鄉要融入世界的強烈願望。阿來的寫作追求寫出真實的川藏。胡塞爾說：「人被認識的激情抓住了。P275」〔註37〕不但米蘭·昆德拉喜歡引用，而且阿來也喜歡這句話。阿來也曾在病中讀奈保爾，阿來的理解是：「這個人是有著獨特的前所未有的認知價值的，他和諸如拉什迪這樣的作家提供了一種全新的文學經驗。P122」〔註38〕阿來其實是在向奈保爾等人看齊他的小說不是迎合讀者的西藏想像，而是引領讀者，進入到故鄉，去認識、理解真實的川藏。阿來對此是這樣解釋的：「在近年來把藏區遍地浪漫化為香格里拉的潮流中，認為藏區是人人淡泊物慾、虔心向佛、而民風淳善的天堂。持這種迷思者，一種是善良天真的，今日社會物慾橫流，生活在別處而對一個不存在的純良世界心生嚮往；一種則是明知歷史真實，而故意捏造虛偽幻象，是否別有用心，就要靠大家深思警醒了。」〔註39〕學者汪暉在《東西之間的「西藏問題」》中指出，「神智論創造了一種理想的、超現實的西藏形象，一片未受文明污染的，帶著精神性的、神秘主義的，沒有飢餓、犯罪和濫飲的，與世隔絕的國度，一群仍然擁有古老的智慧的人群。這個西藏形象與農奴制時代的西藏現實相差很遙遠，但卻從不同的方向塑造了西方人對東方、尤其是西藏的理解。這個理解的核心就是超現實的精神性。P23」〔註40〕在阿來看來，不能把藏區另眼相待，而應讓藏區跟上世界發展潮流。苦難的童年生活，讓阿來深刻體驗到藏民的艱難生活。他認為藏地和別處一樣，這裡的人同樣有著生活的苦難和人性的掙扎，「這種普遍性才是我在作品中著力追尋

〔註37〕阿來：《靈魂之舞》，人民文學出版社，2013年1月版。

〔註38〕阿來：《看見》，湖南文藝出版社，2011年7月版。

〔註39〕阿來：《瞻對：兩百年康巴傳奇》，《人民文學》，2013年第8期。

〔註40〕汪暉：《東西之間的「西藏問題」》，生活讀書新知三聯書店，2014年8月版。

的東西。……不把異族的生活寫成一種牧歌式的東西。……異族人過的並不是另類人生。歡樂與悲傷，幸福與痛苦，獲得與失落，所有這些需要，從它們讓感情承載的重荷來看，生活在此與別處，生活在此時和彼時，並沒有什麼太大的區別。P277」〔註 41〕阿來在《〈空山〉三記——有關〈空山〉的幾個問題》的文章中，表示自己比較認可薩義德的看法：「知識分子的表達應該擺脫民族或種族觀念束縛，並不針對某一部族、國家、個體，而應該針對全體人類，將人類作為表述對象。即便表述本民族或者國家、個體的災難，也必須和人類的苦難聯繫起來，和每個人的苦難聯繫起來表述。P259」〔註 42〕

（二）

阿來曾寫過一篇《讓岩石告訴我們》的文章，其中說，「一段歷史未能通過某種記錄方式進入人類的集體意識時，這個歷史就是不存在的。P60」〔註 43〕阿來的《塵埃落定》是一個懷鄉之旅，它是對於故鄉 20 世紀上半葉的想像性虛構。小說寫了現代歷史如何最終改變了土司部落的歷史，現代文明是如何侵入到藏區。《塵埃落定》和《空山》都寫到藏區的人們已然接觸到外部世界，小說寫的是歷史，精神上卻指向未來。小說《塵埃落定》中，邊貿等社會發展更為高級階段的新生事物，已經在藏區出現了。阿來是肯定落後地區在追求現代社會發展的客觀必要性的。阿來恐怕不會同意遊客們一廂情願讓藏區停留在原始狀態。阿來認為藏族由農奴制直接躍入社會主義社會，有必要引入現代化。有了現代化發展，故鄉才能跟上世界時代大潮。

阿來的小說集《格拉長大》中，有一組短篇小說，寫的是數十年來機村的變化，寫到了水電站、馬車、脫粒機等，〔註 44〕寫出了曾經落後於世界社會發展進程的藏區欣然接納新生事物的狀況。這些發表在《人民文學》《上海文學》等雜誌上的「機村人物素描系列」和「機村事物筆記系列」，是阿來寫完長篇小說《空山》後，不經意寫下的一組短篇小說，有著獨特的審美風貌和精神內涵，包括《水電站》《脫粒機》《馬車》《瘸子》《馬車夫》等。當外來新鮮事物到來，機村人是多麼興奮和激動啊。小孩子們到地質隊駐地去接受科普教育，看到很多新鮮事物，後來按照畫好的藍圖建設起村子裏的水電站；

〔註 41〕阿來：《靈魂之舞》，人民文學出版社，2013 年 1 月版。
〔註 42〕阿來：《看見》，湖南文藝出版社，2011 年 7 月版。
〔註 43〕阿來：《看見》，湖南文藝出版社，2011 年 7 月版。
〔註 44〕參見阿來：《格拉長大》，東方出版中心，2007 年 8 月版。

機村人關注脫粒機的安裝和使用，圍觀馬車的製作和組裝等。這些，對於機村來講，是新生事物。它們在給村民帶來現代化動力和便捷的同時，卻也帶來了傷害。比如，脫粒機把人給弄傷了。作家內心充滿矛盾，一方面真實地寫出了村里人的激動，另一方面，又對村莊迅猛的變化充滿著憂傷。以前，大家聚在一起勞動，是一種歡樂。打麥場上按照歌聲節奏使用連枷，脫粒機來了，這歡樂給破壞了，甚至有人還因為這機器，身體受到傷害。駕馭馬車不到十年的馬車夫，因為拖拉機很快取代了馬車，成了最後的牧馬人，和馬一同消亡在山上小小的牧場。《自願被拐賣的卓瑪》中的卓瑪，本來是淳樸而內心美好的採蘑菇的村姑，卻因為外來思想的影響，變得嚮往山外的世界，跟著山外的來人走了，不知被賣到了哪裏……這一組小說有十二篇，勾勒了藏族村莊數十年的變遷，讀起來是淡淡的憂傷，然而對鄉村的憂思卻是深長的。這組小說寫出了鄉村在現代化的過程中，社會發生的巨大變化。

（三）

阿來說過，「(《塵埃落定》)只是寫出了我肉體與精神原鄉的一個方面。P274」〔註 45〕「但我知道，自己的寫作過程其實是身在故鄉而深刻地懷鄉。P276」〔註 46〕《塵埃落定》之後，阿來的懷鄉史詩《空山》續寫 20 世紀後 50 年的家園破敗的歷史，寫的應該是阿來精神原鄉的更多方面的內容。小說講故鄉資源慘遭破壞的歷史。資源的攫取，環境的破壞，給村民的生活帶來了巨大的影響。社會主義國家政權和建設，進入和改變了藏民的生活和歷史進程。

第一卷《隨風飄散》，圍繞少年格拉的朋友兔子短暫的生命中所經歷的事來寫，也反映了格拉和他母親桑丹艱難而獨異的生活。機村存在愚昧現象，比如，村里人以為格拉在村子的存在，導致了兔子的生命脆弱。此外，格拉在村子裏飽受歧視和誣陷。格拉是一個不知道父親是誰的孩子，每每被村子的孩子們所嘲弄和侮辱。兔子被其他的小孩撒的鞭炮炸傷了脖頸，最後因此死去。村裏的孩子一致誣陷格拉，說是他放鞭炮把兔子炸傷了。《隨風飄散》寫了村子裏曾經的人與人之間的互相關愛（村里人都幫助過這戶特殊人家）。民族的宗教信仰和文化習俗，一定程度上維繫著較為淳樸的人際關係。這個沒有父親的少年和「沒心沒肺」的母親，起初是得到了淳樸藏民的關愛。小

〔註 45〕阿來：《靈魂之舞》，人民文學出版社，2013 年 1 月版。
〔註 46〕阿來：《靈魂之舞》，人民文學出版社，2013 年 1 月版。

說寫道，返回村子的格拉和母親桑丹的門外，有村里人相贈的成堆吃食等禮物。但社會發生變化之後，他們母子在村裏的生活越來越艱難，甚至遭到被驅逐的對待。格拉的母親桑丹是從外地流落到村子裏的一個美麗女人，卻是一個弱智的癡傻女人，一個連自己都照顧不好的女人，卻生養一個兒子格拉。小說寫她似乎是「沒心沒肺」的，似乎從來不知道愁。時代變化，村子里人際關係發生了變化，格拉和他的寡母遭遇這樣那樣的不幸。透過文字，我們似乎可以看到作者眼中噙著淚水，因為格拉的痛苦遭遇讓人憐憫。

《空山》的第二卷是《天火》，寫 20 世紀六十年代的這場森林大火，來勢兇猛，蔓延得越來越厲害，甚至摧毀了原始森林。本來，人們焚燒草場，只是為了來年的牧草長得更好一些，但上面卻把這當作是迷信或者是破壞國家建設，還把人抓起來坐牢。這一卷寫五六十年代，砍伐原始森林對藏區原始生態的破壞。「這些森林，已經在這片土地上存在了千年萬年，失去這些森林，群山中眾多的村莊就失去了依憑。P179」〔註47〕原始森林遭到大規模砍伐之後，人們還在這一慣性下繼續偷盜砍伐。

《空山》的第三卷是《達瑟和達戈》。九寨溝是神奇的，到過九寨溝的遊客，也許會留意導遊講述的「色嫫和達戈」神話傳說故事。阿來把這個神話原型置入小說中，讓小說增添了藏族文化的底蘊，同時又改寫了這個神話，對比神話中的愛情故事，寫了現實生活中的愛情故事，探索了當代社會生活，寫出了當代中國社會的變化。這一卷小說的主人公也叫色嫫和達戈。神話傳說的愛情故事中，男人往往有著力量之美，身強力壯，顯得智慧和勇武，在大自然中，能同野獸搏鬥；同別的男人的角力之中，總是大大咧咧，毫不在乎，總是敢打敢拼；在男人與女人關係上，也能勇敢大膽地表達和追求自己的愛情。小說中，機村的美麗的女子色嫫，特別癡迷於唱歌表演。她是「美嗓子」，民謠唱得特別好。為了能到更大的舞臺上去唱歌，她殫精竭慮，甚至投靠權力者。小說中，男主人公達戈被她迷住了。（「達戈」在藏語中含有「傻瓜」的意思。）達戈本是一個軍人，癡迷於色嫫，特意留下來追求她。他似乎真夠癡傻，他的生命似乎都為了女人而存在的。小說把獵人達戈的愛情故事和社會現實結合起來寫：森林遭到破壞，動物生存環境惡化，獵殺千百年來都是人類親戚的猴子等。小說對達戈殘忍槍殺猴子無比憤慨，對達戈的愛情和人生悲劇無比同情。色嫫這個民族女歌手，她會唱很多當地的民謠，是族

〔註47〕阿來：《空山 1》，人民文學出版社，2005 年 5 月版。

人自己喜愛的「歌唱家」，但是，受外來思潮的影響，她卻希望自己能在山外的世界出名。她沒能好好珍惜山裏的生活，也不珍惜愛她的小夥子，被外界的花花世界迷住了心竅，以至於後來，不但沒有成名，即使是身在家鄉，生活也不如意。

《空山》的第四卷《荒蕪》，寫的是上世紀七八十年代的機村。當年，森林大火之後，村人在草木灰地裏種植糧食養活自己。這時，因為濫砍亂伐，森林遭到破壞，泥石流等毀了村裏的耕地，村支書駝子帶領大家在村子附近的一小塊幸免於泥石流破壞的土地上開墾荒地，準備生產自救。但是，在上面領導受「農業學大寨」的思維影響的嚴令要求下，人們只好被迫遵照領導意圖。田園荒蕪，機村賴以生存的莊稼地都沒有了。三十年來的環境破壞，不但森林裏的樹木和生靈遭到塗炭，就是村里人基本的生存都遭到威脅。這一卷小說寫藏族村落是怎樣地由一個覆蓋著原始森林、植被豐富的村子，經濫砍亂伐，最終資源破壞、環境惡化的。由於植被破壞，水土流失，泥石流肆虐，人們失去了賴以生存的耕地。環境的破壞也導致了乾旱。為了減少旱情狀況下的火災危害，蓄水的聖湖又遭到徹底破壞。自然環境遭到了破壞，人們的生存環境變得極其惡劣。年輕人尋找傳說中祖先曾經耕作之地、生存之地。那裡曾經是多麼地富饒！索波、卓央和駝木匠等人去探察那個神秘的地方，希望能夠開墾出可以種植糧食的土地。

《空山》的第五卷《輕雷》，寫的是原始森林遭到亂砍濫伐破壞之後，為了金錢，年輕人同檢查站的工作人員勾結，販運木材，偷盜，發財的故事。在河水交匯處附近，一個因為木材檢查站而興起的小鎮上，年輕人拉加澤里通過兩年的「潛伏」，終於和檢查站以及茶館的李老闆（他手中掌握有木材指標），建立起了關係，開始販運木材，成了暴發戶。小說非常細緻地寫出了這個過程中，讀者也由此看到了底層人謀生時遭受的屈辱，人們生活的艱難和人性的堅韌。小說寫了有門路有後門的人，鋌而走險，非法盜運木材賺錢，發了大財。拉加澤里賺到錢，為了給村子裏自己的哥哥出口氣，把人給打傷打死了，遭到牢獄之災。等到十年之後出獄了，回到家，拉加澤里發現，世界已然改變了。

《空山》的最後一卷，第六卷，卷名也叫《空山》，承接上一卷，拉加澤里把以前販運木材的錢，用來搞綠化，栽樹木。拉加澤里還開設了一個村裏的酒吧，村裏很多人來喝酒。村里人在這酒吧喝酒，似乎就是自己的文化生

活。達瑟和索波兩位老人，年邁衰老，天天來蹭酒喝。機村發生了巨大變化。公路改道，隧道開通，旅遊開發。市場經濟進入藏區，消費主義文化盛行。村里人在旅遊開發區表演民族歌舞，這些歌舞，實際上是按照遊客的想像性需求來編排，通過博得遊客的笑聲來賺錢。整個村子都在市場化大潮中變了，人心也變化很大。因為成名的誘惑，有人想去參加唱歌比賽出名。色嫫這個村裏的歌唱家，參加商業演出，由於受到外界的名利誘惑，不安心於本地本族的愛情，而是希望唱歌成名。當地的會唱民謠的年輕人到旅遊景點賣唱，但詞曲已經不完全是原本的，而是根據遊客的喜好，改變了歌詞、曲調。真正能夠表達民族生活和情感的歌舞，卻在商業化大潮中漸漸被擠壓，甚至可能會消失。

（四）

　　《空山》寫了機村人心中的神湖，寫到了神湖中的金野鴨。你到九寨溝的話，也可以看到那些享受九寨溝仙境的湖光山色的野鴨子。小說中的神湖，曾經護祐著一個村的風調雨順。高山湖水來自天然雨水。大森林涵養的水滲流出來，蓄水成湖。到過九寨溝，就不會忘記鏡湖的平靜，五花海的斑斕，五彩池的瑰麗，犀牛海明鏡一般，湖面的倒影，藍天白雲，山峰、樹林……美得動人心魄。這一泓泓湖水的旖旎風光，在小說之中也有驚鴻一瞥。小說中的神湖，在機村人的精神世界當中是一個讓人敬仰的、至高無上的神聖的存在。小說中的神湖，湛藍，映襯天空和森林的倒影，和九寨溝的湖水是那樣地相像。九寨溝地處四川阿壩州，也許阿來的文學想像就來源於類似於九寨溝這樣的自然美景。阿來小說中的嘉絨地區，就有如九寨溝的樣子：空氣清新，水土豐茂，森林遮天蔽日，雨水涵養得很好，不會有枯水期，也不會有泥石流，林區、牧區的動植物在造物主的眷顧下自由生長。九寨溝有一個海拔很高的景點：「原始森林」。走在清晨的原始森林中，古木參天，遮天蔽日，林木似乎把塵世的一切都阻擋在外了。樹木和茅草在這裡靜靜地生長。我們親眼見到最大一棵樹，樹幹底部的橫截面有近乎小方桌那麼大。那些倒下的原始古木的樹幹，身軀非常龐大，讓遊人驚奇不已。阿來小說告訴我們，這一帶峭拔而高大的白樺、紅樺、雲杉、落葉松等是喬木中的佼佼者。有的樹，被機村的人選做了寄魂樹。在九寨溝空氣清冽而安謐的原始森林中，人們可以看到了久違的草尖和樹葉上的露水。這大自然是多麼清新而靜謐啊。

　　《空山》中，山水曾經是那麼的秀美，宗教信仰曾經是那麼地虔誠，聖

湖的傳說是那麼地美麗動人，森林是那麼富有靈性。「是的，這就是那個傳說棲息著一對金野鴨的色嫫措。」「色嫫措是機村的神湖。P251」〔註48〕然而，一個時期的亂砍濫伐，森林遭到了焚毀，植被、、生態全然遭到破壞。機村人的神湖——色嫫措湖被破壞殆盡，藏民們寄託精神信仰的聖湖乾涸了。20 世紀六十年代，天火來臨時，聖湖，有著金野鴨的神湖，被開挖放水，湖水洩漏盡了，讓人心痛。《空山》的最後一卷，講在拉加澤里打算重新圍湖蓄水時，人們在挖掘圍堰地基時，發現了地下古代的遺址，發現了古代村落的遺址！這真是祖先生活過的地方！由此更確定了神性的存在。《空山》寫村民對自己的祖宗、聖湖的崇拜，寫挖掘出古村落遺址的激情，村民們的精神信仰終於再一次匯聚到聖湖／古代遺址這裡！

　　機村歷史上經歷了多次遷徙，才得以在這裡扎根。小說寫了幾十年來機村山林被破壞，被侵害的歷史。藏民的居住地生態遭到毀滅性的破壞之後，出現了泥石流，好容易開墾出來的農田也被毀了。經過五十年來的風風雨雨，故鄉不停地發生變化，機村最後徹底給改變了。這個藏族村落，在被強行扯進社會發展的軌道，付出了巨大的代價：植被，動物，人情，心理……都被傷害，被損害，被剝奪。原來依賴森林植被生活的藏民們的基本生活受到了極大影響。人們開始向錢看，人心變壞。這幾乎是和中國內地是一模一樣的當代社會歷史進程。曾經作為精神故土和家園的機村，再也回不去了。小說寫拉加澤里以個人之力，想恢復期被濫砍亂伐的森林，然而，機村在一個大型水利建設計劃的淹沒區域之內，機村就要從世界上消失了。原來被原始森林覆蓋著的群山，如今被全然破壞，原來豐富的資源喪失殆盡，真的成了空山。將來，人們從高空之上往下看，原來屬於機村的地盤上，將會空空如也。似乎機村從來都沒有在這個世界上存在過一樣。這就是空山。遠遠看去，機村，成了一座空山！

　　《空山》總體上是寫實，不再是《塵埃落定》的空靈和輕盈，而是變得沉實與厚重。《空山》把進入社會主義社會階段的一個藏族村落（機村）在 20世紀下半葉五十年來的社會發展變化清晰地展現出來。阿來的故鄉從有著翁鬱茂密原始森林的棲居地，變為如今的植被遭到全然破壞，泥石流等地質災害頻發的所在。村里人曾經是相互關愛的，經過歷次運動和市場經濟的消費主義文化影響，人心也變壞了。現在人們都為了自己的私利在拼命賺錢。《空

〔註48〕阿來：《空山 1》，人民文學出版社，2005 年 5 月版。

山》是冷靜地回憶，反思。人類的生態環境遭到空前的破壞，人類的生存問題變得日益緊張。在這一現實面前，阿來的懷鄉充滿著人類未來往何處去的憂患。

《空山》清晰地展現了 50 年來川藏地區真實的生活。它以現實主義敘寫了機村的 50 年當代歷史中社會發展和歷史變遷。這裡和內地一樣經受了中國當代史的陣痛，也承受著市場經濟時代社會變化，小說交織著愛與痛。這裡有藏族同胞的真實生活的苦難。阿來堅持不懈地向世界言說自己的故鄉，一方面嚴厲自我批判本民族的落後、愚昧和野蠻，一方面又肯定自己民族信仰的精神價值。《塵埃落定》《空山》這兩部小說共同完成了對藏地百年歷史圖景的描繪。《空山》給我們展現了一幅藏地村莊（機村）的當代史長卷。阿來寫故鄉歷史和現實的中短篇小說還有很多，諸如《老房子》《阿古頓巴》《已經消失的森林》《最新的和森林有關的復仇》《行刑人爾依》《槐花》《野人》《群蜂飛舞》和《靈魂之舞》等。

阿來的懷鄉書寫強烈的傾訴願望原因在於：機村地處藏地，是少數民族地區，以前多不為外人所真正瞭解。阿來作為藏族作家，他無比關心藏地的現實狀況和未來命運，他是希望把藏地真實的現實和歷史告訴給世人，希望自己的民族能夠融入世界中。阿來站在整個人類的高度來看待藏地，表達了對人世的悲憫，對人類未來命運的憂思。

（五）

阿來的小說幾乎都是一種懷鄉，阿來越來越現實主義地描繪川藏地區的真實，阿來堅持在寫作中，寫出真實的故鄉，執著於寫出故鄉的現實困境和歷史苦難。阿來的幾部長篇小說，從靈動氤氳韻致的筆墨，轉入到沉實厚重的寫實主義，甚至已經從虛構的小說藝術，轉變為非虛構的歷史小說《瞻對》的寫作。阿來對於小說虛構的興趣讓位於對藏族真實歷史、現實和未來的探究。

對故鄉歷史的追問，對故鄉未來命運的憂思，促使阿來沉入歷史檔案文獻之中。小說《瞻對》立足史料，研究有清一代的藏族地區的戰爭征伐和懷柔政策，思索藏區是怎樣從歷史中走過來。《瞻對》中的人文知識和歷史文獻內容，其實在十多年前阿來的長篇散文《大地的階梯》一書中，早已初露端倪。在歷史小說《瞻對》中，阿來對川藏地區的思考是空前深入的，準確而深刻的闡釋，恐怕超越了一般的歷史學家。《瞻對》最大的價值在於沉入歷史去

索解川藏這片苦難深重的土地承受歷史苦難的原因。這部小說深入歷史，探索川藏地區曾經不安定的原因，借助歷史進行現實性思考。《瞻對》是阿來目前對川藏地區理解最為深刻的作品。

阿來力求寫出真實的川藏，寫出真實的故鄉中的痛苦和宗教情感信仰，以及民族文化等。阿來認為，川藏地區的人們，和世界上所有的人一樣也有著自己的苦樂。阿來以現實主義精神，銳利地觀察藏族地區的生命渴求以及他們的痛苦和困境，同時也對人性和社會問題進行了深長的思考。阿來所描繪的真實的西藏，越來越影響著世人對西藏的認識。

三、現代鄉愁：對故鄉歷史與現實的批判

懷鄉小說要對社會本質深刻揭示，就必須探入到故鄉的歷史與現實生活中。懷鄉小說無一例外地有著對故鄉歷史和現實的興趣。賈平凹編年史一般記錄了中國當代社會生活發展變遷史；莫言的小說縱貫百年中國戰亂苦難史；阿來寫的是川藏地區民族史；張煒的小說對中國社會歷史與人性的醜惡進行批判；王安憶敘述了五六十年代以來的上海日常生活史。

在懷鄉中批判，有著現代性批判背景，和傳統的懷鄉區別開來。賈平凹認為，隨著市場經濟的深入，故鄉商州也變樣了，不再是淳樸自然寧靜，於是對一般意義的鄉愁提出了質疑，轉而進入批判性的小說懷鄉。「現代性的進程本是告別鄉土的過程，但這些現代作家卻一再回眸故鄉，企圖在書寫中保留一個已經或正在逝去的世界。」〔註 49〕作家在紙上寫作自己的故鄉最美的記憶。現代化的進程中，記憶中故鄉優美的方面可能改變了，甚至面目全非。張煒記憶中優美如畫的海灣，如今已經是被破壞得不能漁業，環境變得污濁不堪。張煒的「鄉愁」，「因其充溢著反抗現代性的批判意識，使得他的「鄉愁」更像是一種思考的狀態。」〔註 50〕

現代化、全球化的社會背景下，資本、權力和知識技術的三位一體的生產方式並沒有改變。在現代化和全球化以壓倒性的規模衝擊下，在當前，現代性不僅意味著社會發展加速，同時也是一種對這種現代發展的反思。吉登斯認為：「現代性的特徵並不是為新事物而接受新事物，而是對整個反思性的

〔註 49〕盧建紅：《「鄉愁」的美學——論中國現代文學的「故鄉書寫」》，《華南師範大學學報》（社會科學版），2012 年第 1 期。

〔註 50〕陳超：《「鄉愁」的當代闡釋與意蘊嬗變——中國當代文學鄉土情結的心態尋蹤》，《當代文壇》，2011 年第 2 期。

認定，這當然也包括對反思性自身的反思。P34」〔註51〕「在現代性反思諸多思維特徵中，最突出的莫過於批判性，激烈地批判傳統與現實，批判社會的種種不合理的現象，批判資本主義的殘酷現實和技術理性主義。」〔註52〕1990 年代以來中國當代小說懷鄉所表現的現代鄉愁，就包含了現代性批判與反思因素。

　　本小節以阿來創作《空山》等懷鄉小說為例，指出 1990 年代以來中國當代小說懷鄉對故鄉歷史和現實有著探究的興趣，闡述了阿來小說是如何認識和闡釋故鄉的。川藏，在小說中是阿來的文學創造，在現實中，又是阿來夢魂牽繞的故鄉。因為這一塊苦難的土地，包含了太多紛繁複雜的政治、宗教、民生等歷史與現實內涵，阿來把自己的藝術創造力都傾注在對川藏的闡釋之中。阿來執著於自己真實性探求，是他創作追求的獨異之處。我們選擇阿來《空山》的創作來論述，旨在說明懷鄉小說不會僅僅只是抒發一般的懷鄉之情，小說懷鄉的過程往往是要進一步表達對故鄉的歷史和現實的認識與批判。在現代化對人類生活產生深刻影響的時代，懷鄉小說往往會集中在現代性批判上，關注現代化進程之中資源遭到破壞，環境遭到污染，生態遭到破壞等狀況。因此，這一鄉愁具有現代性的特徵，表達了現代性反思批判的內涵。由此可見，認識與闡釋是小說懷鄉的另一層次的審美形態。這一審美形態超越了單純的追憶與抒情，而拓展到更加深廣的社會現實與歷史內容之中。

第三節　尋找與虛構——懷鄉小說如何想像精神故鄉

　　本節繼續探討懷鄉小說的審美形態：通過尋找與虛構，想像精神故鄉。1. 論述小說想像精神故鄉的原因：現代人無處還鄉。從某種意義上講，故鄉永遠回不去，因為現實故鄉已不是記憶中的故鄉。2. 尋找和虛構精神故鄉。尋找的過程，也是虛構的過程，虛構也是一種尋找。尋找是依憑故鄉記憶中依稀的印象，去鉤沉記憶中的那些人、事所體現出來的精神。而虛構呢，又是依據懷鄉者的心靈需要，從生活和經驗中，汲取材料，來構建一個精神故鄉。這個精神故鄉，能夠讓心靈棲居，精神得到慰藉。想像精神故鄉是創作

〔註51〕〔英〕安東尼・吉登斯：《現代性的後果》，田禾譯、黃平校，譯林出版社，2011 年 2 月版。

〔註52〕軒紅芹：《「向城求生」的現代化訴求——90 年代以來新鄉土敘事的一種考察》，《文學評論》，2006 年第 2 期。

主體的主觀努力，同時也是嚴峻的社會現實推使，合力完成的。3. 想像精神故鄉的意義。懷鄉小說想像精神家園，源於現實生活中人們失去精神家園。文學可以給人類提供精神家園。

一、無處還鄉：故鄉在現實中消失

魯迅的《故鄉》已經成為了現代文學的經典，也是一個典型的懷鄉小說文本，其中「離鄉——歸來——又離去」的經典情節模式也為人所反覆提起。然而，其中一個最為典型的還鄉者返鄉的感受，卻每每讓我們感到心痛，因為它道出了大多數還鄉者的共同感受：「我所記得的故鄉全不如此，我的故鄉好多了。P501」〔註53〕這個懷鄉者回到故鄉，卻發現故鄉已然不是記憶中的故鄉了。這種回到故鄉，在現實的故鄉中找不到家園的感覺，真是有一種讓人心痛的哀感。失卻精神故鄉的痛，是無法用別的東西來彌補的。「一個人只有依靠幻想才能回到心愛的故地，這是多麼悲傷。P220」〔註54〕

賈平凹的長篇小說《高老莊》寫高子路回到故鄉，但故鄉已然在急遽變化著。故鄉受到市場經濟的侵蝕，市場經濟意識改變了家族、親戚、鄰里的人與人之間的關係，不再只是人情化。村裏的人心變壞了，比如說，前去拱墓幫工的人都偷奸耍滑。人們唯利是圖，偷偷砍伐森林賣錢。小說最後寫主人公再次離鄉去城裏。這就是懷鄉者返鄉的現實：故鄉不是自己所希望的記憶中的故鄉，故鄉已然回不去了。《高老莊》中，鄉村的美好的傳統被破壞，而那種惡的欲望卻在鄉村膨脹。

懷鄉，卻歸鄉不得。張煒的《我的田園》，寫寧伽返回葡萄園，發現葡萄園破敗了，人員散失了，開發商對葡萄園的土地虎視眈眈。張煒對故鄉的依戀之情和對橫行在故鄉的醜惡的憤懣情緒，是複雜交織在一起的。《刺蝟歌》寫故鄉在土地開發過程中，土地被資本侵佔掠奪，人們失去賴以生存的土地。資本的巨無霸對土地資源的巨大破壞，對環境的污染，對整個自然生態的破壞，是觸目驚心的。「回轉的路已被切斷，我們只能往前走。〔註55〕」返回故

〔註53〕魯迅：《故鄉》，《魯迅全集》（第1卷），人民文學出版社，2005年版。

〔註54〕張煒：《我跋涉的莽野——我的文學與故地的關係》，《我跋涉的莽野》，春風文藝出版社，2001年9月版。轉引自王光東主編：《中國現當代鄉土文學研究》，下卷，東方出版中心，2011年版。

〔註55〕金文兵：《故鄉何謂：論「尋根」之後鄉土小說的精神歸依》，《江南大學學報》（人文社會科學版），2002年第3期。

鄉，故鄉已然面目全非，人們再也回不去故鄉了。

返回現實的故鄉，見到的往往不是懷鄉者所認同的被記憶美化的故鄉。故鄉承載著人們的最美的精神想像，認為故鄉孕育和包容著我們，給予我們以溫馨的撫慰。而現實的故鄉卻不為懷鄉者的意志所轉移，發生了巨大變化。現實如此。不過，人們卻依然頑強地堅守美好的故鄉記憶。現實的返鄉只是到了一個已然發生變化的別一故鄉去了，心靈所需的記憶中的故鄉，永遠也回不去了。這個巨大的心理落差，刺激著懷鄉的作家們虛構與想像精神故鄉。為何要創造故鄉？正如有論者所說，「作為回憶與想像的鄉愁最終就是通過將時間空間化、打破時間的單一進程，從而彌合時空距離、填平精神和情感鴻溝的一種努力，是「還鄉者」為度過現實困境而賦予故鄉以意義的嘗試。被回憶與想像建構的「故鄉」因此成為敘事的源頭和動力。」〔註 56〕對現實中已然變了模樣的故鄉的失落感，促使作家對精神故鄉的尋找、虛構和想像。懷鄉者生活在城市中，面對難以應對的沉重現實，無力改變現狀，在層層包裹起來保護著的內心，實際上是時時沉醉在自己的懷鄉情緒之中的。懷鄉者藉故鄉的記憶，來滿足自己的心靈的需要。在這一過程中，懷鄉者美化了故鄉記憶，想像創造了一個精神故鄉。這個故鄉，就是精神家園。

二、紙上故鄉：蘇童的精神還鄉

「60 後」作家的創作，總體上看是對「故鄉」精神文化的一種解構，更多描寫故鄉的負面、陰暗面。比如余華的長篇小說《細雨與呼喊》；蘇童的中短篇小說《另一種婦女生活》《飛越楓楊樹故鄉》和長篇小說《黃雀記》〔註57〕等。「南方是他紙上故鄉所在。P107」〔註 58〕蘇童在《南方的墮落》中說過，「南方是一種腐敗而充滿魅力的存在。P106」〔註 59〕蘇童通過懷鄉來抵抗現實的虛無感。他要創造一個精神故鄉來。哪怕這個世界並非全然是自己所喜歡的，他也甘願沉迷於這種虛構和想像。蘇童的懷鄉，有蘇童自謂「紙上故鄉」的楓楊樹鄉村、香椿樹街，其中包括一個世俗瑣屑的城市居民生活世界。

蘇童的精神故鄉有抽象化的成分，「南方」沒有具體實指哪裏。「南方」

〔註 56〕盧建紅：《「鄉愁」的美學——論中國現代文學的「故鄉書寫」》，《華南師範大學學報》（社會科學版），2012 年第 1 期。

〔註 57〕蘇童：《黃雀記》，《收穫》，2013 年第 4 期。

〔註 58〕王德威：《當代小說二十家》，生活·讀書·新知三聯書店，2006 年 8 月版。

〔註 59〕王德威：《當代小說二十家》，生活·讀書·新知三聯書店，2006 年 8 月版。

也有美好的意象，水鄉，有充足的陽光，適合萬物生長，美麗，溫和，富有人文底蘊，依附在那種傳統文化之上的沉澱。蘇童懷鄉，迷戀江南特有的水汽氤氳，南方情調，南方的草木，溫婉、柔美的江南女子。南方文化感覺細膩，生活精緻，注重身體享樂，是現代文化的一個代表。這「南方」也包含東南沿海人口稠密帶來的互相擠壓的人際矛盾。蘇童懷鄉包含了江南地理陰暗潮濕、人性陰暗。蘇童小說反映南方故鄉在民國或改革開放前的中國生活。蘇童2013年發表的長篇小說《黃雀記》重新回到香椿街，罪惡、暴力、淫邪、勾心鬥角、人性黑暗與醜惡，在小說中多有表現，小說仍然氤氳著揮之不去的陰濕的江南地理特色。也許蘇童早就發現一般意義的懷鄉，是虛幻的，因而他固執地寫人性黑暗的紙上故鄉，一個陰鷙，暴虐的人性醜惡的世界，野蠻欲望充斥的世界。蘇童的作品以纖弱的藝術個性，把難以抵抗的剛強東西加以描繪。有論者在解讀蘇童的小說時說：「『還鄉』則是尋情感的歸宿，以達到感性的滿足與超越。還鄉在蘇童的小說裏是一種非理性的運動，故鄉絕非是一個理想的王國，而只是作家情感自足的實體。」〔註60〕「還鄉」是一種超越，作家千方百計尋找魂牽夢縈的故鄉，但「飛越」故鄉，往往又回到故鄉的懷抱，「多少次我夢中飛越遙遠的楓楊樹故鄉」。「飛越」其實也是還鄉。這一論述，敏銳地指出了蘇童小說懷鄉的獨特性，蘇童沒有去想像單純溫馨的故鄉，相反，他創造了一個有著斑駁色調複雜含混的精神故鄉（「紙上故鄉」）。

蘇童小說中的罌粟花意象，有論者關注且對它進行了深刻的論述：「楓楊樹故鄉卻並非作家筆下的桃源聖地。罌粟花是狂放誘人的，頹靡恍惚的，罌粟花粉彌散的原野上，有蘇童詭異的精神原鄉、游蕩的瘋婦、放蕩的浪子以及世代流傳的傳說。蘇童對楓楊樹故鄉的態度是模糊不清的，既有狠心離棄，又有戀戀不捨，更有人生難以逃脫宿命牽引的苦楚與無奈。」〔註61〕這一闡釋是深刻的，它指出「楓楊樹故鄉卻並非作家筆下的桃源聖地。」這一論述還把蘇童的故鄉敘事的內在矛盾給揭示出來，指出了「楓楊樹故鄉」和別的作家那種溫馨甜美的精神故鄉之差異。罌粟花是蘇童小說懷鄉的中心意象之一，它的確可以代表蘇童精神故鄉的基本內涵。罌粟花成為蘇童小說的重要意象，蘇童對此曾經解釋過：「直到五十年代初，我的老家楓楊樹一帶還鋪滿

〔註60〕王干、費振鍾：《蘇童：在意象的河流裏沉浮》，《上海文學》，1988年第1期。
〔註61〕閆曉昀：《紙上的故鄉──蘇童「楓楊樹」系列小說淺析》，《電影評介》，2007年第16期。

了南方少見的罌粟花地。P111」〔註 62〕

　　在蘇童看來，懷鄉是一種情感缺失造成的。楓楊樹鄉村是蘇童所虛構的故鄉的名字。這一「紙上故鄉」不一定是那麼美好，但它卻仍然還是蘇童的精神故鄉。在它身上寄予了蘇童的懷鄉情結。蘇童這一批寫作者大多在城市中生活，城市人的心態多是漂泊的，在城裏沒有根基。城市中人口眾多，生活緊張忙碌，「個人對自然缺少歸屬感，懷鄉的情緒是一種情感缺失造成的。」〔註 63〕王德威深刻地闡發了精神故鄉對於蘇童創作的意義：「蘇童的偽尋根式寫作因此充滿了顛覆意義。原鄉的誘惑其實源於離鄉或無鄉的惶惑。P108」〔註 64〕然而，蘇童的小說懷鄉卻具有文學審美的革命性創造：精神故鄉不再只是溫馨甜美的代名詞，蘇童的小說懷鄉，通過對別一種精神故鄉的想像，寫出了現代人失鄉的真實體驗。

　　蘇童的長篇小說《河岸》整體上看，是一個隱喻，「河岸」不要坐實去理解，而是應該當作一種存在主義的象徵來解讀，這是蘇童現代孤獨體驗的懷鄉作品。河面上船上的人是一夥，有著溫暖。人們飄蕩在河上，但河上的小船卻不是久留之地。而岸上的人，是一種異己力量。那些漂泊在船上的人們，在岸上卻沒有自己的家園。《河岸》折射了現代生存的孤獨境遇。整個世界幾乎都孤立、排斥「我」和「我」的父親。這種情況下贏得「小李鐵梅」的愛，簡直就不是一般意義上的追求女孩子，而是為了得到生命存在感和生命的尊嚴。小說中有一個氣質優美、性格潑辣的女孩。這個「仙女」一樣的女孩成為了蘇童想像的中心，她美麗耀眼，有著讓男人為之傾倒的魅力。她能扮演「李鐵梅」，讓「我」為她癡情，讓官員為她低眉下腰。她能主宰自己的命運，甚至在危急關頭還救護了「我」。她顯得特別有力量，有如一個母性保護神。小說在她身上寄予一種理想，一方面是富有魅惑力的美麗，另一方面是她能保護「我」。「故鄉永遠在彼岸，沒有船可以過河。……對於故鄉的懷想不會停止，也從來沒有停止過。一代又一代的懷鄉者將沿著漫長的無止境的道路，繼續踽踽獨行。〔註 65〕」長篇小說《河岸》就是在現代孤獨生存境遇下，蘇童隱秘地小說懷鄉。

〔註 62〕王德威：《當代小說二十家》，生活・讀書・新知三聯書店，2006 年 8 月版。

〔註 63〕周新民、蘇童：《打開人性的皺折——蘇童訪談錄》，《小說評論》，2004 年第 2 期。

〔註 64〕王德威：《當代小說二十家》，生活・讀書・新知三聯書店，2006 年 8 月版。

〔註 65〕岳雯：《懷鄉者說》，《小說評論》，2011 年第 6 期。

蘇童的精神故鄉想像，沒有把故鄉記憶打磨得越來越美好，而是發掘故鄉殘缺、陰暗、醜陋、殘酷的一面。蘇童的「紙上故鄉」，有雙重的意義，一方面是對於現實故鄉、記憶中的故鄉持批判審視的態度，童年的創傷性記憶進入他的小說中；另一方面，蘇童解構了人們慣常的對故鄉的認同感情（人們一般都本能地捍衛和美化自己的故鄉），就必然要在文學世界裏創造一個屬於自己的想像出來的精神故鄉，這個故鄉是獨異的，包含了對社會醜惡和人性陰暗面的挖掘。這一蘇童的精神故鄉（「紙上故鄉」），蘇童藉此來抵禦現實的虛無。

三、《紀實與虛構》：想像精神故鄉

（一）

王安憶曾經在相當長的時間內，都不認同上海是自己的故鄉。王安憶出生在南京，一歲時到了上海，除了做知青，幾乎沒有長時間離開過上海，一直都居住在上海。王安憶對上海的感情，是壓抑的。王安憶曾覺得自己是生活在上海的外地人。她到安徽蚌埠下放做知青，在江蘇徐州文工團工作，離開上海，都沒有認同過上海是自己的故鄉。王安憶不認同上海的原因恐怕和童年記憶有關。母親刻意讓王安憶和里弄的孩子保持距離，不允許她和弄堂裏的小朋友一起玩耍。也許童年創傷性記憶讓王安憶拒絕認同上海是自己的故鄉。此外，傳統觀念中故鄉總是和鄉土聯繫在一起，恐怕也是王安憶曾經不認同上海為故鄉的原因。「我嚮往我擁有一個村莊，哪怕只是暫時。村莊給我一種根源的感覺，村莊還使我有一種家園的感覺。在我們那城市街道上的家，只是家，而不是家園。P217」〔註66〕王安憶總覺得自己沒有故鄉，沒有溫馨記憶，沒法受到故鄉的撫慰。對故鄉的企望是一再在小說中流露的。「他們無望地想念故鄉，至死不能忘懷。P245」〔註67〕「我們再也不會知道，什麼才是我們真正的故鄉，這是我們家永遠的絕望。P237」〔註68〕「他們有老家，我沒有。P112」〔註69〕王安憶沒有確切故鄉來供自己懷鄉，王安憶迫切需要創造出精神故鄉來慰藉鄉愁，她要尋找和建構自己的精神故鄉。「人人都有老家，

〔註66〕王安憶：《紀實與虛構》，人民文學出版社，1993年6月版。
〔註67〕王安憶：《紀實與虛構》，人民文學出版社，1993年6月版。
〔註68〕王安憶：《紀實與虛構》，人民文學出版社，1993年6月版。
〔註69〕王安憶：《紀實與虛構》，人民文學出版社，1993年6月版。

而我們沒有，現在我要去找了。p319」〔註70〕

（二）

王安憶對故鄉的尋找，從父母親的故鄉入手。王安憶的父親王嘯平，祖籍同安，出生在新加坡，父親喜歡上革命，回中國大陸，後來到蘇北根據地參加革命。王安憶的中篇小說《傷心太平洋》，寫了父親這一脈的家族史，寫曾祖母領著一家子在新加坡的開創南洋家園。如今新加坡遠在異國他鄉，是沒法滿足她的故鄉想像。於是，王安憶從母親的姓氏和身世上去尋找故鄉。母親茹志娟是浙江紹興人，王安憶為此還專門尋根訪祖，親身到紹興去尋找曾祖母／母親的生活蹤跡。

《紀實與虛構》就把精神故鄉的想像放到了母親這一條線索了。王安憶循著母親的姓氏「茹」，通過查閱和自己的家族血脈有關的歷史文獻資料典籍，想像創造出一個輝煌的祖先和他們的歷史來。小說中，祖先是西北的柔然族，大西北的荒漠上的游牧民族，後來又同雄強的民族蒙古的可汗（成吉思汗等）聯繫起來。在古老的遙遠的西北，游牧時代，居無定所，但人們身上充滿血性，俠氣，四方征戰，鐵蹄踏遍歐亞大陸，無比強大，「全都身材高大，體魄強壯。他們的種族經受了北方草原天寒地凍飛沙走石的磨礪，又經受了南方溽熱潮濕淫雨驕陽的鍛鍊。他們中間稍差一點的都死了，活下來的全是強有力的。p247」王安憶根據史料推想，這一族中有一批人為逆民，被流放貶斥到江南，這些墮民輾轉到了浙江紹興一帶。這「茹」氏中有過輝煌歷史，出了狀元，做了大官。王安憶毫不猶豫把這一支脈拉過來作為自己的祖先。通過曾祖母的記憶，這一家族史的想像與虛構又同一個經商發財的茹姓人家聯繫起來。這樣，小說對故鄉的尋找，從遙遠古老的大西北，一路輾轉尋找到浙江紹興的茹家溇，祖上有狀元及第，還有絲綢為業的幹實業人家。〔註71〕王安憶沉入歷史的深處，找到了人類雄強血性、豪放不羈的生命力，也找到了聰明睿智的文化傳承，還找到了堅韌頑強活下去的生存精神。

小說的奇數章節的情節線索是，講「我」循著母親等人的生活蹤跡，在城市曾經居住過的建築／里弄當中，尋找和家族血脈的聯繫，以便產生和這座城市的認同關係。這條線索寫了「我」在這座城市當中的成長歷程。「我」

〔註70〕王安憶：《紀實與虛構》，人民文學出版社，1993 年 6 月版。
〔註71〕王安憶：《紀實與虛構》，人民文學出版社，1993 年 6 月版。

一歲時，坐火車從南京到上海，在上海淮海路附近的弄堂建築裏，度過自己孤獨的童年、少年。小說寫「我」是怎樣地在弄堂中成長起來。小說具體敘述了「我」怎樣玩耍，怎樣讀書，怎樣交友，後來下鄉做知青，經歷戀愛，再後來成了寫作者的人生歷程。小說甚至寫了「我」是如何構思、創作小說。小說把「我」的全部生命脈絡娓娓道來。小說結尾，「紀實」與「虛構」兩條線索在尋找和建構的過程中，最終融匯到一起，來到了當下。歷史和現實匯合，實現了精神故鄉想像和現實生活的交匯。上海是尋找的起點，同時也是尋找的歸宿，小說在結構上就這樣形成了一個圓。

（三）

在想像精神故鄉的過程中，王安憶按照自己的主觀意願，從兩三千年的歷史中找來自己所需的精神品格，其中有北國酷寒環境下和血性男兒的雄壯剽悍、頑強的生命意志，還有江南的聰明睿智，頑強堅韌的生存智慧。比如，江南水鄉浙江紹興人的性格，也融入到小說中茹家的血脈。王安憶承認在想像精神故鄉時，有自己的一廂情願：「當發現江南原有一茹，我便感到有危險來臨，尋根溯源將從頭來過。尋找資料，重新想像事小，心理上再經歷一次認同，事情可就大了。我的冥想已經走過隔山阻水的遙遙道路，培育起至親至情的血緣之脈，我愛木骨閭，我愛車鹿會，我愛成吉思汗，我愛乃顏，我還全身心地悲憫於熱愛墮民，我對茹荄有了情感。我的冥想已經穿過漫長黑暗的時間隧道，江山幾易國主，幾度沉浮，幾千年的歷史從我心上流過。P359」〔註72〕她已經從心底完全愛上了這個通過尋找與虛構，想像、創造出來的精神故鄉，已經不能容忍這一精神故鄉被改變了。王安憶通過虛構與想像，創造了一個有著輝煌歷史的充滿著血性的家族史，這就是她的精神故鄉。王安憶的《紀實與虛構》把兩極放在一起來加以創造，想像故鄉涉及的歷史和地域的時空跨度非常大，現實的故鄉和想像的故鄉之間的反差巨大，想像精神故鄉必須放飛絢爛的想像。「我明知我其實是在虛構一部家族神話。P64」〔註73〕滿懷尋根尋祖的感情的，希望自己的精神血脈中有榮光的存在，以滿足自己的精神還鄉。

王安憶想像的故鄉有著悠久歷史，有著輝煌絢爛的家族歷史，頑強的生

〔註72〕王安憶：《紀實與虛構》，人民文學出版社，1993年6月版。
〔註73〕王安憶：《紀實與虛構》，人民文學出版社，1993年6月版。

命力，有著血與火中誕生的雄強精神。王安憶認為，「寫一部家族神話不可沒有英雄。P81」〔註74〕她倔強地說，「沒有英雄我也要創造一位出來。P137」〔註75〕這部小說在對精神故鄉的想像中，包含了漠北的高大體格、雄強剽悍的性格，也有著飛馬橫戈、鐵馬冰河以及詩書氣息。她想像自己是這一雄強民族的後裔。小說中的「我」為自己有著北方雄強民族的血脈而自豪驕傲，從英雄豪傑到書香世家，再到實業起家的茹家，這一輝煌的家族史「照耀著我這個漂泊者的外孫兒溫柔的還鄉。P318」〔註76〕想像創造精神故鄉的過程，使得「我在茫然無知中還了鄉。P318」〔註77〕王安憶在小說中認為，「尋根其實是將祖先的道路用心冥想與心智重踏一遍。P359」〔註78〕這一精神故鄉，上下幾千年，馳騁南北幾萬里，地理空間上是那麼地遼遠和寬廣，馳騁了南北大半個中國，穿越了中國千年歷史，時間上是那麼的歷史悠久。王安憶對精神故鄉的尋找與建構，經歷了一大圈，最後回到了現實生活中的上海。

王安憶精神故鄉的創造，是相對於上海里弄文化來想像的，反其道而行之，以此對抗日常生活瑣屑和庸碌，作家把最為理想的精神因子都納入自己的精神故鄉。這個精神故鄉，恰好同現實中的瑣碎平庸的日常生活形成鮮明對比。祖先的雄強，血性，剽悍，勇武，正照見了現代人的猥瑣，柔弱等。想像的故鄉和現實的生活，有著強烈對比。想像中的故鄉，縱橫南北，空間遼闊，歷史有如長河一般悠遠；現實中的上海，人們卻必須在狹小的生存空間裏繼續活下去。

這部小說的紀實與虛構兩部分是一種不同歷史時空的對話，最後又是匯流到一處。在「虛構」部分的輝煌傳奇故事的映襯下，「紀實」部分的「我」的人生前半段的幾十年的生命歷程，似乎也因此變得有了生命的質感。歷史與現實交相輝映，小說顯得思想內容深沉而飽滿。到了現代，往上海討生活，家族血脈中還有女性浮出歷史地表，她們對於家庭的支撐作用甚至超過了男人，曾外祖母含辛茹苦把母親帶大，甚至賣了丫鬟，只是為了繼續把日子過下去。日子煎熬，母親這一條血脈終於給保存下來。對精神故鄉的尋找，最終輾轉到了上海，「我」也認同了現實生活。

〔註74〕王安憶：《紀實與虛構》，人民文學出版社，1993 年 6 月版。
〔註75〕王安憶：《紀實與虛構》，人民文學出版社，1993 年 6 月版。
〔註76〕王安憶：《紀實與虛構》，人民文學出版社，1993 年 6 月版。
〔註77〕王安憶：《紀實與虛構》，人民文學出版社，1993 年 6 月版。
〔註78〕王安憶：《紀實與虛構》，人民文學出版社，1993 年 6 月版。

　　這一尋找，也許讓王安憶更加堅定了以寫作上海作為自己畢生的奮鬥目標。王安憶以前總有一種上海外地人的焦慮，通過《紀實與虛構》的寫作，敘述了外祖母、母親來到上海求生存，記敘了自己一歲以後在上海的人生，最終確證、肯定、認同了自己生活在上海的身份。這對她後來倚靠上海這座城市進行文學創作有極大幫助，促成了長篇小說《長恨歌》的成功。有論者認為，「《紀實與虛構》裏那種身份認同的焦慮，在《長恨歌》裏消失殆盡。《長恨歌》堪稱描寫上海市民日常生活文化的經典之作。也就是在這些細膩委婉的日常物質文化細節裏，王安憶對上海的文化認同情感得到了最張揚的傾注。P73」〔註79〕

　　本節通過蘇童的小說創作和王安憶的小說創作為例，論述虛構與想像故鄉這一小說懷鄉的審美形態。蘇童的小說懷鄉，虛構了楓楊樹鄉村和香椿樹街。蘇童小說創造的精神故鄉，雖說是「紙上故鄉」，但仍然是在尋找與想像精神故鄉。這一虛構與想像，既包含了對記憶故鄉中的陰暗、醜陋進行了揭露與批判，創造了以罌粟花等為中心意象的精神故鄉。蘇童想像的故鄉雖然不是大家所習見的溫馨甜美的精神故鄉，卻也有其精神故鄉的特質和獨特創造。《紀實與虛構》這部小說在虛構與想像精神故鄉方面積累了不少創作經驗。本節重點闡述了王安憶雖然「沒有」故鄉，卻能借助文獻資料和想像，虛構、想像出自己的精神故鄉來。這其中有很多審美創造的經驗值得借鑒。由於現代人尋找精神家園，對精神故鄉的想像自然就會出現在小說懷鄉之中。1990年代以來中國當代小說懷鄉，就是在尋找精神家園的過程中，通過虛構、想像創造出精神故鄉。

　　小說懷鄉，實際上有一個心理發展邏輯關係：抒發對故鄉的依戀之情，是直接的，感性的，表層的；記敘故鄉的人和事，是對故鄉歷史與現實的反省與思考；對於故鄉的闡釋，闡發了對故鄉的精神文化的理解，是作家確認自我歸屬感，也是為了和世界溝通，讓故鄉為外界所理解；憑藉故鄉記憶進行小說虛構和創造，「超越故鄉」，是為了建構一個更加有空間宏闊感和歷史縱深感的文學世界，以此來表達對現實和歷史的批判；對於現實故鄉的不滿足，以及懷鄉者返鄉的失落感，促使作家在尋找的過程中，虛構與想像自己的精神故鄉。比如「沒有」故鄉的王安憶，卻完成了精神故鄉的創造。王安憶

〔註79〕華霄穎：《市民文化與都市想像──王安憶上海書寫研究》，上海文化出版社，2009年10月版。

的《紀實與虛構》表明，即使是故鄉遠去，或者是沒有故鄉，我們也一定會在尋找的過程中，通過虛構、想像，創造出精神故鄉來。小說懷鄉，也是精神還鄉。

本章小結

　　這一章論述了 1990 年代以來中國當代小說懷鄉的審美形態，包括追憶與抒情、認識與闡釋、尋找與虛構等。1. 小說在回憶故鄉時候，充滿了對故鄉風物人情的追憶，抒發了對故鄉的眷戀之情（以慰藉自己的鄉愁）；格非的小說《江南三部曲》把烏托邦情結寄託在江南的普濟／花家舍。2. 懷鄉小說在記敘故鄉的歷史和現實時，從認識、闡釋與批判的角度，深入表現了故鄉的歷史與社會現實以及人性的豐富內涵；3. 對懷鄉小說虛構、想像精神故鄉的審美創造過程，進行了具體分析。

　　小說懷鄉在追憶故鄉景物和抒情時，充滿創造性，經過作家主體的審美選擇和創造，景物美和人情美給懷鄉小說增添了審美因素；懷鄉小說沒有僅僅滿足於抒發懷鄉之情，而是往往充滿著現代鄉愁：立足於現實問題，探入社會歷史和現實之中，揭示社會和人性的本質，對歷史、現實、人性等的陰暗面和醜陋進行批判；懷鄉小說在尋找與想像精神故鄉過程中，大膽地汲取各種資源，創造精神故鄉。1990 年代以來中國當代小說懷鄉所創造的審美形態，是中國當代文學的重要收穫。

第三章 1990 年代以來中國當代小說懷鄉的意義

　　本章探討 1990 年代以來中國當代小說懷鄉的意義。我們分三方面來闡述：懷鄉對小說的審美創造產生了影響；小說懷鄉是現代人尋找精神家園；小說懷鄉參與了現代生存的哲學思考，小說懷鄉是現代鄉愁的表現。第一節，論述懷鄉成為了審美創造的動因。通過作品分析，闡述懷鄉情感是如何具體地影響小說的審美創造。第二節，論述懷鄉作為一個人類生存永恆的主題，具體闡述作家懷鄉時，如何尋找精神家園。第三節，論述懷鄉成了哲學思辨的命題。先是論述現代懷鄉的哲學內涵，然後論述小說懷鄉的現代性反思與批判。本章這三方面的內容，懷鄉對文學審美創造所起的作用，是文學創作的問題，論述的是小說懷鄉的文學審美意義；小說懷鄉是現代人尋找精神家園，是文學對社會現實的反應，論述的是小說懷鄉的精神價值；對現代懷鄉的哲學思辨，是懷鄉小說在現代哲學影響下，對現代生存狀況的形而上探索，論述的是小說懷鄉的哲學意義。

第一節　懷鄉成為審美創造的動因──懷鄉對小說審美創造的影響

　　本節探討懷鄉情結對當代小說審美創造的影響，主要闡述三個問題：1. 探討小說懷鄉的內在審美機制；2. 結合作品具體闡述，在懷鄉情感的支配下，作家是如何進行審美選擇，懷鄉如何影響了小說創作的思想傾向、情感表達以及文體風格。3. 論述小說懷鄉在文學審美創造上的價值。

一、小說懷鄉的內在審美機制

小說懷鄉創造一個審美世界。「文學創作中的懷鄉作為一種情感投射，對故鄉和家園不斷地進行建構。」「懷鄉過程中對家園和故鄉的期待想像超過了對家園實在本身的關注，因為距離阻隔導致的對家園的憧憬產生了一種審美期待，幻化出相關的審美意象。」〔註1〕

懷鄉是思念故鄉這一過程的展開。錢谷融先生曾說，「一個作家的創作衝動首先來自社會現實在他內心所激起的感情的波瀾上。他的作品的音調和力量，就決定於這種感情的波瀾具有怎樣的其實和多大的規模。這就是藝術創作的動力學原則。」〔註2〕「創作動機是創作主體心理機制發揮效用的重要方面，它是推動、驅使藝術家進行創作的動力機制。P81」〔註3〕從某個角度講，懷鄉成為寫作動機，促成了懷鄉小說的審美創造。

「現代美學有一種走向詩性化和審美化的趨勢，現代世界則有一種與日俱增地將現實理解為一種審美現象的趨勢。」〔註4〕「懷舊並不是對現實客體（過去、家園、傳統等）原封不動的複製或反映，懷舊藝術所具有的「輓歌」式的美感和抒情品質也不都是來自懷舊對象本身，而是取決於它的觀照者和闡釋者及其對懷舊對象的想像方式和表達樣式。」這裡其實點明了小說懷鄉的審美創造，決定於作家的想像方式和表達方式。在小說懷鄉的審美創造中，「懷舊不僅需要借助於隱喻、轉喻、想像和擬人化來完成其詩學實踐，而且也惟有經過這種幾乎僭越了純粹事實性的回憶，上升到創造和建構的境界，懷舊客體才能變成審美對象，才能充溢著取之不竭的完美價值。」在這個文學創造過程中，也許故鄉只是一個中介而已，懷鄉者的情感和促成這種情感生成的社會文化內容才是最為關鍵的。「所謂「情感結構」是指建立在生活感知和情感體驗基礎上的對時代的結構性的把握，故鄉即建立在對城／鄉、現代／傳統、新／舊等這樣一些對立式結構的感知和體驗之上。P433~441」〔註5〕

〔註1〕陳萍：《現代性批判中的懷鄉》，陝西師範大學碩士學位論文，2010 年。
〔註2〕錢谷融：《文藝創作的生命與動力》，《文藝報》1979 年第 6 期。轉引自魯樞元：《創作心理研究》，黃河文藝出版社，1985 年 7 月版。
〔註3〕托爾斯泰：《藝術論》，中國人民大學出版社，2005 年版，第 47 頁。
〔註4〕沃爾夫岡·韋爾施：《重構美學》，陸揚、張岩冰譯，上海譯文出版社 2002 年版，第 52 頁，第 14 頁，第 9 頁。
〔註5〕參見趙國新：《情感結構》，轉引自趙一凡等主編：《西方文論關鍵詞》，外語教學與研究出版社，2006 年版。

　　小說懷鄉往往是經過情感和審美過濾的故鄉記憶。故鄉包括多個維度：「從情感維度看，故鄉二字構成一套「情感結構」，它指向的是過去和失落。從心理維度看，故鄉已成為一個想像域。在這裡，過去與現在、未來，鄉村與城市，傳統與現代，時間和空間交叉、重疊、應和、駁詰，成為眾聲喧嘩的對話場域。」〔註 6〕因而，小說懷鄉中和故鄉相關的人、事、物，並非照相式原封不動地給抄錄到小說中，而往往是在懷鄉情感的支配下憑著自己的童年記憶等，對故鄉進行有審美選擇性、有適當虛構性的創作。

　　小說懷鄉會通過獨具特色的意象、風俗、人物和環境，來構建一個有地域特色的文學世界。比如，莫言的山東高密東北鄉，賈平凹的清風街（棣花村）、商州；張煒的海濱故地；阿來小說中的川藏地區；王安憶的上海里弄；格非的花家舍；閻連科、劉震雲的豫中山區；遲子建的北極村；余華的浙東小鎮；蘇童的楓楊樹故鄉和香椿樹街等等。在懷鄉情感的支撐下，小說的創作會以故鄉為圓心或者生發點，虛構文學世界，反映更加廣闊的社會生活。「鄉愁書寫就成為回到源頭，或者說追溯開端的旅程，而故鄉對於「還鄉者」的意義和價值也在追溯的過程中被發現和建構。可以說，從現實到想像之路就是從故鄉到「故鄉」之路。這個「故鄉」既呈現為一個幽深時空中的景觀世界，也生成為一個情感和價值的空間，一個個體生命的「原點」。」〔註 7〕「虛構與想像因此可以說是內在於回憶、內在於鄉愁書寫中的。」〔註 8〕當然，有論者進一步指出，「與現代的鄉土小說不同的是，此時的「返鄉」、回歸鄉土並非鄉愁行為，而是一種積極的想像性創造。」1990 年代以來中國當代小說懷鄉時對精神故鄉想像就是如此。

　　懷鄉的審美心理活動是一種尋求精神慰藉的美感體驗。懷鄉是一種特殊的審美體驗過程。首先懷鄉是一種情感體驗，懷鄉最初是因為人們在現實生活中受到挫折或遭遇不幸而引發對故鄉的思念。懷鄉是人們對於過往人生中曾經經歷的人、事和景物等的回憶，由於和曾經生活時空保持了一定的距離，如今生活在不如意的城市中，心中懷有一種渴望撫慰的情感，於是在思念故

〔註 6〕盧建紅：《「鄉愁」的美學——論中國現代文學的「故鄉書寫」》，《華南師範大學學報》（社會科學版），2012 年第 1 期。

〔註 7〕盧建紅：《「鄉愁」的美學——論中國現代文學的「故鄉書寫」》，《華南師範大學學報》（社會科學版），2012 年第 1 期。

〔註 8〕盧建紅：《「鄉愁」的美學——論中國現代文學的「故鄉書寫」》，《華南師範大學學報》（社會科學版），2012 年第 1 期。

鄉中寄託一種浪漫的想像，追憶有關故鄉的一切溫情記憶的細節。遠離現實故鄉，相隔多年所留存的記憶，在懷鄉者內心翻騰，在懷鄉者的審美心理的支配下進行了多次反覆加工，故鄉在懷鄉者的心靈世界變得越來越美好，由此形成一種懷鄉情感的審美體驗。小說懷鄉其實「交織著兩種時間：過去與現在；疊印著雙重視野：作家過去之「我」的視野與現在之「我」的視野；摻雜著多種價值判斷：情感和審美的判斷與社會歷史的判斷。……由此構成的敘述張力，賦予作品以特有的聲調和魅力。」〔註9〕

　　懷鄉往往交織著複雜的感情：對家鄉的愛與痛恨，對現實的哀傷等。莫言說他詛咒過故鄉。他在故鄉生活了整整二十年，當年最迫切的想法就是逃離。莫言在故鄉曾生活得很痛苦。一是物質生活方面極度貧困，二是政治上的壓迫讓他精神苦悶。莫言感到在那地方生活，前途是一片黑暗，人猶如牛馬一般，沒有多少區別。莫言跟生活有尖銳的對抗和衝突，但這些只能深埋在他的內心。莫言說，「我想獲得自由，想自由表達真實的想法，但在那裡，卻是不可能的。P235」〔註10〕但是當兵之後，返鄉的莫言，知道故鄉是自己擺脫不了，也日夜思念故鄉。莫言曾說過，他當年寫《紅高粱》，開篇就是高密東北鄉歷史，當時他對故鄉情感很複雜，愛恨交織。故鄉貧苦落後愚昧，他恨不得立刻逃離，越遠越好。但在離開故鄉之後，馬上感覺到故鄉同他血肉相連，「做夢都夢到熟悉的環境。P270」〔註11〕故鄉是莫言無法擺脫之夢魘，他在寫作時的愛恨交織的情緒，必然會在小說懷鄉中反映出來。

　　對過去的美化，把對美好世界的想像也投射到過去的故鄉記憶之中，以至於精神故鄉越來越完美。透過懷鄉的情感現象，深入探尋，就可以找到懷鄉的源頭，那就是對現實的不滿。懷鄉是一種對現實的逃避和抵禦。懷鄉是一種時時發生的撫慰和自我療傷的心理活動。懷鄉是一種心靈的自我安慰。在懷鄉者心靈世界中，的確隱藏著懷鄉者心靈創造的田園詩一般美好的內心世界。這是一個心靈可以抵達，現實卻永遠無法到達的一個精神庇護所。這種對於愛的企求，對於現實生活的批判否定，借助故鄉記憶材料創造的審美空間，的確意義非凡。這樣一種想像的精神故鄉，的確對於撫慰了現代人的

〔註 9〕陳犀禾、王豔雲：《懷舊電影與上海文化身份的重構》，《上海大學學報》（社會科學版），2006 年第 3 期。

〔註10〕林間：《莫言和他的故鄉》，廈門大學出版社，2013 年 1 月版。

〔註11〕《作家寫故鄉，是一種命定的東西——莫言、葛亮對談》，《南方週末》主編：《說吧，莫言》，二十一世紀出版社，2012 年 12 月版。

心靈很有幫助。這一心理活動還具有審美意義。懷鄉者在這種幻覺中得到精神的滿足，可以沉醉在過去的記憶當中，讓自己的精神世界完滿。於是，懷鄉者沉湎於一個虛幻而美好的內心世界中，完成自我療傷，獲得精神昇華。「懷舊不再是對現實客體原封不動地複製或反映，經過想像對它有意識地粉飾和美化，懷舊客體便成為審美對象，充溢著取之不竭的完美價值」〔註12〕

　　1990 年代以來中國當代小說的懷鄉敘事逐步建立起了自己的審美機制。首先，作家通過對故鄉素材的過濾，進入審美空間，然後創造美的世界。在這一過程當中，追憶故鄉優美景色、淳樸自然的人情。懷鄉帶來豐富的審美意象，甚至也寄予了更為深刻的哲學內容，比如格非的「江南三部曲」，把烏托邦情結和懷鄉敘事結合在一起寫。其二，懷鄉敘事並非是簡單記錄故鄉，而是通過記敘故鄉的歷史與現實，表達現代性的反思和批判。現代化在改變世界和我們生活的同時，也刺激人的欲望，對自然和人類自身肆意掠奪。阿來的懷鄉敘事在敘述自己故鄉的百年歷史與現實，比如《空山》敘述了機村當代史五十年來的進程，反思現代化給機村帶來了的變化，追求寫出一個真實的川藏。和這種認識與闡釋相聯繫，賈平凹在懷鄉敘事中憂患中國將要往何處去；張煒的小說懷鄉是通過敘述故鄉歷史和現實，捍衛自己的道德理想主義，守望精神家園：大地，林莽，曠野，葡萄園等；王安憶的懷鄉敘事表達的是一種對血性雄強的嚮往，以及對小鎮的安逸悠緩日常生活的品味；莫言的懷鄉敘事是從一種民間視角反映中國現當代百年史，洋溢著不羈的生命力。很多作家在小說懷鄉的同時，都在創造自己的文學世界。其三，懷鄉小說沒有滿足於現實世界，它要創造一個精神故鄉。懷鄉小說希望建構起一個精神世界來。蘇童的「江南」／紙上故鄉（楓楊樹鄉村和香椿樹街），和王安憶的《紀實與虛構》中虛構的精神故鄉，就是這樣的。蘇童否定了現實或記憶故鄉，而在紙上創造一個精神故鄉。當然，這個故鄉是在解構了一般的懷鄉情結（比如美化故鄉的心理慣性）之後，獨創豐富駁雜的精神世界。雖然這「江南」的世界並非我們全然喜歡，但這紛雜的美醜互映的「紙上故鄉」，蘇童卻用以抵抗精神的虛無。王安憶創造出來的精神故鄉，有著現代人缺少的雄強、血性和扎根生活的堅韌、頑強、智慧等精神內涵。張煒的小說《九月寓言》生動描繪了大地上湧動的生命力和自由歡樂。莫言筆下的故鄉是洋溢著民間的生生不息，張揚著旺盛的生命意志，包括《生死疲勞》和《豐乳肥臀》（修訂

〔註12〕周憲：《文學現代性與美學問題》，中國人民大學出版社，2005 年版。

版)。賈平凹的《秦腔》、阿來的《空山》、張煒的《你在高原》,一方面寫現實中的故鄉在現代化的侵蝕下,漸行漸遠;另一方面,作家渴望通過小說懷鄉能在筆下留存故鄉的一切美好的事物。懷鄉小說往往有著一個美好的精神世界作為參照,這和一般的現代小說有著明顯的區別:它們對社會、世界和人性的看法大多是絕望的。而懷鄉小說往往是繪寫充滿溫婉人性,溫馨感情,精神美好的故鄉記憶中的人和事。上面綜合論述了 1990 年代以來中國當代小說懷鄉敘事審美形態的內涵。接下來,我們以莫言的《豐乳肥臀》和賈平凹的《秦腔》為例,深入分析小說的審美創造,以深化認識 1990 年代以來中國當代小說懷鄉的審美價值。

二、莫言小說懷鄉:旺盛生命力的精神外化

「1955 年 2 月 17 日,莫言在山東省高密縣大欄鄉的一個農民家庭出生。P176」〔註13〕莫言說過故鄉就是血地。「(故鄉)這個地方有我祖先的墳塋,更重要的是有母親生我的時候流的血,故鄉首先應該是血地。P197」〔註14〕莫言認為,人出生在一個地方,就跟這片土地建立了千絲萬縷的血脈聯繫。高密東北鄉人,生生不息,有著頑強的生命力,因而有著巨大的創造力。故鄉人狂放不羈、英勇無畏的精神也深刻影響了莫言。莫言講過,他在寫作的過程之中,只要沉入到故鄉的記憶之中,想起童年,想到故鄉的生活,立刻就覺得接通了生活的源泉,活水不斷噴湧。很顯然,故鄉記憶成就了一個作家的文學創作。莫言認為故鄉對他的創作所起的作用,具體表現在三方面:「母親、童年和故鄉的大自然。P205」〔註15〕莫言講,「我創造了『高密東北鄉』,是為了進入與自己的童年經驗緊密相連的人文地理環境。P202」〔註16〕有論者認為,「民間是他(莫言)精神上的永恆牽掛,但他永遠也無法真正融入進去,他只能在返鄉和離鄉之間徘徊。也許正是莫言承擔分裂的勇氣,使他的小說獲得了非凡的穿透力和空靈意韻。」

莫言的小說恣意張揚高密東北鄉人的原始生命力。《豐乳肥臀》中司馬庫、沙月亮等人,像《紅高粱》中的余占鰲一樣,都是頂天立地敢打敢拼的血性漢子。《豐乳肥臀》寫多災多難的大地,也寫頑強、堅韌的生命力。小說中偉

〔註13〕《南方週末》主編:《說吧,莫言》,二十一世紀出版社,2012 年 12 月版。
〔註14〕莫言、王堯:《莫言王堯對話錄》,蘇州大學出版社,2003 年 12 月版。
〔註15〕莫言、王堯:《莫言王堯對話錄》,蘇州大學出版社,2003 年 12 月版。
〔註16〕莫言、王堯:《莫言王堯對話錄》,蘇州大學出版社,2003 年 12 月版。

大母親的塑造，含有對生命偉力的崇拜。小說中的母親上官魯氏，經歷了戰爭的苦難，饑荒的煎熬，生活的艱辛和勞累，看到身邊的親人一個個死去，幾乎沒有任何生的希望。然而，這個偉大的母親，整個人生始終和苦難大地在一起，穿越苦難歲月，活到了 95 歲，以自己母性的力量，護祐自己的子孫！《檀香刑》中的孫丙等人，都是英雄豪邁、慷慨悲涼。面對痛苦至極的檀香刑，孫丙卻能英勇無畏，以頑強的生命意志力，對抗檀香刑的血腥暴力，真是驚天地，泣鬼神。小說中的眉娘，和縣長曖昧不清，不受道德約束，和衛道士嘴上的「仁義道德」恰成對比，恐怕是民間的自由不拘的生命力支配了她的行為。莫言不是從道德的角度，而是從生命力張揚的角度，肯定了這個女人追求生命自由。長篇小說《四十一炮》寫了偷情，饕餮等鄉村故事。野騾子竟然跟羅小通的父親私奔，這是她聽從生命激情而產生的行為。小說中，村長老蘭挺能折騰，辦企業，搞肉聯廠，瘋狂發財，攪動著村子裏的大小事情，也是蓬勃生命力的顯現。《四十一炮》中，羅小通他們的每一發炮彈都是充滿了憤怒與復仇，一共四十一炮，最終終於命中目標，摧毀了老蘭的老巢。羅小通的母親，收拾破爛的女人楊玉珍，和《生死疲勞》中的藍臉，還有幾個生龍活虎的年輕人（金龍等），都是富有生命活力的。《生死疲勞》中西門鬧是冤死的，西門鬧轉世輪迴的那些動物們（驢、牛、豬、狗等），折騰、強勁、撒歡，無不是顯示出旺盛蓬勃的生命力。小說《生死疲勞》中，湧動著生命的本能，勇敢，智慧，頑強，不屈不撓。小說中人格化了的驢、牛、豬、狗，個個都厲害非常，都是那麼有力氣，講義氣。驢啊，牛啊，有忠有義，捨得出力氣；豬呢，成了豬王，竟然桀驁不馴，橫衝直撞，聰慧異常，能識破餵食酒饅頭的詭計；狗呢，也成了頭領，夜幕中的狗世界裏，它是領袖。這些，都是旺盛的生命力的外現。在鄉土上，頑強的生命力自有其作用。農民靠自己的一身力氣行世，擁有的就是生命力本身，少思想文化的束縛，敢作敢為。在民間，誰強大，誰說了算。這是來源於民間的思想觀念，農民的樸素思想，面對人生的磨難和人間的苦難，如果沒有旺盛的生命力來抗爭，那就只能屈服，就會被冤死掉。因而，只要一息尚存，人們就會捍衛生命的意志。頑強的生命力來自哪裏？來自苦難的大地。農民只有憑著自己頑強的生命去抗爭，才有活著的一線希望。他們為了自己活命，大膽向前，英勇無畏。旺盛的生命力，就是民間生生不息的力量。這是一種不可遏制的生命力。這是農民最為本質的精神特質之一。

莫言每年都要回鄉去寫作，莫言的懷鄉情感影響了長篇小說《豐乳肥臀》的創作。小說中的故鄉和母親等，原型就是自己的故鄉和自己的母親。謝有順肯定莫言是一個有文學故鄉的當代小說家：「他有自己精神的根據地。（他的作品）能清晰地看到一個精神的來源地，一個終極的命題。P238」〔註17〕《豐乳肥臀》這部小說六七十萬字，寫得如長江大河般波濤洶湧，充滿著不羈的力量。小說的第一卷從 1939 年開始寫起，（卷外卷當中，有補闕內容是從 1900 年開始寫。）一直寫到 1995 年結束，小說氣勢恢宏地展現近百年中國歷史與現實。在敘述故鄉苦難的過程中，幾乎囊括了中國近現代史上的重大歷史事件，包括抗日戰爭，解放戰爭，土地改革，反右，人民公社，大躍進，三年「自然災害」，大饑荒，文化大革命，改革開放，市場經濟時代等。這樣全景式地反映中國近現代波瀾壯闊的歷史，極需要作家的宏偉氣魄。小說筆力雄健地把展現了歷史和現實中的社會和人性。戰爭帶來了巨大的傷亡，慘無人道，毫無人性，各種社會運動侮辱了人的尊嚴，不同時期的饑荒中的淒慘情景，讓人慘不忍睹（比如喬其紗因為飢餓，失去貞操），小說承載了太多的苦難故事。小說讚頌了以母親上官魯氏為代表的中國人忍辱負重，頑強不屈，堅韌生存的偉大精神。

在母性膜拜、英雄膜拜、苦難大地膜拜的情感作用下，《豐乳肥臀》這部縱貫百年的小說，動用了作家的童年記憶和故鄉記憶的全部珍藏，全景式地展現了百年歷史與現實，同時矗立起偉大母親的形象，表達了長江大河般豐富深邃的思想內容。

其一，母性膜拜。小說中對故鄉的想像是同母親的形象緊密結合在一起。小說對偉大無私的母性、旺盛的生殖力、生命力是膜拜的。在這種膜拜的情感支撐下，莫言是把母親和故鄉放在一起來描繪。上官魯氏活了 95 歲，是一位堅韌頑強、胸懷無比博大寬廣的偉大母親。她養育了八九個兒女，克服千難萬險，含辛茹苦地把子孫後代拉扯大。上官金童的年齡很大了，她還在還哺育他奶水。在饑荒時期，還以自己的胃當作糧食口袋，吞食了糧食，回家又嘔吐出來，然後弄好食物，餵給孩子吃。兒女們生下的下一代，又是母親把他們撫養成人。母親的愛，就如大地一般地付出。母親度過數不清的苦難，堅韌地生存下來，有著非凡的忍耐力和頑強的生命力。她頑強堅韌地護衛著這樣一個家。她為了自己的生存，為了子孫後代的生命，每一次面對苦難，

〔註17〕林間：《莫言和他的故鄉》，廈門大學出版社，2013 年 1 月版。

她都憑著頑強堅韌的生存精神，克服重重困難，度過難關。她猶如一棵老樹，庇護著上官家族。她承受著全部的苦難，經歷了近一個世紀的滄桑歲月，雖然似乎沒有什麼驚天動地的事蹟，卻毋庸置疑是一位偉岸的母親。這是一個極具象徵性的母親形象。雖然這個母親似乎不是以往文學史上的那種純潔，高尚，偉大的形象，為了生子還「借種」，似乎有著污點，但這個母親形象卻似乎顯得更加可信。這個讓莫言頂禮膜拜的母親，是天底下千千萬萬母親的代表。這個母親形象絲毫無損於人類偉大母親的神聖和崇高。小說中乳房的意象也格外突出。乳房同時具有性意味和生殖能力以及母性的象徵意義。金童對於乳汁的依賴，對乳房的變態喜愛，實際上也可以看作是一種扭曲的母性膜拜。小說對原始生命力是膜拜的。莫言從原始生命的角度而非政治、道德的角度來評判對象。對祖先旺盛生命力的膜拜，對現實生命力萎縮現象不滿，更加堅定了莫言對1990年代以後市場經濟時代的物慾橫行的現實進行猛烈的批判。小說結尾寫去世的母親上官魯氏已經埋葬埋到土裏，竟然還被勒令要掘起來火葬！人們死無葬身之地，讓人頗感悲涼。

其二，英雄膜拜。莫言的故鄉有英雄崇拜情結，青史留名的英雄情結在莫言小說多有表現。《豐乳肥臀》中司馬庫，沙月亮等就是英雄人物。比如沙月亮說過人活著要青史留名的話，司馬庫死前表現出慷慨豪邁的英雄氣。他們都是頂天立地的英雄。《檀香刑》中的孫丙，他寧死也不願意苟活，慷慨就義。有了英雄膜拜的情感，莫言把那些勇武的人，有著英雄氣的人物，塑造得頂天立地，栩栩如生。即使是《生死疲勞》中人格化了的驢、牛、豬、狗等，都顯得那麼有著勃勃生氣，極富義氣。它們簡直也是天地英雄。

其三，對苦難大地的膜拜。《豐乳肥臀》對中國百年苦難史進行了全景式的描繪，展開了一幅波瀾壯闊的歷史畫卷。小說結構上，莫言巧妙地讓上官魯氏的八個女兒和一個兒子分別承擔一定的歷史命運，因而敘述這個家族，同時就是敘述中國現當代歷史。小說敘述了波詭雲譎的20世紀中國歷史與現實。這大地，既是歷史的大地，也是現實的大地。現代史以來的中國土地上歷經的外國列強的侵略戰爭，以及此後的國內戰爭，還有天災人禍引起的各種災難之下的饑荒等等，都在莫言的筆下得到深入描繪。這苦難的大地是通過對故鄉的敘述來完成的，故鄉成了苦難，戰爭，饑荒，災難等的代名詞。《豐乳肥臀》在對多災多難大地描繪的同時，把生生不息的生命力加以酣暢淋漓的表達。小說猶如滾滾濤濤前進的江水，一往無前，任何力量都不能遏

制，漫長的歷史畫卷和廣闊的社會面貌得以呈現。《豐乳肥臀》容納了整個中國現當代歷史，這樣豐沛的歷史與現實的內容，鑄就了小說思想內容的博大、豐富與深邃。小說把對故鄉的詛咒和血濃於水的親情、養育之恩等紛繁豐富駁雜的內容都鎔鑄在一起，苦難的大地意象深深烙刻在讀者心中。

三、《秦腔》：傷逝、哀婉的懷鄉美學

（一）

有學者指出，「在鄉村現代化過程中，遭遇了農耕文明以來從未有過的危機，即無法阻止其逐漸消失的命運。鄉村作為幾千年中國人賴以生存的生活場域，儲藏了太多的文化記憶與情感記憶，然而「鄉村文明有著共同的感覺定式和思維習慣，即深層的鄉土文化意識。P335」〔註18〕「作家們一方面懷著對鄉土情感無法割捨的眷戀，一方面又對鄉土劣根性有著痛心的憤恨，這兩種情感真是而激烈地交織在一起。P158」〔註19〕因而，中國當代作家在面對鄉土中國時，他們以現代性作為理論視角，在同傳統文化的碰撞中，包含了複雜的情緒：深情脈脈的眷戀與冷靜的審視，抵制與批判，或者是溫情回眸等等。

賈平凹一直關注著故鄉這片土地，還經常回故鄉。賈平凹深知，「故鄉才是自己小說藝術得以升騰的地方。」〔註20〕故鄉有他的精神支柱和文化根基。「我終生要感激的是我生活在商州和西安兩地。P278」〔註21〕他牽掛著故鄉的人和事，依戀故鄉的山山水水，關注故鄉的天氣變化，關注故鄉的社會經濟發展，也思考故鄉所面臨的種種危機。在西安，他關注故鄉，仔細打聽故鄉的一切。賈平凹說，家中總是備好了吃住招待家鄉人。提供的吃食，「油要厚，辣子要多」，不要求來到家裏的家鄉客人遵照城里人規矩。這些鄉人，來到賈平凹家，把老家村鎮家家戶戶的情形、生老病死等各種情況都講給賈平凹聽。

故鄉的許多美好的人、事、物，行將消失或者是正在消失。《帶燈》後記

〔註18〕丁帆：《中國鄉土小說史》，北京大學出版社，2007 年版。

〔註19〕閻秋霞：《現實的堅守與焦慮——轉型期山西文學研究》，山西人民出版社，2014 年 12 月版。

〔註20〕郭洪雷：《講述「中國故事」的方法——賈平凹新世紀小說話語構型的語義學分析》，《文學評論》，2015 年第 1 期。

〔註21〕賈平凹：《高老莊》後記，引自《定西筆記》，安徽文藝出版社，2013 年 4 月版。

中說：「（農村）牲口消失，農具減少，房舍破敗，鄰里陌生，一切顏色都褪了，山是殘山水是剩水。」商州曾經美麗的自然山水，至情至性的美麗女子，現在都因為社會發展變化而變化著。大開發的巨輪已經深入這樣的山坳。那種現代化機器的轟鳴聲，碾壓了淳樸自然的清夢。為了招商引資，大片良田被房地產等圈佔。「除了狼我們還懷念什麼？」「我就想起了狼，想起了有狼的鄉村和童年。P130」〔註 22〕賈平凹在《懷念狼》中已有了懷鄉主題的凸顯了。《懷念狼》實際上是一次返鄉之旅，小說中的「我」，是個在城裏呆得厭煩了的記者，重新回到山野中的鄉村，看到的是山村的破敗，貧窮，落後，荒涼。

鄉村世事滄桑巨變，傳統鄉土文化淪陷。《秦腔》是故鄉的輓歌，是對行將消失的故鄉的招魂。在追逝與懷念的情感下創作《秦腔》，在哀婉傷逝的懷鄉情緒中，通過寫日常生活的一點點變化，星移斗轉，故鄉已然發生巨變。傳統鄉村正在消亡，《秦腔》反映了鄉土文化的失落，對行將崩潰的鄉土文化無不哀婉。「秦腔」本來是人們勞作之餘的一種歌唱，用以發洩和表達農民的各種情緒和情感，是一種地域文化藝術。但是，如今的秦腔劇團變成了鄉間的演藝團體，在紅白喜事上唱歌作樂了。這是鄉土文化淪落的一個象徵。《秦腔》後記中說，故鄉的好多東西正在消失或者已經消失，「舊的東西稀裏嘩啦地沒了。……老街幾乎要廢棄了。P237」〔註 23〕老一輩人一個個地離開世界。賈平凹自己年歲漸長，同輩的人，也有離開世界的。賈平凹哀歎：「難道棣花街上我的親人、熟人就這麼快地要消失了嗎？這條老街很快就要消失了嗎？土地也從此要消失嗎？真的是在城市化，而農村能真正地消失嗎？P237」為了忘卻的記憶，「我為故鄉寫這本書 P238」，賈平凹「決心以這本書為故鄉樹起一塊碑子。P238」〔註 24〕

曾經的故鄉，「自然風景和人文景觀」頗為吸引人，「棣花街屬於較小的盆地，卻是最完備盆地的特點：四山環抱，水田縱橫，產五穀雜糧，生長蘆葦和蓮藕。村鎮前是筆架山，村鎮中有木板門面老街，高高的臺階，大的場子，分布著塔、寺院、鐘樓、魁星閣和戲樓……P232」然而，近幾十年的社會翻天覆地的變化，故鄉原有的好多東西都消失了或者瀕臨消失。比如說文魁閣等

〔註 22〕賈平凹：《〈懷念狼〉中文繁體字版序》，《大唐芙蓉記》，安徽文藝出版社，2013 年 4 月版。

〔註 23〕賈平凹：《秦腔》後記，《定西筆記》，安徽文藝出版社，2013 年 4 月版。

〔註 24〕賈平凹：《秦腔》後記，《定西筆記》，安徽文藝出版社，2013 年 4 月版。

老街上的一切。《秦腔》中，村子如今已經被改造了，一條大公路橫穿而過，將來恐怕還要建設鐵路。人們曾經多麼渴望有通途大路啊。然而，這些新開闢的道路，卻也侵佔了耕地。故鄉的零零碎碎，以及故鄉記憶中的美好事物在社會的發展中衰敗、潰散。在這個歷史的關節點上，賈平凹感到時不待我，如果不抓緊時間把故鄉的一切寫進小說，恐怕最後連一點有關故鄉的記憶也會全然消失。小說記錄了大量清風街的家長里短，生老病死的諸多細碎事情。用賈平凹的話說，他「寫的是一堆雞零狗碎的潑煩日子。P240」

（二）

賈平凹曾寫作長篇小說《土門》，表達了他以鄉土對抗城市化進程的浪漫想法，希望能夠保留住仁厚村這樣的傳統文化的村子，但最終是落敗了。「仁厚村」這個城中村和賈平凹小說懷鄉是有著精神血脈聯繫的。「「土門」如果說是仁厚村的鄉土之門，他們不得不走出這道最後的門檻。與其談仁厚村是個地方，不如說它是某種精神狀態，因而，喪失家園就成了精神蛻變的隱喻。」〔註25〕這種鄉土文化的淪陷，恐怕內在地深刻地激發和影響了《秦腔》的創作。

說《秦腔》是「廢鄉」，其實可以理解為鄉土文化的精神家園廢了。鄉土文化是和鄉風鄉俗、土地種植等聯繫在一起的文化。鄉土文化在中國傳統社會最為發達：以農為本，人們安居樂業，子孫興旺等。鄉土文化是中國農村的文化之根。鄉土文化中，人與人之間的關係是用宗族的形式扭結在一起的，長幼有序等等，推崇美德，弘揚善，抑制人性的惡、欲望。《秦腔》及其後記寫道：這條街是有文化的，鄉風淳樸，能人輩出，能工巧匠都有，文化人的水平高。人們曾生活在在一種向善的道德約束之下：仁義禮智信；鄉村的家庭倫理秩序；鄰里友好等等。夏家四兄弟，逢年過節、紅白喜事等，都要坐到一起來吃飯。母親四嬸善於籠絡融洽各家各戶的關係，比如和鄰里、家族中的人，分享自做的小吃食。然而時代變了，家族倫理文化也面臨崩潰。原來鼎盛的家族，夏家四兄弟這個偌大的家庭，幾十口人，一大鍋吃飯；後來，四兄弟分了家，接著又分了小家，現在仍然在不斷鬧矛盾。和睦的家庭沒有了。還有，晚輩對長輩不孝順，不供養老人。老無所養。此外，唯利是

〔註25〕鍾本康：《世紀之交：蛻變的痛苦掙扎——〈土門〉的隱喻意識》，《小說評論》，1997 年第 6 期。

圖。夏天禮販賣銀元，一心賺錢。做村長、村支書的君亭，一心想著怎樣搞錢，發展村裏的市場，甚至可能參與了酒樓的賣淫嫖娼。農民的生活和農村怎樣發展，很大程度上是掌握在這些鄉村基層領頭人的手中。在城市化進程中，「農村社會的荒蕪與凋落。夏天智兄弟一輩，以「仁、義、禮、智」作為名字，體現了傳統儒家道德，到了兒子一輩，則以「金、玉、滿、堂」等物質追求，取代父輩們的精神價值。」〔註26〕鄉土文化就敗壞在「金玉滿堂」這一輩人手中。婚姻問題重重，小學民辦教師慶玉，竟然在外面與人通姦，修建新樓房卻是為了給相好的女人住。村幹部本應該是為了公眾利益的，可君亭為了政績，大搞市場，村裏還開設有酒樓，酒樓裏有小姐服務。夏中星作為劇團團長，卻是以秦腔文化劇團為跳板，在縣裏當上了官。農村的好多人都在圍繞著金錢轉了。鄉土文化已經面臨消失的命運。「這裡有傳統家族敘事，但更主要是由於現代化文明的衝擊和商業消費文化的腐蝕從根本上動搖了家庭倫理精神支柱和鄉土文化基礎。外來文化的入侵使得鄉土中國的「氣散了」。P57」〔註27〕「20 世紀末以來，現代性、城市文明、後現代意識等以前所未有的速度向農耕文明下的鄉村逼近，城市的價值觀念逐漸侵蝕了鄉村的價值體系。P152」〔註28〕

　　精神家園的破敗，流露出哀傷的輓歌情緒。然而，鄉土文化在小說中保留了它最後的靈光一現。的確，有了鄉村的傳統文化，鄉村才能夠被凝聚，才能夠形成一種合力。傳統鄉土文化有一整套的宗法倫理，維繫著鄉村的秩序。鄉村的文化人維繫著鄉土文化的傳承，沒有他們，鄉村就散了。「鄉村中國的社會結構也發生了極大的變化。其中的重要現象就是鄉紳階層的消失。鄉紳在中國鄉土社會中有非常重要的作用，在中國鄉村社會結構中，有一定的權威性和文化領導權。它的被認可已經成為鄉土中國文化傳統的一部分。家長、族長、醫生、先生等，對自然村落秩序的維護以及對社會各種關係的調理，都有不可替代的作用。P411」〔註29〕夏天智是小說中一個理想的鄉村知

〔註26〕鳳媛：《城市化視域中的新世紀文學》，《安徽師範大學學報》（人文社會科學版），2011 年第 1 期。

〔註27〕陳國和：《1990 年代以來鄉村小說的當代性》，中國社會科學出版社，2008 年6 月版。

〔註28〕閻秋霞：《現實的堅守與焦慮——轉型期山西文學研究》，山西人民出版社，2014 年 12 月版。

〔註29〕孟繁華、程光煒：《中國當代文學發展史》（修訂版），人民文學出版社，2011年 10 月版。

識分子形象，夏天智信奉仁義禮智信，是鄉土文化的堅守者，是鄉土文化的代表，也是道德倫理的理想人物。村裏有人貧困不能讀書，有人沒錢治病，他都慷慨解囊；誰家不孝敬老人了，他去教訓。夏天智指責過侄子的不孝。他在村裏很有話分，主持公道，承擔著鄉間的公正道義。然而，最讓他引以為驕傲的兒子夏風，卻不聽他的話，竟然同美麗、純潔、孝順的白雪離婚，夏天智為此生氣，要同夏風斷絕父子關係。他喜愛秦腔，他得胃病過世，他的生命在惆悵中消散了。夏天智的離世，象徵著鄉村傳統文化的沒落。白雪善良美麗，孝敬公婆，像菩薩一樣美好，竟然生了一個沒有肛門的孩子，也許可以看作是鄉土文化難以為繼的象徵。

夏天義是個種田的農民，夏天智是個讀書人，這兩兄弟結合在一起，象徵鄉土文化的耕讀傳統。在某種意義上，夏天義可謂當代文學中的「最後一個農民」。夏天義曾經是村裏的領頭人，一輩子幹了很多事情，是「清風街的毛主席」。這個淳樸的鄉村領導者，和土地最為親近，其實更是一個農民代表。他幹活從來都不惜力氣，他是真正在骨子裏和土地親近的，他深刻地懂得人必須依靠土地來養活。他是一個村裏實幹家，他曾經帶領著大家在土地上奮鬥，認為種田是農民最為根本的。他強烈地捍衛土地的尊嚴，捍衛農民的利益。夏天義也參與反抗政府的「鬧事」。他是一個埋頭苦幹的人，不惜勞力，活到老，勞做到老。年過七旬，還在七里溝淤地。然而，只有瘋子，啞巴和一條狗跟著他幹（這一組合，顯得頗為孤單淒涼）。他對土地很有感情，開墾荒地種糧食（淤七里溝），最後活活被崩塌的山體給掩埋了。夏天義英英武武一輩子，最終，他是死在勞作的土地上，崩塌下來的山體把他給掩埋了。真正是大自然給他拱的墳墓啊。一代農民消失，這同樣是鄉土文化覆滅的象徵。

（三）

在飛速的社會發展過程之中，作家的故鄉行將消失了，整個鄉村都變化了，鄉土文化是無可奈何地去了。人不是以前的人，地也給糟蹋了，文化也給糟蹋了，故鄉已經沒有了。「那種「超穩定」的鄉村生活的表意形式或文化結構，如宗教、儀式、婚娶、娛樂、慶典乃至兩性關係等風俗風情 P410」，〔註30〕在這個時代都難以為繼。有論者認為，「《秦腔》是一首為夏天義等逝去而

〔註30〕 孟繁華、程光煒：《中國當代文學發展史》（修訂版），人民文學出版社，2011 年 10 月版。

沉吟的淒涼輓歌。傳統失落在傳承鏈的斷裂中，清風街的後代們選擇了一條迥異於夏天義們的道路，背離了「一等人孝子忠臣，兩件事讀書耕田」的傳統生活方式和觀念。」〔註31〕「《秦腔》中，作家以家族命運映像民族命運，以家族文化心理映像民族文化心理。小說中一方面是當前的社會變動所帶來的巨大挑戰使民族文化心理出現了裂痕，另一方面是民族文化心理內部原來行之有效的範式不再具有規約性。（小說）明確地指向了民族文化心理的建構問題。P175」〔註32〕

　　真正宣布失去鄉土文化家園的是《秦腔》。《秦腔》寫曾經的傳統文化是如何結構鄉村的，寫現在的鄉村是如何地破敗，寫鄉土文化是如何崩潰的。「《秦腔》是賈平凹行將逝去的故鄉的紀念碑，也是他漫長的精神旅途上的里程碑，它記載著作家30年尋找的心路歷程，也標誌著他一貫視為精神家園的鄉土故鄉的失去。」〔註33〕鄉土文明已經無可奈何地去了，作家悵惘不已，「故鄉啊，從此失去記憶！」「樹一塊碑子，並不是在修一座祠堂，⋯⋯我以清風街的故事為碑了，行將過去的棣花街，故鄉啊，從此失去記憶。P241」「故鄉，從此就不見了！」這一聲歎息流露出深深的哀婉，讀之令人淚流！

　　懷鄉的餘緒在賈平凹的長篇小說《帶燈》當中還有。《帶燈》中村裏的十三個「夥計們」（鄉村姐妹），團結一氣，互幫互助，姐妹情深，是最為底層的農民，個個都是鄉村生活的一把好手，有著鄉村淳樸善良的美德等。小說中，她們的日常生活，勞作，挖草藥等種種鄉村生活內容，顯得格外有山村的生活氣息。「對於從鄉村走出的作家們而言，他們明知傳統與現代、鄉村與城市衝突的過程中，鄉村淪落的不僅僅是鄉野的靜謐與親切，更有人性的迷失、道德的淪喪，尖銳的疼痛就這樣在不期然中扎進了這些的心裏。⋯⋯於是每個人都按照自己的情感方式走進了續寫鄉村的文本。P152」〔註34〕賈平凹一方面對鄉村追求現代文明是持肯定態度的，一方面又沉痛於鄉村文化的破敗，鄉村的自然和文化環境的惡化，因而他的內心充滿著矛盾。

〔註31〕傅異星：《在傳統中浸潤與掙扎——論賈平凹的小說》，《文學評論》，2011年第1期。

〔註32〕布小繼、李直飛、蘇宏：《張愛玲沈從文賈平凹文化心理研究》，四川大學出版社，2011年5月版。

〔註33〕石杰：《沒有歸宿的旅途——從賈平凹小說創作歷程看其精神求索的軌跡》，《河北師範大學學報》（哲學社會科學版），2007年第1期。

〔註34〕閻秋霞：《現實的堅守與焦慮——轉型期山西文學研究》，山西人民出版社，2014年12月版。

餘論：懷鄉情感與小說的審美創造

懷鄉時自然就會產生追憶、懷念等心理狀態，也會有膜拜或者詛咒、頌讚等感情。想像故鄉時，不同的情感參與了不同的審美創造。追憶與抒情表達了作家對善良美好的追求和對醜惡黑暗的否定；記憶與膜拜表達了對故鄉的感恩與崇敬；傾訴與闡釋表達了希望故鄉融入世界的強烈訴求，是為了加強和世界的溝通和理解；追逝與懷念表達了對故鄉美好的事物消失的無限惆悵；尋找與虛構表達了對於精神故鄉的嚮往和憧憬。不同的情感，就會選擇不同的審美形式，產生不同的審美創造，由此豐富了小說懷鄉的審美創造。

現代懷鄉是現代性的產物，是現代性困境的表徵。中國當代小說經過追憶與眷念、記敘與闡釋、虛構與想像，在懷鄉的情感支配下，有了各具形態的審美創造，小說懷鄉有著內在的審美機制。懷鄉具有擺脫現實困境的功能。懷鄉是不斷地尋找和建構精神世界，以精神上達到和現實的對抗與平復，從而建立一種超脫現實的詩意人生。懷鄉雖然指向過去記憶中的故鄉，卻是美化了過往，忽略過往的醜陋、陰暗的記憶。這一故鄉，並不是故鄉本身，那個故鄉是早已逝去，懷鄉者現在所懷的故鄉是心靈再造的精神故鄉。懷鄉對於現在、過去和將來，其實是有著超越性的，也就是說，它是在修正過去，抵禦現實強加給我們的壓迫，是在幻想一種美好的未來。其實，懷鄉是一種沉醉到想像的精神家園的心理狀態。

懷鄉是一種心理現象，精神故鄉在懷鄉心理體驗中永遠都是那麼的美好，因此具有了永恆性和超越性。懷鄉憑藉故鄉記憶的材料來進行審美想像。人們由此進入一個想像的美好世界，從而逃避現實對人煩擾。懷鄉通過沉湎於過去，指向未來，創造了一個美好的自我心靈環境，一切都是為了能夠繼續生存下去。在懷鄉的情境中，有著一個虛幻卻又神往的心靈世界在展開，供懷鄉主體欣賞品味。這是一個令人永遠喜歡駐留的，沉醉不已的美好精神世界。這樣一個優美的，沒有任何刺目的世界是心靈的伊甸園，是小說懷鄉的審美創造。

本節通過對懷鄉情感影響下的長篇小說《豐乳肥臀》《秦腔》的創作進行深入分析，闡述作家小說懷鄉的內在審美機制。懷鄉情感會影響作家的懷鄉小說的審美創造，也會參與到小說主題創造和小說審美形式的選擇上。《豐乳肥臀》一方面在對故鄉的膜拜感情支配下，書寫了故鄉記憶中最為突出的方面：大地崇拜、英雄情結、戀母情結等，另一方面是生命力的恣意張揚，比如母親上官魯氏的旺盛繁殖力和頑強生命力等。《秦腔》的懷鄉審美創造是和故鄉的

鄉土文化緊密聯繫在一起的。《秦腔》的字裏行間似乎流淌著秦腔的旋律。《秦腔》的思想內容和秦腔的慷慨悲涼結合得相當緊密。在追逝與哀婉的懷鄉情緒支配下，小說成了一曲鄉土文化的輓歌。《秦腔》把鄉土文化的淪落寫得觸目驚心，故鄉卻漸行漸遠，以至於終將消失，讓人感到內心悲涼，無不哀婉。

　　《秦腔》《豐乳肥臀》《九月寓言》《空山》等都是懷鄉小說。懷鄉小說的創作大多是基於是過去的故鄉都將消失了。這些小說創作，懷鄉是審美創造的動因在懷鄉情感支配下，回望故鄉，思想傾向都是對於故鄉的留戀，充滿了愛與恨，對故鄉的感情深隱在文字之中。懷鄉小說或隱或顯，都有一個理想的美好的故鄉供自己借鑒或對比來創作。這些懷鄉小說都有一個理想的精神故鄉在引導著作家創作。懷鄉小說給我們帶來豐富的審美體驗。1990年代以來中國當代小說懷鄉是積極地參與了小說的審美創造的，形成了一套審美機制。這一審美機制包括了追憶與抒情、記錄與闡釋、虛構與想像等。

第二節　懷鄉是人類生存永恆的主題——懷鄉：現代人尋找精神家園

　　本節主要論述現代人通過懷鄉來尋找精神家園。我們要闡述三個問題：1. 小說懷鄉尋找精神家園的心理機制；2. 作家們是如何來尋找精神家園的？3. 小說通過懷鄉尋找精神家園的意義何在？1990年代以來中國當代小說懷鄉，是現代人在尋找精神家園。現代人喪失精神家園，人的心靈失去棲居之所，懷鄉尋找精神家園成了必然。懷鄉是人類生存永恆的主題。

一、現代懷鄉的指向：精神家園

　　「現代「鄉愁文學」正是這樣一種頗具現代「築造」意義與建構特徵的「詩意棲居」，體現了心靈的呼喚，以及抗拒資本異化、強權話語和守望精神家園的終極目標追求。P53」〔註35〕「「鄉愁」其實是對生存自由的依戀與精神家園的渴求。P43」〔註36〕懷鄉作為一種精神活動，往往處於對現實的不滿和對現實的無力感，逃避現實，1990年代以來中國當代小說懷鄉，通過想像精神故鄉來建構自己的精神家園。

〔註35〕張歎鳳：《中國鄉愁文學研究》，巴蜀書社，2011年版。
〔註36〕張歎鳳：《中國鄉愁文學研究》，巴蜀書社，2011年版。

我們先明確一下原鄉、精神原鄉和精神家園等幾個概念。所謂原鄉，從地理概念上是指指祖先居住過的地方；精神原鄉，指的是個體的精神的本原，即指個體的文化精神或文化心靈的始源。〔註37〕「故鄉才是文學的精神原鄉」。〔註38〕有論者認為，現代工業文明驅趕著心靈遠離了人性自由，那些能夠使心靈重回的溫情與歡樂的棲居之所，便是人們的「精神原鄉」。它寄寓著熟識、親近、眷戀、舒適等情感因素，誘發人心的歸家感。用海德格爾詩學來解釋，它便是「接近源泉之地」，「接近極樂的那一點」。〔註39〕比如，阿來的精神原鄉在川藏的嘉絨地區。這裡有勤勞樸實的勞動人民，有寧靜的生活，有美好的大自然，也有自己的文化宗教信仰。《塵埃落定》寫川藏文化中神秘的苯教，苯教就是這裡藏民的精神信仰。

精神家園，指的是心靈獲得安慰的地方，精神寄託之所（參見百度百科）。人們在現實世界裏的需要、願望得不到滿足，往往就會尋找精神家園。我們認為，精神家園是人的精神寄託之所。精神家園是一個由文化體驗、心理狀態、情感方式、認知模式、價值觀念、理想信念等要素構成的精神文化系統。很多作家的精神家園和故鄉聯繫在一起的。1990 年代以來中國當代小說懷鄉，通過懷鄉走上精神還鄉之路，經過審美的創造，精神家園成為抵禦現代化，全球化，城市化，消費主義／物質主義的精神資源。

懷鄉指向精神家園。通過精神還鄉，尋找心靈的棲息地，用以恢復完整的人性。懷鄉表現為人要求回到生命本身，重返精神家園。懷鄉有著追求人與自身，人與社會，人與自然和諧統一的願望。懷鄉是針對現實生存困境所造成的人性的分裂，發出精神訴求。在精神價值系統失衡的時代，人們的生存失去精神價值意義，喪失人之所以為人的意義，喪失尊嚴等。現代人無家可歸的生存狀態令人憂慮，因而，通過懷鄉尋找精神家園就變得尤為迫切。

「但正是因為有了這樣一種充滿精神文化意義形態的「故鄉」或「鄉土」的存在，才催生了人類的故鄉情結或鄉土情懷，出現不同形態的「還鄉」。——物質形態的、情感形態的、心理形態的和精神形態的。」〔註40〕「它總是

〔註37〕商金林：《扶桑藝道潤華年——魯迅精神原鄉問題探究》，《理論學刊》，2013年第 3 期。
〔註38〕尹平平：《新華每日電訊》，2013 年 8 月 23 日，第 16 版。
〔註39〕李江梅：《論文學中的「精神原鄉」對當代生態文學圈建設的意義》，《當代文壇》，2009 年第 5 期。
〔註40〕韓玉峰：《精神家園的守望者》，《山西日報》，2009 年 8 月 17 日。

以回首鄉關的形式，將文學引入深遠而廣袤的精神家園。一種對於人類永恆之美的慕拜與追求，執著追尋可以詩意棲居的精神家園。」〔註41〕

「故鄉」決定了作家的審美選擇，「故鄉」成就了作家的文學創造和文學世界的建構，精神故鄉成了作家的精神皈依之所。許多作家都談到自己對故鄉深厚而複雜的感情。閻連科曾深有感觸地談到：「作家精神的故鄉，就是產生一個作家獨有的一種精神的那塊土地。我們只有找到了那塊土地，才能使我們的種子在那裡種植和結果。」〔註42〕賈平凹也深懷感念地說：「商州成全了我作為一個作家的存在。P7」〔註43〕懷鄉者有著強烈的家園意識，有一種歷經漂泊和滄桑之後歸家渴望，是一份縈繞在懷鄉者心間的鄉愁。「故鄉對我來說是一個久遠的夢境，是一種傷感的情緒，是一種精神的寄託，也是一個逃避現實生活的巢穴。」〔註44〕

懷鄉是人類生活的永恆的主題。懷鄉是一個對故鄉思念的展開過程。精神故鄉的生成和維繫，成為現代人賴以存在的精神家園。懷鄉是一個精神家園破敗的時代裏重新尋找、重新建構精神家園的過程。懷鄉迴蕩在每一個現代人心中。懷鄉就是「尋覓精神家園與心靈棲息地」。作家一定會去尋找一個精神靈魂的棲息地。故鄉可以說是作家精神家園的重要支柱，一旦失去故鄉，精神容易陷入迷茫。作家們開始重新上路，尋找精神家園，返回精神原鄉。幾乎每一個作家都有自己的精神原鄉。賈平凹的商州，張煒的海濱故地，莫言的山東高密東北鄉，韓少功的湘西世界，阿來的川藏地區，蘇童的楓楊樹故鄉等都是精神原鄉。

在社會與時代的加速劇變中，作家應對現實，創造一個可以供自己精神棲居憩息的精神故鄉。人們渴望回歸自身，回歸本源，回歸大自然，享受山水之美，回歸中國人嚮往的和諧生活。賈平凹在《土門》《高老莊》《懷念狼》等小說中，從城鄉結合部，或是回故鄉，或是回到山野中，去找精神家園，但總擺脫不了現代性病相的陰影。賈平凹小說中一系列的懷鄉，都以失落、失敗告終。

1990年代以來中國當代小說懷鄉，就是現代人在尋找精神家園。轉型

〔註41〕陳國恩、張健：《中國現代浪漫小說的懷鄉意識》，《廣西民族大學學報》（哲學社會科學版），2007年第1期。

〔註42〕郜元寶：《論閻連科的世界》，《文學評論》，2001年第1期。

〔註43〕賈平凹：《商州：說不盡的故事》（第三卷），華夏出版社，1995年版。

〔註44〕莫言：《我的故鄉與我的小說》，載《當代作家評論》，1993年第2期。

期以來，不斷變化的社會發展對人們的精神生活產生了極大的影響。其一是經濟社會的轉型，聯動著思想文化的轉型，在經濟發展占主導的社會，物質生活水平提高得相當快，相對來說，精神生活卻稍顯滯後。社會發展到當下，消費主義文化非常突出，消費主義文化更多的是物質性的。當前現實生活中，物質和精神之間失衡，帶來人的精神失重，失卻精神家園。其二，城市化背景下的流動的社會人群進入城市，以農民工和農裔知識分子為代表，由於幾十年來城鄉差異造成的文化差異和生活習慣上的巨大差異，他們在城市中受到歧視，在生活和工作中被區別對待，新近進城的人們，面臨著身份打破的危機，必須重建身份。農民工等的身份尷尬，人們遭遇著生活和精神的雙重漂泊。這也是一種典型的現代心態。不止是剛剛進城的人，就是原有的城市人，他們在急遽變化的現代化時空中感到自己不斷地被社會所拋棄，失去自己賴以生存的精神家園。城市中日新月異的變化給他們帶來了陌生環境，這也是一種家園的喪失。現代化、城市化發展太過迅猛，讓現代人有失去家園之感。其三，人們的現代化生存境遇和整個人類面臨的生態危機，也是懷鄉的原因。現代社會的疏離、冷漠和孤獨，造成了現代人生存的困境，最基本的生存條件：水、空氣和生命安全感，在資源污染、臭氧層遭到破壞、霧霾肆虐，厄爾尼諾現象頻繁爆發，以及人類籠罩在核戰爭可能爆發的陰影之下，人類的基本生存已面臨了巨大的威脅，現代人類生存的困境可想而知。小說懷鄉，就是現代人在尋找精神家園，以期找到心靈的棲息之所。

在這樣的情況之下，作家們都在尋找精神家園。賈平凹在轉型期，精神世界幾近全然崩潰，因此他在佛教義理中，獲得人生的智慧，然而他生活中踐行的是道家文化。他的小說懷鄉退守鄉土文化，對它衷情而癡迷。莫言的精神家園更親近民間，諸如他的小說有著民間的反抗精神，民間的諧謔精神，褻瀆神聖，搞點小破壞，滿不在乎，張揚民間的生命力。阿來的精神家園為川藏的嘉絨地區。王安憶的小說在尋找真正的上海市民精神文化，而非上海的摩登文化。下面我們結合作家創作深入探討小說懷鄉是如何尋找精神家園的。

二、張煒小說懷鄉：尋找與建構精神高原

張煒尋找精神家園走過一段漫長的道路。張煒是「一個道德激情特別強大的作家，一個思想上積極不倦的探索者。P130」〔註45〕1990 年代以來，中國

〔註45〕張煒：《小說坊八講》，生活・讀書・新知三聯書店，2011 年版。

大地上發生翻天覆地的巨大變化，物質變得無比豐富，城市面貌變得無比喧鬧繁榮。中國進入市場化經濟時代，資本的強勢所向披靡，人們在追求物質金錢的過程中很大程度上喪失了精神追求。有的人成了赤裸裸的金錢、物質慾望動物，墮入物質享受之中。人與人的關係可能變成相互利用和物質交換關係。人們的道德感喪失也比較嚴重，張煒卻能執著於自己的道德理想追求。張煒「渴望用道德的力量，來達到改進世道人心的目的，道德理性貫穿於他創作始終。」〔註46〕在一波又一波的社會文化思潮的侵襲中，張煒與某些應時代風潮變化而動的作家截然不同，一直堅守著自己的精神崗位。在人們的思想受到物質主義、消費文化衝擊的情況下，「張煒與文壇的另一位「硬漢」張承志一起擎起「抵抗投降」的大旗，抵制物化，尋求精神的家園。」〔註47〕

「五十年代生人的精神信仰頃刻間變得一錢不值，這肯定不是精神信仰本身的問題，而是這個社會的問題。」〔註48〕正如有批評家所指出的，張煒是希望「建立一種美好、博大、富有道義精神和人類生命情懷的精神世界，以抵抗當代世俗文化及其種種醜惡事物侵蝕，以達到現實批判和文化批判的目的。」〔註49〕「在《柏慧》裏，張煒把善作為完美人生的最高乃至惟一標準，」〔註50〕《家族》中的寧周義和曲予等人，都是追求道德情操的人。張煒的短篇小說《致不孝之子》中，父親對兒子背叛導師的行為和做法表達了不滿和譴責，小說肯定了良心和向善的品格。在《外省書》中，史珂以康德名言「天上的星空，心中的道德」來激勵自己。

《家族》中，寧珂直接投身於革命，是革命的有功之臣。然而，在當代歷史的歷次運動中，寧珂卻屢遭迫害，被誣為反革命分子。父親的悲劇命運，不但他本人橫遭厄運，飽受摧殘，受到非人虐待，飽受肉體的戕害和精神的痛苦，而且把整個家庭都拖入到無底的黑暗深淵，兒子寧伽因為家庭出身問

〔註46〕馮晶：《張煒小說創作中植根民間大地的文學觀探索》，《東嶽論叢》，2009年第9期。

〔註47〕馮晶：《張煒小說創作中植根民間大地的文學觀探索》，《東嶽論叢》，2009年第9期。

〔註48〕賀紹俊：《五十年代生人的精神之旅——讀張煒的〈你在高原〉》，《當代作家評論》，2011年第1期。

〔註49〕王光東、李雪林：《張煒的精神立場及其呈現方式——以九十年代長篇小說為例》，《當代作家評論》2002年第3期。

〔註50〕李永建：《尋找走近張煒的路徑——從〈柏慧〉的家族觀念看張煒的內心世》，《當代作家評論》，1998年第2期。

題，也屢遭不平對待。《你在高原》中，寧珂蒙冤受屈，遭到非人的對待，在精神和肉體上飽受傷害和摧殘，卻從未放棄自己的求真向善的道德追求。父親寧珂作為曾經的知識分子，從風流倜儻溫文爾雅變得粗魯暴躁，但他在道德上一直在抗爭，堅持自己的道德理想，不允許自己變得人格低下，不會按照別人邏輯去整人，去陷害和揭發別人。

在尋找精神家園的過程中，張煒把理想寄託在莽野。在 1993 年發表的文章《融入野地》中，張煒深情地歌唱：「野地是萬物的生母，滋潤了萬千生靈。」「大地能容忍和超越一切歡樂和痛苦，因而大地是無言的『道』」。「大地」或曰「野地」不僅是人類繁衍生息的物質家園，更是人之為人的終極精神家園。這個家園裏所有的生命都熱情豐盈都活力四射，人與物都在自然的天地中盡顯生命的本真，人與自然和諧相融，可謂「天人合一」。」〔註51〕張煒是「一位真誠而偉大的自然歌者，描繪了悠遠寧靜、清新質樸，同時又富有生命活力的自然世界。回歸自然作為張煒思想中最重要的價值取向，反覆傳達著作家返回生存以及生命本真狀態的努力方向。」〔註52〕正所謂「共同的「鄉愁」使鄉土文學與老莊哲學心心相印。」張煒的精神家園在於「一種以自然哲學為理想的民間世界。〔註53〕」「終於，鄉野與泥土成為他的心靈圖騰，後顧與回憶成為他的抒情方式，守望與拒絕等成為他一個時期以來的姿態。」〔註54〕《九月寓言》展現了一個和階級、現代文明和西方觀念無涉的一個有些蠻野的鄉村世界。人們缺衣少食，然而九月的大地上卻是收穫的季節，湧動著蓬勃的生命力，萬物充滿著生機，在夜色的掩映下，年輕人活潑的生命在躍動，是那樣地歡樂。年輕人在野地裏奔跑等意象給讀者以強烈刺激。也許，這就是一種生命的外化，似乎這才是最為自然的。即使飢餓現象也常有發生，但因為自由，大家在一起玩耍，似乎也有著歡樂。這種歡樂同生命的本真要求是一致的。從一般的角度看來，也許會評判他們的生活為苦，但是從他們自身的狀態看來，似乎苦與樂，都是他們生命的一部分。在這樣的野地裏，生

〔註51〕 文娟：《蒼莽「野地」的流轉與凝思——論張煒的精神還鄉書寫》，《中國現代文學研究叢刊》，2015 年第 11 期。

〔註52〕 王瓊、王軍珂：《精神書寫的可能及限度——以張煒的〈九月寓言〉為中心》，《名作欣賞》，2007 年第 6 期。

〔註53〕 陳思和：《「聲音刀背後的故事——讀〈家族〉》，《當代作家評論》，1995 年第 5 期。

〔註54〕 張光芒：《天堂的塵落——對張煒小說道德精神的總批判》，《南方文壇》，2002 年第 4 期。

死都是大自然的一部分。一切都發乎自然天性。小說中人與自然和諧、自由自在，令人神往。這是一片生機盎然的土地。張煒在大地尋找精神家園。

張煒小說追求生命自由，肯定生命本真的生活狀態。張煒立足民間大地上，把道德的世界和大自然的優美聯繫在一起。很顯然，張煒以為「野地」才孕育和保持著自由和本真品格。張煒的精神追求有另一個特點就是，「走向「高原」的方式，不是「前進」，而是「後撤」！當代人要抵達人生精神的「高原」，不是前行，而是後撤！」〔註55〕從這樣一個角度來說，「「野地」即「高原」！」〔註56〕

可以說，追求生命自由和生命的本真，是張煒精神家園中最為獨特的方面。《九月寓言》裏的肥、趕鸚等年輕人在深秋的曠野中嬉戲玩鬧，這是自由自在的生命。《能不憶蜀葵》中淳于陽立是個很有天賦的畫家，富有智慧和生命激情。《醜行或浪漫》中鄉村美麗女孩劉蜜蠟，不斷地遭到鄉間淫邪的勢力的騷擾和侵害，但她追求自由和愛情的心始終不渝。二十年後遇到了當年傾心相愛的男子，仍然保持著當年的美麗，這不能不說是愛的奇蹟。《刺蝟歌》中有一個善惡對比，美醜互映的生機勃勃的野性世界。小說中，人、動物和神魔鬼怪等共生，道德已經上升到對生命的禮讚。在張煒的精神家園中，心靈和精神都可以安棲，生命得到尊重，自由自在，自然和諧，人的生活合乎天性、自然。想來，這就是《葡萄園暢談錄》中張煒所神往的境界。

張煒的精神家園裏有對道家的人與自然和諧的欣賞。小說中經常流露出對大自然和美的柔情。「張煒對道家的出世精神並不讚賞，但道家文化對本真天性的追求、人與自然和諧一體的觀念，又使他在心理氣質上本能地傾向於它，並在作品中自然體現出道家文化的神韻。」〔註57〕道家是出世的。張煒一方面是避世的，希望擺脫塵俗的干擾，享清福（語見《葡萄園暢談錄》）。張煒認識到道家安放身心時的作用，不過他更多地是在肯定儒家的進取。「貫穿張煒小說創作始終的是儒家強烈的社會責任感和使命感，以及關注社會現實

〔註55〕李俊國：《以無邊的「游蕩」趨向精神的「高原」——張煒小說〈你在高原〉的結構—功能研究》，《華中師範大學學報（人文社會科學版）》，2013年第3期。

〔註56〕李俊國：《以無邊的「游蕩」趨向精神的「高原」——張煒小說〈你在高原〉的結構—功能研究》，《華中師範大學學報（人文社會科學版）》，2013年第3期。

〔註57〕唐長華：《張煒小說中的傳統文化精神》，《深圳大學學報》（人文社會科學版），2012年第3期。

和人文精神的入世精神。」〔註58〕張煒從未放下自己的勞作，從未停止為事業的奔走。

張煒推崇儒家文化，提倡道德理想主義，論者幾乎都能關注到張煒有濃重的「道德追問與家園情結。」「張煒是書寫大地的當代聖手，也是這個時代最後的理想主義者」。張煒的創作有一種崇高的品格。《你在高原》有崇高精神的追求。這是西方精神悲劇精神在中國的傳承。這是一種生命不息、奮鬥不止的理想主義精神。張煒受到了雨果、托爾斯泰、屈原、魯迅等人的影響，追求高尚高潔的人生。張煒把精神看得高於一切，追求道德的完美。《你在高原》中的主人公為了理想，上下求索，九死未悔，為此吃盡了苦頭，卻也能寧折不撓。數十年來張煒堅持人生不息、奮鬥不止的積極向上精神，持之以恆。

「如果說「現代工業」摧毀了一個物質「家園」的話，那麼如商業擴張以及現代經濟社會的「金錢」邏輯則毫不客氣地擊潰了整個社會的精神防線，最終導致了「精神家園」的敗落。」〔註59〕《我的田園》中的上級集團、《醜行或浪漫》的村頭、武裝部長民兵連長等，都是精神家園的破壞者。到了《刺蝟歌》中，民間的反抗力量爆發了，同開發集團鬥爭，同惡勢力抗爭，毫不妥協。

《你在高原》建構了一個深邃高遠的精神家園。《你在高原》精神內蘊為儒、道互補，而且批判精神突出。1990 年代以來的經濟轉型，在極大豐富了社會物質，促進社會發展的同時，也荒蕪了人心，壞了社會風氣，大自然環境遭到了肆意破壞。張煒和這些黑暗醜惡作鬥爭。批判的矛頭指向了歷史的荒謬和現實的可憎。對當權者，權貴，暴發戶，有錢人，無比憎恨、痛恨。小說《你在高原》讓官場現形，讓人性的醜態畢現。《家族》堅持探查歷史的真相，在現實生活中堅持真理。《醜行或浪漫》揭露批判了油矬子等人的惡行。

張煒不遺餘力地批判社會和人性醜惡。《柏慧》和《橡樹路》中，柏老的著作是通過霸佔口吃教授的研究成果得來的；《海客談瀛州》中的「霍老」，讓別人替他捉筆寫自傳，肆意篡改粉飾自己的人生經歷，不顧歷史事實。小說讓這些人的醜惡面目在質疑中原形畢露：偽善、虛偽，濫施權力，驕橫跋

〔註58〕唐長華：《張煒小說中的傳統文化精神》，《深圳大學學報》(人文社會科學版)，
        2012 年第 3 期。
〔註59〕任相梅：《高原的吶喊——評張煒的長篇小說〈你在高原〉》，《中國現代文學
        研究叢刊》，2013 年第 2 期。

扈和荒淫無恥。「「霍老」（霍聞海）長期霸佔鄉女小雯（《海客談瀛洲》）；高幹岳貞黎脅迫鄉下保姆帆帆私通（《無邊的游蕩》）；當年的地下革命者「飛腳」，如今的離休黃局長，除了官辦「私營」營養協會，中飽私囊，還長期色侵民女（《曙光與暮色》）。」小說寫這些「權欲，色慾，物慾的泛濫」，是通過質疑揭示了「中國經濟改革時代的另一種城市「真相」。〔註60〕這些位高權重的老人，掌握了社會資源，主宰著這個世界，整個社會都被他們的陰影所籠罩。他們的一切所為，幾乎都是為了自己的享樂，對於弱小者，他們是無所顧忌地污辱之損害之，甚至人身攻擊、消滅生命。《無邊的游蕩》中，社會中的有權有錢階層，腐敗透頂，荒淫無恥，從農村搜羅來的鄉村美麗女子，都被控制著整個社會的大財團吞噬了。而「我」（寧伽）卻只能夠成為一個流浪者，在現實的邊緣，無邊地游蕩。

　　小說《你在高原》對老而淫靡、色慾泛濫淫蕩的霍老、黃科長等進行了深刻地揭露與無情地鞭笞。小說中，工業化城市化無情碾壓、破壞、毀滅人們賴以生存的田園，年輕美麗的女子被侮辱被損害，少年兒童被損害和玷污。小說寫抗爭者被打擊報復，遭到人身攻擊，無家可歸，流浪野地，無邊游蕩，讀來感到格外沉痛，讓人悲憤。張煒曾在《夜思》裏說過：「我將站在失敗者一邊」。」〔註61〕小說反對一切的不平等，對於弱小者，貧困者，遭苦厄者們所受到的剝奪、掠奪、侮辱、損害、摧殘和生命消滅等，寫得真是無比尖銳、觸目驚心。四十年來，張煒一直嫉惡如仇，頑強抵抗精神受侵蝕，高揚精神旗幟，同社會醜惡現象進行韌性鬥爭。

　　張煒的長篇小說《刺蝟歌》中，廖麥憤懣於自己付出了無數血汗開墾出來的田園將要被開發集團侵吞，因而展開了頑強的抗爭。小說中有一個打旱魃的故事情節，直接表達了人們的強烈憤怒：砸「紫色大罍」（化工廠一類的廠房建築物），和天童集團發生劇烈衝突。這事件同天降大雨結合在一起來寫，反抗精神十足。《你在高原》中，寧伽和他的朋友呂擎、林蕖等，毫不猶豫站在反抗者一邊。《家族》中，寧伽和他的導師就大海灘開發的事情同利益集團展開抗爭。《荒原紀事》中，失去土地和正在失去土地的人們，同「上邊」、同

<hr>

〔註60〕 李俊國：《以無邊的「游蕩」趨向精神的「高原」——張煒小說〈你在高原〉的結構—功能研究》，《華中師範大學學報（人文社會科學版）》，2013年第3期。

〔註61〕 李永建：《尋找走近張煒的路徑——從〈柏慧〉的家族觀念看張煒的內心世界》，《當代作家評論》，1998年第2期。

開發集團發生了劇烈矛盾衝突，釀成所謂「社會群體事件」。在《無邊的游蕩》中，寧伽的朋友們奮力抗爭，即使遭到打擊報復，也不改初衷。

張煒小說中，有著這樣一種抗爭的精神，敢於奮起反抗社會的不公正，不平等。「直接的現實責任意識和抗拒式的道德崇尚意識，是張煒人文理想的個性特徵。」〔註62〕「這聲音是雙向或是多向的，是反抗與對抗的，是恭順和不馴的，是矛盾重重和糾纏難分的。渾然的多聲部仍然突出著抗爭的旋律。P127」〔註63〕抗爭是勇敢無畏的，只有這種鬥爭的精神，才能反抗社會的不平等，才能抨擊假醜惡，從而弘揚真善美。寧伽、淳于、老場長等等，都敢於擔當，同惡作鬥爭。

「張煒是新時期以來一直堅守者自己的理想追求的作家。」〔註64〕堅守精神追求，在物質主義時代消費文化盛行時期，張煒同庸俗的物質主義鬥爭。張煒有如中國當代文學的堂吉訶德，他以強大的精神力量同各種醜惡作鬥爭，捍衛人的道德精神，維護了自由、平等、正義、尊嚴。他在「文學界理想主義、人文精神成為人們嘲笑的對象，人們的使命意識和理想解構的時代，極力高揚理想的旗幟，頑強地堅守著精神信仰。」〔註65〕

張煒一直堅守著自己的精神領地，不改初衷。2005 年，他還在《上海文學》發表思想論文《精神的背景》。也許有人會認為，在一個絕大多數人都向「錢」看的社會，思想文化單質化，金錢成了衡量人的唯一尺度，利益構成了人與人之間關係的中心，笑貧不笑娼，為盜為娼，毫無廉恥，整個社會陷入到縱惡縱慾的荒唐境地。這種看法是雖不無偏頗，但是卻的確道出了現實中的某些問題。張煒有著硬骨頭精神，仍然堅守精神陣地，有學者指出，「張煒是僅有的幾個在藝術哲學和精神哲學上保持了連貫性的作家之一。」〔註66〕

張煒《你在高原》中的寧伽，這個被作者稱為朋友的小說主人公，大半

〔註62〕吳培顯：《「小村」的輓歌與「融入野地」的理性突破——關於張煒〈九月寓言〉的兩點辨析》，《中國文學研究》，2012 年第 4 期。

〔註63〕張煒、王光東：《張煒王光東對話錄》，蘇州大學出版社，2003 年版。

〔註64〕馮晶：《張煒小說創作中植根民間大地的文學觀探索》，《東嶽論叢》，2009 年第 9 期。

〔註65〕周海波、王光東：《守望者的精神禮儀——張煒創作論》，《當代作家評論》，1996 年第 3 期。

〔註66〕李潔非：《張煒的精神哲學》，《鍾山》，2000 年第 6 期，轉引自《當代作家評論》2001 年第 1 期。

輩子都在追求自己的人生理想——在精神理想方面。他是一個地質學出身的人，對於真理的追求有著自己強烈的訴求。他碰到了許多的困難和阻撓，甚至是遭到陷害，受到迫害，乃至身體受到傷害等，但他為了能夠探查出歷史的真相，仍然堅持同權勢者進行不屈不撓的鬥爭。這個過程是極其艱難的，但在這樣的過程中，真正凸顯了他作為一個屈原式的「路漫漫其修遠兮，吾將上下求索」的具有獻身精神的人物形象，慷慨悲涼。他的那種勿忘歷史，抗拒俗流，敢於同社會惡勢力、同權貴等作鬥爭的精神，把自己的生命全都投入到抗爭的精神，是崇高的。這種精神，一直是中國傳統精神「天行健，君子以自強不息」所倡導的。寧伽的這一種超越流俗的人生姿態有著巨大的魅力。這是夸父追日，不達理想目標決不停止，即使生命拋棄在半途之中，只要一息尚存，就一定要堅持的精神。「知其不可為而為之，並盡一己之力堅持著，這才是真正的英雄主義。P11」〔註67〕《你在高原》寫寧伽的流浪漢的精神，和世俗人物迥然不同，他為著理想而奔波不息、上下求索，張煒的精神性追求投射在這個人物身上。「這種不顧現實功利的考慮而注重自我人格修煉和道德價值張揚的行為，在新舊交替的歷史轉型期，不僅有著矯正和重構倫理規範、價值觀念的現實社會意義，而且更顯示了一種殉道者的悲壯肅穆和魅力。」〔註68〕對於寧伽等精神形象的塑造，評論家給予了高度評價：「像張煒這樣非常明確地、非常執著地重建民族的精神信仰，卻是很少有的。」〔註69〕

張煒四十年來一直始終不渝堅持精神追求，尋找精神家園。《你在高原》依託中國傳統文化，吸納中西方大哲先賢的精神養分，參照現代性思想，構築起無比浩瀚無比深邃的精神世界，尋找詩意棲居的精神家園。這是一筆恢弘壯觀的精神財富。張煒小說的精神內涵有著對生命自由和本真的追求；揭露批判了現實生活中的假醜惡，批判了現代化的種種危害，反思了歷史中的荒謬和殘忍；張煒小說有著一種頑強堅韌的抗爭精神；張煒堅守著精神陣地，捍衛了人的尊嚴，追求自由、平等和公平、正義。張煒的整個文學創作鑄就了令人仰望的精神高原。

〔註67〕張煒、王光東：《張煒王光東對話錄》，蘇州大學出版社，2003 年版。
〔註68〕李永建：《尋找走近張煒的路徑——從〈柏慧〉的家族觀念看張煒的內心世》，《當代作家評論》，1998 年第 2 期。
〔註69〕賀紹俊：《五十年代生人的精神之旅——讀張煒的〈你在高原〉》，《當代作家評論》，2011 年第 1 期。

三、小鎮鄉愁：王安憶的夢裏水鄉

如果落實到地理上，王安憶的故鄉會是在哪裏呢？《紀實與虛構》中的大西北？原野茫茫；新加坡，異國他鄉；同安，她父親都沒有居住過的陌生之地；上海，曾經在情感和思想上都不曾認同。——無處還鄉啊！不過，紹興，也許可以是王安憶的夢裏故鄉。這裡有柯橋，華舍，沈漊，……這也許就是王安憶的精神故鄉。

王安憶說過：「我曾經於一九九六年的時候，去浙江紹興的華舍鎮住了一個月。《上種紅菱下種藕》這本長篇的寫作，就是在此發生的。P251」〔註70〕王安憶偶然小住一個月的小鎮，竟然成了她的夢裏水鄉。精神故鄉之旅，促使她創造了這精神故鄉。王安憶認祖歸宗，對這浙東小鎮是精神有所皈依。《上種紅菱下種藕》抒發了對老屋，對老家，對故鄉的鄉愁。王安憶大概想把這恬靜安謐的小鎮當作自己的故鄉，懷鄉的情緒流貫其中。

《上種紅菱下種藕》寫小鎮的自然和諧，生活節奏舒緩優雅，人們怡然自得。小說中，有民歌在文本中反覆迴蕩：「買得個漊，上種紅菱下種藕。田塍沿裏下毛豆，河勘邊裏種楊柳，楊柳高頭延扁豆，楊柳底下排蔥韭。大兒子又賣紅菱又賣藕，二兒子賣蔥韭，三兒子打藤頭，大媳婦趕市上街走，二媳婦挑水澆菜跑河頭，三媳婦劈柴掃地管灶頭。一家打算九里九，到得年頭還是愁。P101」〔註71〕有濃鬱的生活氣息，也很有鄉土的風貌，這大概勾勒了是沈漊人的世代生活吧。

《上種紅菱下種藕》寫了華舍小鎮寧靜美好的生活形態。小鎮的光陰是緩緩地流逝。小說細緻地寫太陽光慢慢地移動變化。靜謐的日子，時光流轉，生命充實安逸，人有著存在之感。王安憶在小說中多有深情動人的筆觸，流連在華舍鎮這個地方，一筆筆地描畫心中喜愛的小鎮：陽光，流水，還有那些小鎮的各種店面，生活在這個小鎮的居民的生活。這是一個怡然自得的小鎮。筆下的景物流動是多麼緩慢，筆致又多麼有耐心啊。小鎮的景物啊，那些橋啊，水啊，窗戶啊，絲綢業，安歇粉牆黑瓦啊，那些光影啊，那些氣味啊，那些小鎮上忙碌或者安逸的人們啊，那些鳥啊，雞鴨鵝啊（王安憶在小說中把鵝稱為「鵝娘」，想來是來自當地語言。）……對故鄉的迷戀和神往，讓她的小說擁有了這近乎靜描的水墨畫一般的美麗小鎮。作家深深地被這一

〔註70〕王安憶：《王安憶說》，湖南文藝出版社，2003 年版。
〔註71〕王安憶：《上種紅菱下種藕》，雲南人民出版社，2013 年 1 月版。

個有著故土氣息，讓人沉醉的小鎮所打動。看來，王安憶最為衷情的還是夢裏水鄉華舍小鎮。

小說通過對景物的細緻描繪，塑造了一個純美安謐的世界。這些都是通過一個十歲左右、天真無邪的、懂事之初的小女孩秧寶寶（夏靜穎）的眼光來寫的。我們置身其間，有一種實實在在存在感。日子似乎是在慢慢地移動。華舍小鎮，安寧的生活環境，寧靜悠緩的生活節奏，生活安逸，壓力不大，漫步其間，走都走不厭。小鎮有如一個天堂一般。既非虛幻，也非邊城的，有著人間煙火氣，有著日常生活的瑣屑，長幼有序、父慈子孝，有著雅致情趣（老人會見朋友竟然是那樣雅致而有情趣）。這裡，人們都相互挨靠在一起；這裡，有自己的生活節奏。小說寫每天的吃食，寫優美的人際關係，寫精靈一般的小女孩秧寶寶。退休教師李老師一家，阿姨叔叔、爺爺奶奶，幾乎都關心這個託管在他們家的這個小女孩。小說把自己的懷鄉情結寄託在這個水鄉小鎮。這故鄉，也許，只是一箇舊夢！《上種紅菱下種藕》抒發了對世事的變遷的惆悵，也是一慰鄉愁。

然而，暫時還沒有遭到多少現代化破壞的小鎮也在蠢蠢欲動了，小說隱隱約約透露出了小鎮受到城市化影響了。這小鎮受到經濟浪潮的衝擊，很快就要消失它原有的生活狀態了。秧寶寶要到父母那裡去，李老師家的年輕人，也要到城裏去發展。小鎮就要給改變了！真是害怕它消失啊。《上種紅菱下種藕》的結尾說，「可它真是小啊，小得經不起世事變遷。如今，單是垃圾就可埋了它，莫說是泥石流般的水泥了。眼看著它被擠歪了形狀，半埋半露。它小得叫人心疼。現在，它已經在秧寶寶的背後，越來越遠。它的腥臭烘熱的氣息，逐漸淡薄，稀疏，以至消失。天高雲淡。P236」〔註72〕

王安憶顯意識中不怎麼承認上海是自己的故鄉，然而，上海才是她真正的故鄉。上海，成了王安憶作為「海派傳人」的最為重要的寫作資源。上海在她寫作中的意義非凡。這在她後來的寫作中，「上海」作為精神故鄉，越來越凸顯。

在潛意識層面，王安憶還是把上海當作故鄉的。這是極自然的，也是很好理解的。2015 年發表的散文《建築與鄉愁》〔註73〕中，王安憶不經意流露出自己的想法，認為上海里弄石庫門建築，就是自己的鄉愁。而此前王安憶

〔註72〕王安憶：《上種紅菱下種藕》，雲南人民出版社，2013 年 1 月版。
〔註73〕王安憶：《建築與鄉愁》，《花城》，2015 年第 1 期。

在小說中，也注目於富有上海特色的弄堂。「在這繁華似錦的大街後面，卻還
有著深長狹窄的弄堂。它們就好像是這美麗街區的裂紋一般，蜿蜒在深處，
並且縱橫交錯。一旦進去，便好像陷入了迷宮。有時你走進豪華的餐社，忽
然你想去廁所，結果無意走進了廚房，站在巨大大雪白瓷磚的爐灶之間，你
看見了後門。門外人聲嘈雜，腳步紛沓，彌漫著煤球爐的煤煙和油鍋的油煙，
還有人在泔缸和菜皮筐裏淘撿著什麼。這就是弄堂。P105」〔註 74〕「很多年後，
我們搬家了。離開這房子時，我感覺生命被割裂了。這房子和我生命中最初
的時期連在一起，帶有接近自然的形態。我走到哪裏都忘不了它，我不問來
由地就對它生出至親至愛。搬家後再回來看房子，我都難下決心，步履沉重。
接近它於我情感上是一個重大的觸動，徹心徹肺。P132」〔註 75〕長篇小說《米
尼》當中寫年輕人渡船去浦東，就有離鄉之感，表達了上海人對上海這座城
的依戀。長篇小說《流水三十章》中，王安憶寫道，「他們（上海人）戀著家
園，他們走遍天下都戀著上海，要他們離開上海，這才真正是敲響了世界的
喪鐘。P187」〔註 76〕這些，都是王安憶在流露她對於上海這座城市的感情。

經過《紀實與虛構》對精神故鄉的想像，讓王安憶更加堅定了決心去寫
上海里弄文化、上海普通人家的生活，那種在繁華都市的光鮮背後的斤斤計
較的精打細算的普通人家的生活。王安憶的中篇小說《流逝》中就寫主人公
精打細算過日子，寫她度過難關的堅忍品格。最後，這個精明的女人熬過來
了，一切都得到了補償。

王安憶很多小說是寫五六十年代記憶中的上海，灰色、拮据、經濟困窘
的上海。王安憶刻意和上海這座城市的富麗堂皇的外表和浮華的物質等保持
距離。她更喜歡表達這個城市骨子裏的東西，老上海的味道，上海里弄的平
凡人生，上海人的生存觀。王安憶關注上海人是怎麼精打細算過日子，甚至
在《長恨歌》中也寫王琦瑤的算計。即使寫上海之外的故事，在《上種紅菱下
種藕》中，也有很多上海的痕跡在。華舍小鎮人家的生活和上海里弄人家的
生活，兩者都是井井有條的生活，幾乎沒有多少區別；要強的閃閃也是一般
上海女孩的自立自強的性格特徵；小季就像是一個上海男人，是家庭中的「苦
力」；秧寶寶這個女孩子，完全是土生土長的華舍，沈漊出生的人，生活在那

〔註 74〕王安憶：《紀實與虛構》，人民文學出版社，1993 年 6 月版。
〔註 75〕王安憶：《紀實與虛構》，人民文學出版社，1993 年 6 月版。
〔註 76〕王安憶：《流水三十章》，人民文學出版社，2014 年 6 月版。

裡的，讀小學四年級的小小年紀，竟然事事都有自己的主見，事事都自己拿主意，也精打細算。你看，秧寶寶她自己回到自家老屋，從公公那裡得來了新生子雞蛋，給在醫院住院的女人陸國慎送去，前前後後，考慮都很周詳。這哪裏單單是一個小孩的行為處事啊，分明是一個精明的上海人在辦事呀。《上種紅菱下種藕》中這種生活的精打細算，是從上海輻射過去的——小說講，秧寶寶爺爺的爺爺，就是從上海來這華舍鎮的。

　　長篇小說《長恨歌》不期然暗合了當時懷舊思潮。這是王安憶對上海這座城市的懷鄉。王安憶沒有花過多的筆墨去寫燈紅酒綠繁華都會大上海、時尚之都上海，沒怎麼寫霓虹燈、舞會，酒樓飯館和高級商場，交際場，東方巴黎大上海，更多寫的是上海弄堂。《長恨歌》在現代背景下展開，和現代都市文化保持一定距離，王安憶筆下的上海和茅盾、郁達夫、張愛玲等人筆下的上海是不同的。小說寫上海里弄走出的一位上海小姐王琦瑤的一生。王琦瑤是上海的化身。王琦瑤和上海這座城是同構的。她可稱得上風華絕代。李主任給了她一箱子銀元，王琦瑤的後半生都和這相關。這有點像張愛玲的《金鎖記》，女人為金錢困住了。《長恨歌》繁華都會的夢，是虛筆。小說第一部寫解放前的片場，而小說重心卻是後面的內容，街辦小廠、里弄裏的瑣屑庸常的日常生活。王安憶寫的是上海的日常生活形態，寫上海里弄普通人家精打細算的生活。《長恨歌》實際上是把精神故鄉拓深了，把上海文化融入自己的精神血脈。由於生活空間逼仄，上海人的生活必須精打細算，才能生存下來。上海人必須非常現實地解決人生的衣食住行等基本生活、生存問題，然後才是其他。上海人的務實精明，就體現在這一點上。因而，王安憶小說經常寫到記帳、算帳等生活細節。

　　務實是上海人日常生活的基本標準。上海人追求個人利益，人人思考問題都立足於個人本位，人人都極力維護個人利益。這同上海高度發達的商業社會特性有關，同商業利益有關。「務實就是要滿足個人最大的利益，是個人利益至上。」上海人在日常生活中最為追求「實惠」。「實惠」是務實價值觀的具體表現。這是和傳統社會截然不同的價值觀。在傳統社會中，群體利益是置於個人利益之上的。上海人追求個人私利，這樣一種務實觀是建立在市場經濟基礎上的，這一世俗社會重視利益，把利益得失作為一種價值追求。這是商品經濟社會的必然結果。務實，從某種程度上來說，是社會的進步，尊重個人利益，就是對個體價值的尊重。「務實還表現為生活中的精明與算計，」

商業社會中卻是注重利益的。務實使得人們避免不必要的犧牲。但是卻能夠達到預期目的，這無疑是一種生存智慧。「這是典型的務實觀，表現出上海人獨特的生存智慧。」〔註 77〕《天香》中，徐光啟引進地瓜種植，解決飢餓的人們填飽肚子的問題。

王安憶認為上海人的精神就寄予在生存哲學之中。王安憶的小說經常寫上海人日常生活中的世故人情，講上海人生活中的精打細算與務實。長篇小說《米尼》中，米尼選擇戀愛對象，她後來在未婚同居男人家裏住下來帶小孩。這也是上海人務實觀的具體表現。在長篇小說《富萍》中，寫保姆奶奶怎樣認養孫子，怎樣給他找媳婦，又把未過門的孫媳婦叫到上海來同住，寫女孩富萍怎樣地不願意回鄉下同未婚夫結婚，而自作主張，同一個上海女人和她的腿有殘疾的兒子住到一起，而且為他懷上了孩子。富萍不惜一切代價，還不就是為了能夠在上海生存下來麼。在長篇小說《遍地梟雄》中，寫姐姐是怎樣扶持弟弟學開車，讓他從事開出租車工作。《桃之夭夭》寫女孩郁曉秋，認可了那個男孩子下鄉勞動時搞炊事班買菜的精打細算，就跟定了他，這想法也是非常實際。後來被他甩了，又寫她怎麼認命。現實要求她去帶姐姐的孩子（姐姐產後大出血死去），也是從非常實際的方面來考慮的。再就是郁曉秋同姐夫結婚，也是從現實中一步步走過來的。這就是上海人認同現實，堅強地活下來的一種務實精神。「王安憶小說有一類女性是非常堅持實際（實用）主義的，她們往往都能夠在艱苦的環境下堅韌地活著，靠自己養活自己，過著普通而有尊嚴的生活。P102～111」〔註 78〕

本節闡述了現代人通過懷鄉尋找精神家園的心理機制，然後具體分析了張煒小說是怎樣尋找精神家園，論述張煒一直是在尋找與捍衛自己的精神家園：道德理想主義，天人合一、人與自然和諧的田園理想。王安憶的長篇小說《上種紅菱下種藕》把華舍鎮當作懷鄉的對象，抒發了現代鄉愁，水鄉小鎮是她精神家園。王安憶的小鎮鄉愁是基於自己所生活的現代大都市生存背景的。此外，我們還論述了王安憶小說中的上海人的「務實」精神文化。雖然張煒、王安憶等人對精神家園的尋找與建構有著各自的路徑和內涵，不過，

〔註 77〕 華霄穎：《市民文化與都市想像──王安憶上海書寫研究》，上海文化出版社，2009 年 10 月版。

〔註 78〕 華霄穎：《市民文化與都市想像──王安憶上海書寫研究》，上海文化出版社，2009 年 10 月版。

懷鄉終歸是在執著地尋找人類賴以生存的精神家園。本節討論 1990 年代以來中國當代小說懷鄉和尋找精神家園的關係，探討了小說懷鄉在尋找和建構現代人精神家園的意義。

第三節　懷鄉成了哲學思辨的命題——懷鄉：現代性反思與批判

本節探討 1990 年代以來中國當代小說懷鄉所進行現代性反思與批判的內涵，也探討小說懷鄉參與的哲學思辨的具體內容。1. 闡述小說懷鄉的哲學內涵；2. 具體分析小說懷鄉的哲學審美意象；3. 通過對王安憶《匿名》和遲子建的《額爾古納河右岸》兩部長篇小說的審美分析，論述 1990 年代以來中國當代小說懷鄉所表現出來的前現代鄉愁，闡述了作品中的現代性反思與批判；最後，論述現代懷鄉是一種永不可抵達的現代鄉愁。

一、現代懷鄉的哲學內涵

懷鄉是人類共同面臨的命運。懷鄉指向人類永恆的鄉愁。懷鄉古已有之，現代懷鄉卻有其新質，所謂「現代和後現代語境中孤獨者的心靈訴求。」從哲學的角度來說，哲學本身就是懷鄉式地尋找精神家園。1990 年代以來中國當代小說的懷鄉，促進、豐富了對存在的哲學思辨。懷鄉對家園的展望中，也體味著本質和來源的所在：「哲學中關於存在和本質的思考，為個體尋找根植於世界和宇宙之中的依據，這種尋求無疑是個體在家感的保證。」作為審美意象的懷鄉，也是哲學上的一種詩意的精神還鄉。「在向前的過程中返身過去，尋找原初的古典和傳統；在尋找的路途中，展現生命存在和個體本質的原真狀態。」哲學的懷鄉最終指向個體渴慕以及本源湧現的精神故鄉，詩意地呈現在人們的價值觀念中。〔註 79〕懷鄉是人類精神的重要命題，現代懷鄉是對現代生活的反思和批判。「從精神歸依的維度看，故鄉從現代自我的價值源頭上升為一種理想的生活狀態和生存方式的暗寓（精神家園），寄寓著對現代人生存處境的思考和批判。」〔註 80〕

由於社會發展變化太快，生活在現代化生存條件下的人們不斷地被迫跟

〔註 79〕陳萍：《現代性批判中的懷鄉》，陝西師範大學碩士學位論文，2010 年。
〔註 80〕盧建紅：《「鄉愁」的美學——論中國現代文學的「故鄉書寫」》，《華南師範大學學報》（社會科學版），2012 年第 1 期。

著改變。流動社會使得農村人口離開原來的生活之所，漂泊無依之感尤為強烈。然而，時間流逝，並沒有一個歸宿，讓心靈回家。現代人難以找到詩意棲居之所。永遠的漂泊狀態，他們只能感到自己處在漂的狀態，而無法得到希冀中的精神皈依之所。現代懷鄉發生在現代性發展的悖論之中。「人類仍然陷入一種二律背反的困境之中。一方面外在的交流，交往加速，距離在縮短，朝著全球一體化前行。另一方面，人與人之間的隔膜更加深重，人的孤獨感更為嚴重。P271」〔註81〕個人生存的孤獨感，隨著生活方式變化和人際交往的淺層次，愈益深重。

正如馬歇爾・伯曼所說，「所謂現代性，就是發現我們自己身處一種環境之中，這種環境允許我們去歷險，去獲得權力、快樂和成長，去改變我們自己和世界，但與此同時它又威脅要摧毀我們擁有的一切，摧毀我們所知的一切，摧毀我們表現出來的一切。——它將我們所有的人都拋進了一個不斷崩潰與更新、鬥爭與衝突、模棱兩可與痛苦的大漩渦。」一方面，現代性給我們帶來了種種在物質上夢寐以求的東西，然而，現代性卻是反傳統的，在豐富物質的實現中，也割裂了我們傳統的快樂。我們卻不可能回到從前。我們只能夠匯入這個巨大的現代化洪流當中去。另一方面，現代性也在誕生著新的傳統。我們必須重新認識傳統當中人類精神家園賴以生存的價值，我們要往現代添加進我們所需的東西，這樣，我們也許就能夠豐富現代性。在此，現代懷鄉的意義就凸顯了。現代懷鄉起源於漂泊無依，心靈無處安放。在琳琅滿目、目不暇接的消費品面前，人們懷鄉時會想起逝去的那些傳統中美好的一面，會懷想前現代的種種生活方式和文化傳統，懷念起那沉澱千百年的傳統文化精神。

現代生活之中，人離夢想的家園越來越遠，現代懷鄉日益深入人們心靈世界，懷鄉者總是流連於過去的記憶之中。懷鄉可以起到克服心靈分裂的作用，用以尋求、恢復人的完整性。我們說，現代人格的分裂，來自於人的異化和社會的異化。科學理性對人有一種強迫，從而造成人的主體人格的分裂。這一異化現象，改變了人的生存方式。人與世界的關係失去了和諧統一性。人的異化，首先來自於現代工業把人變為流水線上的一環，人漸漸被馴化成現代機器大生產中的一分子。現代懷鄉的作用可以修復人性，「自然」成為精

〔註81〕韓魯華：《精神的映像——賈平凹文學創作論》，中國社會科學出版社，2003年10月版。

神的歸宿。人們試圖以「精神還鄉」來尋找精神家園，以實現完滿人格。

　　1990 年代以來中國當代小說懷鄉，其中有的作品對應現代生存處境中的無家可歸者，是通過精神還鄉表達對存在的形而上思考。小說懷鄉是對科學理性對人的異化的一種批判，目的是讓人性得以恢復。精神還鄉在於批判科學理性對於人的思維方式等人的本質的摧殘，它是在經驗世界中人的自身價值被物質主義吞噬之後，要求重返健康自然人性的願望，是對人的完整性的一種價值訴求。海德格爾把荷爾德林的「返鄉」解釋為「返回到本源近旁」。「與本源的切近乃是一種神秘」。本質上講，「還鄉」就是為了所追求人的精神意義，而非物質，是在重申人的精神價值。精神還鄉的過程，尋求的是內心的精神能夠獲得生活的詩意棲居，是對精神遭到壓抑的現代生存的一種反抗與自我拯救。人們通過「精神還鄉」尋找精神家園，以追求完整健全的人性。

　　現代懷鄉體現了對存在的永恆憂思，也是現代知識分子努力在建構精神家園。在哲學層面上，「鄉愁是一種對人類精神家園的皈依。思鄉總是伴有一定的寄託物，但是歸根結底是一種精神的回歸。」〔註 82〕「土地是靈魂得以棲息的歸所，故鄉是土地的象喻，對每一個人而言，故鄉就是他的土地，因此「詩人的天職是還鄉，還鄉使故土成為親近本源之處」。P102」〔註 83〕因此，小說懷鄉往往和鄉土聯繫在一起：「廣袤的鄉土是人類文明的真正故鄉。如果說「鄉愁」是鄉土文學的永恆主題，而哲學是「懷著一種鄉愁的衝動去尋找精神家園」。」〔註 84〕當然，這一故鄉已經不是現實中的故鄉範疇了，而是在原來的故鄉記憶的基礎上，在懷鄉的情感影響下，經過審美過濾，增添了想像的成分，懷鄉主體的現代時間感受，情感感受和精神嚮往等都會加入其中。作為懷鄉的源頭，原有的故鄉往往會被改造，因此，懷鄉被泛化為想念、思念的同義詞。「「故鄉」因此不僅只是一地理上的位置，它更代表了作家所向往的生活意義源頭，以及作品敘事力量的啟動媒介。P225」〔註 85〕

　　現代懷鄉的哲學反思對應現代性批判。現代化由於科技力量的巨大，人類自身變得越來越渺小。人類強大的結果，每一個個體或者說人自身變得微

〔註 82〕許玉慶：《現代中國鄉愁的開拓與建構——論〈巨流河〉對中國文學鄉愁母題的創新》，《石家莊學院學報》2014 年第 1 期。

〔註 83〕郜元寶：《人，詩意地安居》，上海遠東出版社，1995 年版。

〔註 84〕劉保亮：《道家文化與鄉土文學》，《河南社會科學》，2013 年第 7 期。

〔註 85〕王德威：《想像中國的方法》，北京：生活‧讀書‧新知三聯書店，1998 年版。

乎其微，這一現代性結果，顯得極其荒謬。現代懷鄉小說誕生於現代人生存的困境而來的。現代人疲憊、孤獨、無處皈依的心靈，渴望在精神世界中尋找一條回家的路，希冀能在這樣一個世界中返回人類的精神生活。懷鄉回應了全球化時代現代人的精神傾頹的問題。追尋精神故鄉，精神還鄉，慰藉夢牽魂繞的現代「鄉愁」，這是世界性的文學命題。「如果說，鄉愁就是復活過去，尋求時間、空間同一性的衝動，尋求原初性、本真性的企圖，那麼，現代性（它的主要標誌就是時空分離）中的鄉愁表達已使得它不可避免地鋪上了憂鬱和悲哀的底色。」〔註86〕

　　懷鄉其實是讓被逐出伊甸園的人，渴望重返伊甸園，讓在世俗生活中失去了本心的人，或者說本心離開了精神寓所的人，重新「回家」。這就是懷鄉的最為本質的內容，也就是哲學所謂讓人的存在找回「在家」之感。懷鄉關切人類的生命之存在感。要獲得存在感，就必須是知道自己的來路。懷鄉，回憶自己曾經在故鄉的擁有，由此確證自己的「此在」。現代人往往會感到，生命個體被世界遺忘、拋棄。當整個世界都拋棄你的時候，都對你蔑視和輕侮的時候，你要承受多少人性黑暗對你的壓迫、摧殘！現代人孤獨感的可怕在於人失去了社會交往的能力、動力以及社會適應力，現代人往往生活在孤獨之中，自囚起來。人本應是社會動物，人要在同他人的接觸中，通過人群中的他者作為座標系，以確證自己在社會中的位置，由此知道你究竟是誰，獲得存在感。然而，現代社會卻幾乎不給你這個機會，而讓你孤獨地生活在這個冷冰冰的世界，讓你獨自面對現代運行機制的冷漠。現代社會缺少人情味，人變得如生產流水線或者是龐大無比的社會肌體結構中可有可無的一個分子。人往往只能在自己最為狹小的空間中孤獨地生活和工作。懷鄉其實是一種對現代秩序的抵禦和反叛，以利於人性回歸：人也是情緒的、感性的動物，人必須要在適度自由的狀況下才能夠較自然地生活。在這種情況下，懷鄉尤其顯現了它在人的「存在」上的意義。在恢復人性、恢復人的天性方面，懷鄉作為一種心理機制在起作用。懷鄉是現代人解決人的「此在」的精神問題，通過回溯過去，面向未來，為了能更好地活下去。因此，懷鄉是解決當下存在的一個方式，甚至可能是唯一的方式。懷鄉提供當下的存在感，懷鄉時時回到從前，應對「此在」處境，指向未來，讓你繼續存活在這世界上。無論

〔註86〕盧建紅：《「鄉愁」的美學——論中國現代文學的「故鄉書寫」》，《華南師範大學學報》（社會科學版），2012 年第 1 期。

是作為人的個體或者是作為現代人的整體，只要現代性生存困境不解決，現代懷鄉就會在這一修復機制上發揮作用，現代人就會永遠懷鄉下去，成為現代人心頭揮之不去的現代鄉愁。

二、小說懷鄉的哲學審美意象

劉震雲的長篇小說《一句頂一萬句》、格非的長篇小說《江南三部曲》、蘇童的長篇小說《黃雀記》、閻連科的長篇小說《風雅頌》等作品，在懷鄉的過程中探索了現代人的「存在」問題。劉震雲是一個有思想性，有著現代哲思型的作家。長篇小說《手機》中，還在手搖電話機的時代，人們都渴望傳遞信息，渴望人際情感溝通了。《手機》寫了現代人的隔膜和冷漠。現代都市人生活在徹底孤獨與徹骨悲涼之中。劉震雲的小說《一句頂一萬句》，深刻地道出了現代人的孤獨感。小說中，人們為了能夠傳一句話，而付出了很多；為了能夠說上一句話，一諾千金，不惜代價；為找朋友，為說一句知心話，要花去一生的努力。說話對人生存的意義，那「意味著，那頂得上「一萬句話」的「一句話」，是過心的話、知心的話。」〔註 87〕

閻連科的《風雅頌》，通過引入《詩經》的文本插入，和現實生活形成互文，形成對比。現實的世界已經破敗、崩潰到了幾乎無可拯救的地步，而《詩經》時代的愛情，美的世界，恐怕是現代人的心靈故鄉。因而，《風雅頌》這部小說從某個角度講，也是懷鄉小說。「實質上它（《詩經》）是我們祖先留給我們的一條由 305 個路標組成的通往故鄉的路。P181」；比如，小說中寫道：「《臣工》──這是《周頌》中的一首天子祭田時所唱的樂歌，詩中有著很強的鄉村世事與鄉村的人情味。P160」「《大田》，是《小雅》中的一首農事詩，美和詩意盡在詩人筆下的田園之中。P217」〔註 88〕閻連科在小說中，把詩經的意象置於嚴酷現實的對面，用以喚醒現代人精神還鄉。德國著名詩人諾瓦利斯說過，哲學就是懷著鄉愁尋找家園。一種思鄉病，在更廣泛的意義上，對人類整體感、道德確定性、真實的社會關係、自發性和表現意味的缺失，企圖以審美獨立和回歸自然，來抵禦現代社會對本真「存在」的壓抑。〔註 89〕

〔註 87〕程德培：《誰也管不住這張嘴》，參見《第六屆魯迅文學獎獲獎作品集‧文學理論評論卷》，作家出版社，2014 年 9 月版，第 190 頁。
〔註 88〕閻連科：《風雅頌》，雲南人民出版社，2012 年 4 月版。
〔註 89〕種海峰：《當代中國文化鄉愁的歷史生成與現實消彌》，《天府新論》，2008 年第 4 期。

「在『70 後』作家的創作中，人們則更多地看到了中國都市化進程不斷加快之後所引發的種種欲望化生存景觀，體察了現代人所遭遇的種種靈魂無所歸依的漂泊感，也更深切感受到消費時代對人們的生存觀和價值觀的巨大規約。這一代作家的創作，強調個人被社會秩序不斷擠壓之後的生存狀態。」〔註 90〕作家付秀瑩說：「寫作就是還鄉。」有論者認為《異鄉》〔註 91〕是魏微對懷鄉敘事的重要貢獻，因為她戳破了古典懷鄉書寫的外衣，進入了現代鄉愁的維度，故鄉的意象有了歷史縱深感。小說寫懷鄉者的感情和過去懷鄉不同：「她喜歡她的家鄉，同時又討厭她的家鄉」。真實的生命體驗是：「這些年來，故鄉一直在她心裏，雖然遠隔千里，可是某種程度上，她從未離開它半步。」這的確是懷鄉者真實的情感體驗。「懷鄉者的感情游離在城市與故鄉之間」，故鄉有著溫暖的記憶，可也讓懷鄉者感到陌生。家園已經沒有了，更沒有什麼歸屬感，「這才是現代懷鄉者的真實境遇。」〔註 92〕

計文君的小說《此岸蘆葦》、海飛的小說《自己》，寫的是哲學存在意義上的懷鄉。海飛的短篇小說《自己》〔註 93〕哲思雋永，從繁華處落筆，寫女主人公李小布得到了精緻奢華的物質生活滿足。然而，這人生狀態隨著那個和她同居的男人突然猝死而改變，她失去了包括別墅在內的一切豪奢的物質享受。不過，小說沒有去渲染她的失落和悲哀，而是著力寫她經歷過心靈痛苦，理性壓抑物慾，重新做回自己。

短篇小說《自己》的開篇寫李小布坐在桃花庵（尼姑庵）裏，看上去猶如一幅中國畫，寫的是禪境。接著寫張園，這是李小布和她的男人趙光明購買的一處古宅。這古宅裝修得精美，生活在其中很舒適。小說倒敘她是如何和前男友（一個保安）分手，如何和同居男人趙光明走到一起。她和趙光明做生意賺了大錢之後，過著奢華精緻的生活。他倆同居，形同夫妻，但是沒有結婚。28 歲的女人李小布曾經提出要結婚的事情，沒有被答應。趙光明有自己的妻子。李小布和他的妻子交涉未果。沒有結婚證，讓她後來在經濟上遭受巨大損失。

小說寫道，這天晚上男人沒有回來。沒有回來的趙光明，煤氣中毒死了，

〔註 90〕洪治綱：《中國新時期作家代際差別研究》，人民出版社，2014 年 11 月版。
〔註 91〕魏微：《異鄉》，《人民文學》，2004 年第 10 期。
〔註 92〕岳雯：《懷鄉者說》，《小說評論》，2011 年第 6 期。
〔註 93〕海飛：《自己》，《花城》，2009 年第 4 期。

是在洗澡時煤氣中毒死了。原來，一年來，他和一個 20 歲的年輕女人在一處李小布所不知的隱秘的房子裏同居。趙光明死了，李小布如何面對？趙光明的妻子收歸了張園房產。李小布碰到前男友阿朗，已然沒有了愛的感覺，雖說前男友發誓可以不要他的新女友，無論她是怎樣，都要她。然而，前男友得知她懷有趙光明的孩子，便傻眼了。他顯然不願接受。李小佈在尼姑庵看到一個情感受傷的年輕女人剃度為尼。那女孩其實是李小布此時的一個心靈鏡象。雖然李小布沒有成為尼姑，她塵世的心卻死了。

　　三年之後，李小布回到老家。父親賣中藥，母親開粥店。一個想同她結婚的男人拉二胡。她聽著，琴聲像是沉入一場舊時的夢。人生就是這樣，不斷地下沉，不斷地下沉……過去追求繁華富貴，是夢一場。面對一個不堪的現狀，李小布這個曾經歷經風華的女人，對人生頓悟了，承擔起自己的命運。王安憶的《長恨歌》中，王琦瑤回老家蘇州鄉下的情節與此類似。不過，王琦瑤暫時避難，內心不甘，雖然表面停止了對浮華的追求，但內心卻一刻也沒有忘記要返回上海。李小布卻沉靜下來，皈依於自己的內心，過一種普通的人生。她內心寧靜，懷小孩，為迎接下一個人生的春天到來，開始過另一種人生。王琦瑤是世俗的，李小布卻是超越世俗的，是人生的昇華。她從諸暨回到鎮江過普通人的生活，徹悟人生。她心想，張園（別墅）雖好，不屬於自己，沒有必要去硬爭。李小布曾經對浮華的生活有著憧憬，也經歷過物質優裕的生活。當這一切都破滅了，她認同、選擇一種簡單的生活。這是一種心態。心態改變，人的心靈不為外物所傷。人生了悟，回歸「自己」。（這就是小說題名為《自己》的緣故吧。）她讓自己的生活聽從於自然和命運，回歸一種寧靜平和的恬靜生活。追求自己內心寧靜，是一種生存智慧、是一種美。繁華過後的平淡，並不是所有的人都能夠承受，但是李小布心靜如水，最終選擇過一種符合自己性靈的人生。這種超越現代物慾束縛的精神哲學，在現實生活中真是稀見，同中國傳統文化、禪宗的啟悟等融合在一起，追求人的精神昇華，進入一種很高的精神境界。海飛的小說《自己》就是這樣探索現代人回歸自我的那種存在感的。

　　《此岸蘆葦》〔註94〕寫的是此岸的蘆葦（現實的生活），表達的卻是彼岸的蘆葦（精神理想）。現實生活很疲累的小說主人公，夢想著「彼岸」蘆葦，那兒時的故鄉的蘆葦，就是主人公懷鄉時誕生的彼岸精神世界。不過，為了

〔註94〕計文君：《此岸蘆葦》，《中國作家》，2010 年第 6 期。

探索這個精神世界，小說用大量筆墨來敘寫現實生活。《此岸的蘆葦》寫了大學校園中的行政化對人的精神生存狀態的影響。為了爭奪文學院長職務，大家勾心鬥角。主人公盛易齡原是誠實善良之人，有自己學術良知，有自己人生操守。然而，在傳媒時代，盛易齡被推向了電視，他的生活發生了巨大變化。於是，他的人生境遇發生了變化，從農村娃到大學名教授，從一個普通教師，到被大學校長看中的央視招牌。小說以他的情感體驗為線索展開。他一直迷戀妖嬈迷人的漂亮女人尹眉，為此想入非非，然而一直是思而未得。不過，後來他成了名人後，兩人發生關係，他得到了她，內心卻感覺寡淡無味。這種關係不是愛情，因而心存的那種浪漫美好的感覺也被破壞，變得蕩然無存，甚至有一種被她利用的感覺。上電視成了名人之後，盛易齡深陷「媛媛門」。追星者女學生媛媛瘋狂追求他這個名人。在一波又一波的事件當中，越陷越深。盛易齡在現實生活中被物質欲望綁架。小說寫道，他是「一個孱弱、卑微甚至充滿了醜惡和虛偽的一個正在老去的男人。」小說通過寫盛易齡情感體驗軌跡，揭示了他的精神生存現狀，描繪了他在精神困境中的掙扎和痛苦。

　　《此岸的蘆葦》花大力氣描寫此岸的世界，但重心卻落在一個有幾分空靈和縹緲的彼岸世界。小說中，深夜，盛易齡一個人在異地獨居的房內，他找出了他的朋友林北送給他的碟片，打開看那部電影，畫面很精美，河灘，白水，蒼蒼茫茫、無邊無際的蘆葦蕩……那是他精神理想中的世界，雖然在現實生活當中，有那麼多地驚濤駭浪，有那樣多的誘惑和鬥爭，但他心底還是有著幽深的精神體驗：「劇烈的喘息聲中他眼睛裏朦朧有了淚意，他還是那個背著書包的少年，在蕭蕭瑟瑟的葦葉聲中奔跑著，只是胸中抱著的不是幻想，而是沮喪……」這裡表現了被物質欲望俘虜的知識分子內心的反省和自我批判。一人獨處的時候，盛易齡茫茫然地想起自己的第一本書，是他的博士論文，暗綠色的封面上有一棵抽象化的蘆葦，那棵被他選作圖騰的在風中思索的蘆葦，並非來自故鄉的灘頭，而是來自帕斯卡的名言：人是能夠思想的蘆葦。作為蘆葦一樣脆弱的個體的人，全部的尊嚴都在思想之中。然而，「思想帶來的那點虛無縹緲的尊嚴感和價值感，根本無法抗拒鐵一樣沉重真實的窘迫卑微帶來的沮喪。」他回憶，少年時在蘆葦蕩裏奔跑的夢想，雖然是那樣依稀，那樣渺茫，但這種若有若無的微茫的希望，在現實生活當中確蕩然無存了。小說最後寫道：「那些尋不到意義的蘆葦也是枉自搖曳──此岸

的意義是由彼岸提供的，沒了在水一方的伊人，此岸蘆葦的搖曳自然毫無意義——那一刻，盛易齡又被彌散著葦葉青氣的沮喪吞沒了……」《此岸蘆葦》對於現代知識分子精神困境表現得極其深刻。人類似乎永遠無法完全擺脫精神困擾的問題。小說關切人的精神生存狀況，闡發了對現代存在的思考。

三、現代的文化鄉愁——以《天香》等為例

　　英國學者羅蘭・羅伯森把全球化中的「文化鄉愁」稱之為「現代性的鄉愁」，「它是與全球現代心態相伴生的現代人和現代社會的普遍心理症候之一。」〔註95〕有論者指出，「傳統文化的失落感，使個體在價值理念、精神取向和文化身份、民族情感等方面成為一個無所歸依的流浪者。」〔註96〕「與個體相關的安全感在遷移和壓縮中缺乏現實根基，失於傳統而流散邊緣，在流動的現代性中無法保持自我、自我和現實、自我和歷史的統一，從而在缺乏價值認同和自我確認的基礎上不能把握未來，產生了主體性焦慮和文化鄉愁。」〔註97〕羅蘭・羅伯森把「文化鄉愁」置於全球化語境中考察，認為「它是與全球化心態相伴而生的現代人和現代社會的一種普遍心理症候」。「全球化過程中出現的這種『文化鄉愁』具有某種『家的意識形態』的性質。它指的是現代人在追求價值認同的過程中，情不自禁地產生一種『無根據』『無家可歸』的懷舊情緒和『思鄉病』。它與我們這個時代越來越濃厚的歷史失卻感和文化傳統認同缺乏症緊密聯繫在一起。」〔註98〕

　　「文化熱」的出現，「實質上就是這種文化認同危機另外的表現形式。在異質文化的侵蝕中，曾經與我們那麼親近的東西變得日漸遠去乃至於不復存在，中國人在汲取西方文化的同時，對中國傳統文化進行重新審視。」〔註99〕在兩種不同文化的交融和衝突中，通過理性的反思，更加深刻地感受到自身民族文化傳統中的價值，因而更自覺堅持、繼承和弘揚我們的中華文化傳統，在某種程度上講，更增強了對中華民族文化的認同和堅守。在全球化時代，

〔註95〕余樹財：《尋求精神的家園——論新時期鄉土散文的審美建構》，華中師範大學碩士論文，2008 年。
〔註96〕陳萍：《現代性批判中的懷鄉》，陝西師範大學碩士學位論文，2010 年。
〔註97〕陳萍：《現代性批判中的懷鄉》，陝西師範大學碩士學位論文，2010 年。
〔註98〕李蕾：《精神家園的回歸與守望——九十年代以來的鄉土散文研究》，南京師範大學碩士論文，2013 年。
〔註99〕種海峰：《當代中國文化鄉愁的歷史生成與現實消彌》，《天府新論》，2008 年第 4 期。

本土文化處於弱勢地位，瀕臨消亡。失去自己的文化，也就失去了自己的民族立足的依據，導致價值觀念的紊亂，在思想上受制於人，受到西方文化的精神奴役。全球化使人們喪失了自己的精神文化，喪失民族精神文化之根。因而，捍衛本土文化就顯得格外迫切。陳忠實的長篇小說《白鹿原》其實質也是一種文化懷鄉，發掘傳統文化儒家、道家等民族文化中優秀的因子；莫言的長篇小說《檀香刑》開掘了地方戲茂腔等民間文化的形式與精神內涵；劉震雲的《一句頂一萬句》，回望故鄉，寫了民間那麼多的匠人和他們的手藝。小說「從賣豆腐、趕大車、做醋、喊喪、彈三弦一直到跑長途、修正公路等等，一百年的行業變遷，演繹出活生生的變遷史。」〔註100〕這其實也是表達作家的文化鄉愁，中國鄉土文化當中那些幾乎失傳的民間文化。張煒的多卷本長篇小說《你在高原》注目於齊文化和東夷文化等地方文化，以及道家天人合一、儒家積極進取等中國傳統文化。《刺蝟歌》依託民間文化，描繪了人與動物等相處無間的一個生氣蓬勃的野性世界。阿來的《格薩爾王》以更多人性內容來重述傳唱了數百年的格薩爾王英雄傳奇。

　　賈平凹的《土門》向傳統文化皈依，捍衛仁厚的鄉土文與傳統文化。雲林爺，惠及整個村子。仁厚村想保留住這個一個村子，而城市改造卻容不得它的存在。「仁厚村保不住了，雲林爺惠顧著全村人的事情也難以為繼了。只好希望一個渺茫的所在神禾源了。〔註101〕」城市化對農村的圍剿，鄉土文化和鄉村都給破壞了。「《土門》寫的是仁厚村被現代城市經濟建設吃掉的過程，最後對於雲林爺爺等幾個人準備返歸大自然的描寫是有寓意的。P322」〔註102〕《土門》「追尋著一種保存鄉村農耕文化的理想世界。「神禾源」作為一種鄉村農耕文化的意象，實質是一種理想的象徵，在現實生活中是難以存在的，它只能存在與人們的精神追求之中。P84」〔註103〕賈平凹沉入傳統文化之中，《秦腔》反映了鄉土文化的淪落與消失，小說承載著作家創痛彌深的文化鄉愁；《古爐》中，狗尿苔的婆保存著傳統倫理價值觀念，是民間文化的代表。

〔註100〕程德培：《誰也管不住這張嘴》，轉引自：《第六屆魯迅文學獎獲獎作品集·文學理論評論卷》，作家出版社，2014 年 9 月版。第 193 頁。

〔註101〕周水濤：《城市進逼下的鄉村——90 年代農村小說的文化思考》，《小說評論》，2002 年第 5 期。

〔註102〕韓魯華：《精神的映像——賈平凹文學創作論》，中國社會科學出版社，2003 年 10 月版。

〔註103〕韓魯華：《精神的映像——賈平凹文學創作論》，中國社會科學出版社，2003 年 10 月版。

這些都是 1990 年代以來中國當代小說懷鄉時，應對全球化的文化危機的思路，抒發文化鄉愁。

　　四川作家李一清的長篇小說《木鐸》有著深厚的文化底蘊，「忠恕而已，和而不同」是小說神髓。小說圍繞木鐸、家訓以及二先生的人生實踐來探索傳統文化對於建構民族精神的意義。木鐸是古代朝廷用於宣布戰爭、政教、法令、祭祀的一種法器，也是一種樂器，後來演變到民間家族也在使用，有鈴鐸和木鐸。李一清將小說取名《木鐸》，緣於小說中涉及戰爭、宗法、宗教祭祀、民俗等多方面內容，「木鐸」在小說中是一種民族文化的象徵。《論語·八佾》中有「天下之無道也久矣，天將以夫子為木鐸。」木鐸就是教化，是民族文化和精神的象徵。小說以木鐸的象徵性意義作為一個線索，貫穿始終。

　　李一清對中國傳統文化進行了反思。一世祖開創了這個世界，四世祖創制了家訓。李氏家訓續編有著很大的理想抱負，體現了耕讀傳家的傳統，弘揚了淳樸的民風和中國傳統文化，除了傳統美德之外，還表達了要追求平等，堅守社會良心，保持獨立思考，不盲從等思想。小說中的父親後來想成為一個作者理想的人物，想回歸田園，想過上讀書的悠閒生活的，但是，個人的人生願望和社會理想沒有實現，但是歷史造化的原因，後來做了土匪司令，最終下山自戕，有些殺身成仁的意味。實際上，「仁愛忠厚」，「和而不同」，這理想很不容易實現。「忠恕」不容易做到，「和而不同」就更困難了。中國傳統文化精粹，是歷代大哲先賢的理想，但終究沒有實行。因此，從某個角度講，小說發出的幾乎是一聲中國文化的喟歎！

　　《木鐸》希冀寫出中國儒家文化「仁愛忠恕」的文化內核；寫出文化對性格的影響，性格對家族命運的影響，家族文化對民族的影響，期望重塑男兒的血性精魂，重建民族精神。小說中，抗戰時的祖母是貢獻出自己最好的糧食支持抗日的，中國人面對外侮的時候，總能夠積聚力量，眾志成城。這不由讓讀者想到「5.12」大地震和《木鐸》之間的關係，大地震、大災難面前，大難興邦，渴望重鑄中華民族的精神。

　　王安憶的《長恨歌》寫上海這座城市，有著對繁華的眷顧、回眸以及對於生命流逝的悵恨。王安憶的長篇小說《天香》〔註104〕，回溯到兩三百年前的上海，小說名為《天香》。既然是國色天香，自然要寫中國文化當中最美的，最為精粹的。《天香》津津樂道那種精緻綺靡的生活，細緻地鋪陳。王安憶恐

〔註104〕王安憶：《天香》，《收穫》，2011 年第 1、2 期。

怕是想通過建築一座巍峨的文化大廈，力圖囊括中國文化的全部精華。小說描繪了彭、申二府的豪奢家業。這是一個鐘鳴鼎食富麗繁華的世界。王安憶洋洋灑灑搖曳生姿地寫出了極其繁盛氣派至極的申府，也寫出它沒落後的哀戚境況。在三十多萬字的篇幅裏，《天香》寫了大家族的盛衰，寫了申家六七代人近百年的歷史，敘述了一個世家如何由繁盛，轉而變衰的全部生活內容。紈絝子弟坐吃山空，最後淪為靠女紅刺繡維持大家庭基本生活。最終，在災難來臨時，別的大家族可以施捨粥飯給別人吃，而曾經豪奢之家的申府已敗落得僅能自保。王安憶的《天香》不僅僅落筆在上海，而且有雄心要囊括中國傳統文化的全部。小說在勾勒中國文化藝術的靈魂。王安憶站在了中國小說創作的至高點上，決心寫出中國文化的精魂。這部小說，表達了作家對燦爛中國文化的崇仰，小說的目標不在於講述一個故事，不在於敘寫一個人或一群人的興衰，而是在表達對中國傳統文化的皈依。

王安憶把傳統文化注入到上海精神文化中去，小說表達文化鄉愁，抒發了對中國傳統文化（國粹）的鄉愁。新世紀過去十多年，全球化所向披靡，「中國」在哪裏？——總要有一種文化的回歸啊，這就是文化鄉愁。在全球化的背景下，各國本土的文化，就面臨著可能被吞噬的危險。《天香》是中國作家對中國本土文化的回歸，回歸文化血脈上的精神故鄉。小說對中國傳統文化的理解是精深的，充滿著作家深沉而複雜的感情。《天香》對文化的興趣，超過了對人物性格刻畫的興趣。小說中的人物，就是中國傳統文化的承載者，小說人物和中國傳統文化藝術是合體。因而，小說在寫小說人物的文化人格超過了一般小說的人物性格刻畫。傳統文化藝術內在地蘊涵著中國傳統哲學的精髓。小說對中國傳統藝術包括園林藝術、絲綢、典籍、墨、易經、琴、刺繡、書法、繪畫等等都有著細緻豐贍而深刻的描寫。《天香》一是對中國傳統文化的皈依，二是對中國傳統文化的辨析。

《天香》探討了中國傳統文化的輝煌絢爛，承襲了一貫以來的雍容華貴的海派品格。無論它的精緻還是綺靡，都浸染了中國南方文化和海派文化特有的纖巧、明麗與奢華，同時注入了中國傳統文化的靈韻。《天香》是一部文化小說，繪寫了中華民族傳統文化的精緻奢華與博大精深，小說呈現了中國傳統文化的精粹與智慧。《天香》是一部反映中國傳統文化，富有社會底蘊和文化意蘊的小說。它突破了以往小說美學的框框，由刻畫人物，轉入到傳達一種文化韻味。這部小說有如一幅描繪國色天香的國畫，讓人駐足觀賞。它

富有魔力地讓讀者在快節奏的生活中，放慢腳步，駐足中國傳統文化的櫥窗前，品味中國傳統文化。中國作家回歸自身的文化土壤，創造富有中國文化氣韻的小說。

　　《天香》是中國作家對本土文化的回歸。中國人何以為中國人？這些文化的精粹，是中國人精神中最重要的組成部分。中國傳統文化的一些哲學觀念在小說中表現充分。擁有中國傳統文化藝術，有一種自豪感。這部小說無論是內容還是小說技法，都和中國傳統文化有密切關聯。諸如，陰陽對舉，盛衰質變，相反相成，過猶不及，中庸等等中國傳統哲學內涵在小說中多有表現。小說寫有中國傳統文化對宇宙人生的深刻見解。小說大開大合，轉折變化也很有力，小說敘寫的確很有氣魄。小說《天香》的寫作技法，更多地汲取、融合了中國哲學與中國智慧，在小說藝術上極富創造性。比如，「實與虛」，在小說當中，對於申家，是實寫；對彭家，卻是虛寫。目的在於寫出歷史上上海縣富奢人家的富麗繁華。直到現在，豪奢、華麗、氣派，仍然是上海城市的文化風格。再比如，一一對舉、兩兩相對的寫法，在小說當中也多有運用。小說塑造人物，從申家和彭家、申明世和申儒世，柯海和鎮海，一直到阿昉、阿潛和阿日施；或者是小綢和鎮海媳婦，小綢和閔女兒（閔氏），小綢和希昭，希昭和惠蘭，戩子和乖女，等等人物形象，都是一一對舉的。小說人物都是採取參差的筆法來寫，這樣，兩兩相對，就容易寫出兩個人性格品質的同與異，有利於人物性格特點鮮明突出。其實，這也暗合中國傳統文化中的陰陽之道。小說技法方面，寫意勝過寫實，敘述的花開兩朵，各表一枝的辦法，分門別類井然有序等具體的小說寫作實踐，都富有中國氣韻。王安憶的小說寫法，從花開兩朵，各表一枝等傳統小說技法當中學到了精髓。

　　小說對中國的琴棋書畫，甚至包括易經和墨等國粹，都表達了作家精深的理解。小說其實也深蘊著王安憶的矛盾：中國傳統文化的博大精深，讓人仰慕歡賞，創造了炫目的燦爛文明，然而，傳統文化卻也壓抑著人性，讓人們無法自由舒展地生活。深深為之迷戀，同時又深受其害，傳統文化就像是雙刃劍一般，影響著生活其中的人們。小說中寫到，中醫等國粹已經沒有以前那麼被人熱衷了。天香園敗落了。小說中的男性人物阿日施，他生得風流倜儻，一表人才，然而，他對中國文化只有膚淺認識，這已經到了讓老一輩恥笑的地步了。這也許就是中國文化淪落的一個表徵。小說猶如是以喧天鑼鼓震撼登場，然而落幕卻是嗚咽悲涼的簫聲。《天香》一方面是沉迷於國粹文

化；一方面，又寫誕生於這種文化的男子失去了同現實搏鬥的力量。小說中女性悲劇命運也和中國傳統文化也有著內在隱秘的聯繫。

王安憶的富麗，有一種海派的雍容華貴的氣質從骨子裏透出來，而非從字面意思上來，她的語言雖然綺靡，但同時又是質樸的，更為關鍵的是，她的奢華，那種睥睨天下的那種高貴，是骨子裏散發出來的心高氣傲，是那種登上了繁華巔峰的心緒狀態，特別是《天香》在寫數百年前上海時，這種氣度風華展露得更加充分。當然，這也和上海這座城作為世界繁華之都的國際商業金融大都會的經濟文化地位分不開。這國際都會有讓人仰視的都市繁華。當然在《天香》更多的是對傳統文化的迷戀。天香園裏，琴棋書畫，筆墨紙硯，絲綢、禪、道等等，都可謂中國國粹。王安憶把中國傳統文化拿來慰藉自己的文化鄉愁了。《天香》是一次全面檢索中國傳統國粹文化的精神還鄉。

四、現代都市生活中的前現代鄉愁──王安憶的《匿名》

（一）

現代文明與人的自然本性的衝突劇烈，現代社會極其渴望自然。身處中國的現代都市上海，王安憶對現代化的弊病非常敏感的。現代國際大都會的浮華繁喧，城市惡劣的環境，生活其中的人們強烈渴望回到前現代那種可以融入大自然的生存狀態。那是精神故鄉，理想的生活狀態。《匿名》有著對前現代的荒野生活的懷鄉。這近乎於對存在探尋的現代哲學懷鄉。

《匿名》是一部對現代生活反思的長篇小說，通過一個被綁架到荒野中生存的上海老人此後一系列經歷，探尋了文明進程中不同的生存方式，以應對現代化生存方式所面臨困境。《匿名》還通過刻畫啞子、二點等幾個荒野中精靈一般的人物以及麻和尚、敦睦等灑脫放逸的江湖人物，描繪了我們所渴望的，在現代文明壓抑之外、非現代生存方式中，那種追求自由、釋放生命力、符合自然與人性的生命狀態。

（二）

現代化為社會的發展和人類的進步起到了的巨大作用，但我們也不要忽視現代化帶來的另外一面。現代化對於大自然的破壞力，不僅僅顯示了人類的野蠻力量，恰恰也是人類在自掘墳墓。在現代和後現代的生存環境之中，在雄偉的機器和高精尖的技術面前，人變得渺小，文藝復興時代頌揚的大寫的人，已經一去不復返。人類創造了輝煌的現代文明，現代文明反作用於現

代人類，使人類的肌體力量萎縮，生殖力變弱。經濟社會利益的驅動，人的欲望膨脹，道德敗壞，人格萎縮，人性大踏步倒退。現代科學技術的發展，信息社會的來臨，人與人之間的隔膜，冷漠與敵視，越來越深了。人類的生存方式，正面臨空前危機。

　　經過三四十年的高速發展，中國社會有了巨大發展，經濟取得長足進步，一躍成為世界第二大經濟體。現代化最明顯標誌之一是城市化。越來越多的人湧入城市，造成了人口擁擠，交通擁堵，工作壓力大，生活壓力大。工作環境惡劣，競爭相當激烈，生存空間狹小。城市化的擴張，土地被城市所侵佔，能源需求空前高漲，巨大的能源消耗導致資源的衰竭，環境遭到污染與破壞。臭氧層被破壞，人類生存最基本所需水資源和大氣被污染，這給人類帶來嚴重危害。霧霾肆虐，人們呼吸一口新鮮空氣已變得不那麼容易了。在這種現代生活中，反思人類的現代生存方式變得尤為急迫。

　　沒有理性控制的城市化與現代化，已然深刻地改變了當代人的生存狀態，生存環境變得極其惡劣，人們深受其害，比如《匿名》寫的城市中惡劣的交通：「一個人走在陌生的馬路上，拆除消音器的摩托尖嘯地過去；水泥攪拌車笨重地拐彎，卻一絲毫不肯減速，龐大的車身便呈壓倒之勢；大型集卡也在超速，空氣中滿是粉塵。高架下的十字路口，車輛等待通行，發動機突突地空轉，洶湧排放出尾氣和噪音……P131」〔註105〕「在這城市華麗的表面下，這裡那裡，不定會流露出粗礪的內囊。P126」城市的另一面是普通市民在工作、生活上，都有面對著巨大壓力。

　　《匿名》中被綁架的上海老人「老新」（小說中，他是誤作「吳寶寶」被綁架的，為論述方便，本文姑且通稱他為「老新」。）一家，就是一個典型的普通市民家庭。女兒女婿忙著上班，迫於生存壓力，拼命工作。他們置身於緊張的工作與生活的周密安排之中，不能有絲毫錯漏。外孫讀書，要交擇校費。老新每天接送外孫上學放學。他退休了，卻還在一家公司兼職做文秘，為的是多賺點錢過日子。生活在上海這座城市的老新，和其他人幾乎是一樣的普普通通，「可以認作任何人，不是說所有的任何人，而是某一類型，他所屬於的那一類型中的任何人。P124」老新被綁架了，他的妻子楊婆婆等人想盡

〔註105〕　王安憶：《匿名》，《收穫》，2015年第5、6期。本文有關該小說的引文，全出自該版本。以下同類引文不再單獨作注。頁碼前標明的「P」是指上部的頁碼（載第5期），「p」是指下部的頁碼（載第6期）。

辦法找人。然而，在偌大的現代化城市中，無依無靠，失去親人的痛苦，只能是這一個小家庭獨自承受。這種無奈、無力與無助，顯得頗為淒涼。楊婆婆尋找失蹤丈夫，無不感到孤立無援。在現代都市生存環境下，在擁擠的人群中，人與人之間是相互提防的、冷漠隔閡的。在城市中，「地方越來越大，人越來越稠，卻如同浮雲一般過眼即逝。P144」然而，這茫茫人海中卻不容易找到肯幫助你的人。

中國社會發展到當前，現代都市的生存方式面臨著嚴峻問題：人與自然的關係上，由於自然生態遭到破壞，人們飽受霧霾等惡劣自然環境之苦，身體健康受到危害；人與社會的關係之中，由於貧富懸殊巨大，社會矛盾衝突日益劇烈；在這贏者通吃的世界，有人炫富，而另有一批人卻在貧困線上掙扎。教育文化衛生資源分配不平等，社會不公正的現象時有發生。在現代化城市中，人與人之間的關係變成了物質交換關係。人與人之間的隔閡、冷漠與敵視越來越厲害。每一個現代人生活在這個世界上，越來越孤獨。生活在消費時代的人們被物質綁架，工作異常緊張勞累，心身疲憊。人們在享受物質豐富的同時，精神卻格外壓抑痛苦。人與自身的關係，精神無法自由，越來越壓抑苦悶。社會傳統倫理對人漸漸失去規範作用。唯利是圖，導致人的道德感越來越淡薄。

（三）

《匿名》中被綁架的老新實際上是被「送進輪迴」，從荒野的生存方式到山村、小鎮等人類文明的生存方式，全部經歷一遍。在被綁架過程之中，因為緊張、憋悶等原因，老新失去了自己在上海的全部生活記憶。小說講他「被突如其來的遭際推入蒙塞，不得不再經歷一遍啟智的過程。P142」指的就是他所經歷人類不同生存方式演進的過程。

第一階段是山野林窟，一個已經廢棄的小山村。啞子把被綁架然而未能「交易」成功的老新安置到這裡。啞子領他來到這個四周荒無人煙的廢墟。這個山坳中的幾戶人家的房子，至少廢棄有二十年了。起初，兩人一起除草，清理房間住下來；找到簡陋的生活用具，煮熟食物吃。通過採集，積聚了吃食；此外，還想方設法準備禦寒。不久，啞子離開，留下老人獨自面對荒野生存。奇蹟一般，老頭在維持最低溫飽的情況下，頑強地活下來。寒冬過去，春天來到，他也如同其他萬物蘇醒一般，到戶外覓食。他在荒野中學會了生存的技能。老人把植物的根莖葉等，還有蟲卵、蛇肉等，都當作食物。進食維持

生命，這是本能。在這荒野求生的階段，老人全身變得透明起來，身量變得輕極了，能像猿猴一樣在山上攀援。歸返自然的上海老人，在荒野中，竟然生存下來，身體狀態和精神狀態還算過得去。荒野文明讓他開啟了人類生存的潛能，在荒山野嶺活下來。小說這一部分，敘述極其緩慢，簡直停滯，「緩慢得幾乎停滯，亙古不移似的。p128」不過，這還真的和原始荒野中似乎亙古不變的緩慢時間變化相契合。

第二階段，因為林窟遭遇火災房屋被毀，老新逃到另一個居住點（柴皮）。柴皮這個村子裏，住著一位恐怕有一百多歲的「人瑞」。這個高齡老人身邊，還有一些年齡稍小點的老年人。別人都移民走了，只有這些老年人還繼續生活在這被大山的林木和荒草掩映的山村裏。這裡的人家有一個年輕男子照顧他們，這男人當過兵，現在經常駕駛農用車出入大山。和「柴皮」情況有點相像的是山頭的「野骨」。野骨這個地方如今只住著一戶人家：男人、他的女人，還有他的傻弟弟二點。

第三階段，野骨的男人把老新送到了山中小鎮九丈。作者似乎比較欣賞九丈老街的人間煙火氣，小鎮上的人們過著有滋有味的生活。派出所長把上海老人老新安置在養老院。養老院在小鎮的老街上，管事的是一個尼姑還俗的女人，身材高大，像個男人。養老院裏還有另一個老頭，以及癱子和先天性心臟病者小男孩張樂然。身體殘疾，卻又極其聰慧。養老院主要是靠救濟和化緣來運轉。所長和敦睦兩個人，極力促成病孩張樂然到上海去做手術，為此多方奔走。九丈老街，幾乎什麼都有，政府機構啊，店鋪，髮廊等等。這老街也已經開始受到現代文明的生活方式入侵了，有霓虹燈、按摩服務等。

最後一個階段是福利院。福利院裏有很多畸形／殘疾人。轉到福利院的病孩張樂然在此期間到上海做心臟手術獲得成功。福利院裏另一個十多歲的孩子鵬飛，是一個白化病患者，見不得太陽，卻聰明能幹，俊異靈秀，有理想有志氣，希望通過自學，考公務員，成為福利院的正式員工。上海老人老新在這裡恢復了更多記憶，還到派出所長那裡去說了一通上海話，唱起上海民謠。後來，鵬飛通過互聯網，聯繫志願者請求幫助，通過警察，經過繁瑣的方式，尋找到老新在上海的家人。就在老新即將回到上海家的前夕，福利院集體出遊玩耍。不幸的是，老新不小心落水而亡，再也不能回到他曾經生活了大半輩子的上海了。

這個「空投」到荒山野嶺的老新，逐一經歷了人類文明的不同發展階段的生存方式。如果不是失足落水，他就要回到他生活了六十多年的大上海了。現在我們來分析這幾個階段的生存方式。

第一階段。林窟。老新被還原成了能獨立在荒野中求生的原始人類。他向啞子學習，在鐵鑊，鍋，打火機等最基本的器物下生活。他要設法抵禦寒冷。他到山野採集食物，把大自然中各種能吃的東西都弄來吃。他的身體變得更輕，變得幾乎通體透明，還經常攀援山壁，適應了荒野生存的需要。大自然也向他給予了豐富的饋贈。春天來臨，萬物生長。野麥子在葳蕤成長。

第二階段。野骨和柴皮。野骨雖說是單門獨戶，但是他們家「養十幾頭牛，數千隻鴨，屋前屋後種些豆麥瓜果。p160」這家人有養殖業，和外界進行交易，有著興旺家庭的生活氣息。「從匱乏中走出來飽實的人生，就是為活著而活著，絲毫不令人空虛，反是珍愛。p171」小說肯定了這種生活狀態。小說多次寫到「柴灶和鐵鑊的氣味 p133」，認為「山谷裏湧起的煙雲，其實那是一層一層的日子，一層一層的牽掛。p108」這也是在肯定世俗人間的煙火氣。野骨這戶人家，也成了公路上過往客人的落腳點，這裡有著淳樸自然的人性和美德。

第三階段。九丈老街。社會倫理維繫著這裡的社會秩序。養老院到小鎮上義賣冰糖葫蘆等，其實就是化緣找錢，有人樂意施捨，大家關心病孩的健康。小說講，養老院靠的是社會的仁慈。養老院的奇怪集結，似乎是一個生命的組織形式，似乎又是一個家庭。人們都在希望病孩的病能夠治好。為了病孩張樂然，所長還灑淚悲憫。地方的社會勢力敦睦這個人，極力奔走促成病孩前往上海做手術。在小鎮，社會倫理道德是被強調的。小鎮的社會裏有社會美德。在這小鎮，人與社會的關係，是一種依存的關係，而非對抗。

第四個階段。福利院。這其實是現代社會的邊緣。在這裡，更為強調的是對社會弱勢群體的關注。這裡人們的生存，必須依賴外界的支持。即使是老新，都還得到了附近村民的關愛。

文明的進程繼續往前，就是九丈的新街了，新街到處都是高樓大廈，水泥地面，牆壁很堅硬，還有玻璃反射的太陽光，等等。更有九丈所在的縣，如今已經撤縣改市了。「這新城是九丈新街的無數倍放大，不僅在於面積和體積，還在於能量。道路的寬平直，樓宇的高和密，人流車流的湍急，都呈幾何級數地增加。p136」很顯然，那樣的生存環境，是越來越接近大都市上海了。

（四）

《匿名》是站在對人類生存方式這樣一個根本性問題的高度上，整體地回溯了人類文明演進的不同生存方式。「人的生存方式是指人與人、人與自然的交往方式，是人類為實現自己的生存與發展的生產方式與生活方式的總和。」〔註106〕《匿名》最為突出的，體現在對現代性生存方式所亟需解決的人與自然，人與社會，人與自身的關係的思考上。

第一，對人與人關係的思考。《匿名》寫了現代都市中人與人之間的冷漠、隔閡和相互提防。在現代生活中人是孤獨承受命運的。而在前現代文明之中，除了上海老人孤身一人在荒野求生外，在野骨、在柴皮，都有家庭家族倫理在維繫人與人之間的關係，人與人之間是相互支持、相互幫助、相互體恤、相互依賴的關係。在九丈，人口沒有那麼擁擠，沒有那麼厲害的競爭。在這裡，人與人之間也是要相互信任的，追求善良和仁義。即使是行走江湖的麻和尚、啞子和敦睦等，都是講黑道規矩的，必須依靠朋友，講究忠義，知恩圖報。九丈老街上，地方上的事有人主持，暖老溫貧，救助病孩。養老院、福利院，都是人間愛心的體現。在這裡，人與人之間的關係是友愛互助，憐憫同情的。養老院能得到愛心幫助，「養老院全憑社會的仁善 p111」、「道德人心」。

第二，對人與自身關係的思考。啞子追求自由是出自本能。啞子生長於天地之間，他從小生活在山窩窩「藤了根」，生性追求著自由的，阿公默許他的自由，他能夠成長在山林中；阿婆束縛他的自由，於是啞子出走。啞子同麻和尚能走到一起，是因為兩人的「相似性就是自由。兩者都是不受拘束，方才說過，阿公的日子，從沒有定時定點，就像漫流的山澗，流到哪裏，沒有落腳的地方。p139」小說中的啞子被當作一個自由的生命來寫。張樂然天性聰穎，識文算術，學習非常用功。而鵬飛這個孩子，也是「冰雪聰明」，從白化病的村子中逃離出來，尋找自己理想的人生。這些人都是在人與自身的關係中，尋求自己人生的實現。麻和尚當年得了麻疹，從病中走出，庫區移民之後，到了新的地方，飽受歧視。後來他組織小孩乞討偷竊，闖蕩江湖，地盤越來越大，勢力越來越大，過起江湖人生。而敦睦逃離家中靛青染坊的生活，也是追求自由。他曾經是一個參與鬥毆的少年，坐牢之後，改名為「敦睦」，通過一些手段奠定了江湖地位。麻和尚、敦睦兩人的這種放逸的人生，似乎

〔註106〕蔣國保：《從技術化生存到生態化生存──人的生存方式的當代轉向》，《南昌大學學報》（人文社會科學版）2012 年第 3 期。

和大都市中那種迫於生活而在現代體制中循規蹈矩是相反的，現代生活恰恰是對於人性的壓抑。此外，在人的自我道德精神提升方面，他們對自己有倫理要求。野骨的男人，就是要照顧好傻弟弟二點；養老院的女人如一個母親，把這些黏連著她的幾個人照顧好；派出所長關切病孩；敦睦極力幫助病孩。這些講的都是人有著自身道德精神昇華的本性。然而，在現代都市生活中，人的道德內在要求往往因為物慾薰心而被忽視。

第三，對人與自然關係的思考。首先，未被人類破壞的大自然是擁有豐富物產的，能給人類提供富足的食物。在荒野生存中，「不用愁，有他嚼吃的，有他的活路。p103」生存其實不需要太多外在物，「鍋真是個寶物，灶也是寶物，犁鏵剖開南瓜紐，犁鏵更是個寶物。P152」老新在荒野之中，僅憑廢墟中最為簡陋的生產生活用具（包括打火機），就得以生存下來，度過寒冬，迎來春天。因而，人類應該善待自然，利用自然，而非破壞自然。人和大自然應當和諧相處，互不傷害。小說中的荒野，「在旁人眼裏是山，在啞子，就是生生息息，周而復始。P144」荒野也是生氣勃勃的：「一下子萬物生長，人畜繁殖，遍地歌哭。p127」「全是熱蓬蓬，乾爽爽，活蹦蹦，沒有一絲腐朽氣。P140」無論是人還是生物，生活在其中，都是生機勃勃，生機盎然，充滿了活力。這裡有豐富的吃食，有清泉可以喝，有清新空氣可以呼吸。因而，人們能夠有健康的體魄，自然淳樸的人性。而且，在真正的大自然中，人類的欲望不會過多被刺激，人在自然中可以恢復純然天性。在現代生存狀態中遭受壓抑的生命力，到荒野這樣的大自然環境之中，就可以恢復並得到有力的釋放。麻和尚、敦睦行的是黑道，遵的是黑道規矩，有江湖氣，有行俠氣。麻和尚是那樣地神秘，行於天地江湖之間，有一種野性的釋放。敦睦能力強勢，改邪歸正，施惠於人。他們都有不凡的身手和極高的智慧，獨霸一方，受人擁戴。敦睦的名字有儒家文化氣息，似乎發達之後也要兼濟天下。這裡講的兩個人都同大自然頗為接近，他們的生命力顯得格外張揚。

其次，在大自然的環境中，人會順應自然，和大自然相依為命。「山裏的物種啊，不知是他們依著山生，還是山依著他們生。P169」「現代技術導致人高度物化的途徑主要有三個：其一是用機器運轉取代人的肌體活動；其二是用人工智慧取代人腦智慧；其三是用各種人造物體取代人的身體。」〔註107〕講

〔註107〕蔣國保：《從技術化生存到生態化生存——人的生存方式的當代轉向》，《南昌大學學報》（人文社會科學版）2012 年第 3 期。

的就是人的非自然狀態。「技術化生存使人類的生存陷入了前所未有的危機與困境，人類要從根本上解決這種危機與困境，就必須轉向生態化生存。」〔註108〕要轉向生態化生存，處理好人與自然的關係就顯得格外急迫。小說中的兩個人物啞子和二點身上的奇異給我們帶來思考。「凡身上有缺損，都是受過天譴，然後才能通天地。P139」啞子是個啞巴，二點是個傻子，然而他們都是大自然中荒野裏的精靈。先說啞子，小說講他「遭過天譴，一竅蒙蔽，六竅通透。p157」啞子天賦異秉，雖說不能說話，卻識字，且駕駛汽車技術高超絕倫。他有如一個野性動物，頗有生命力。「（啞子）因陽光照射，眼睞緊了，眉棱聳高，看上去就像山裏的一種獾，人稱狗狸子。鼻子也像狗狸子，一時撐大，一時收小。人們就有些怕他。p141」他有著強健的體魄，有「巨人般的身型。P168」啞子在荒山野嶺行動自如，「啞子手持一截樹幹，左劈右打，開出一線狹縫，可容一人側身通過。P137」「草莽之間彷彿隱藏路徑，啞子的樹幹一抽打，纏結的枝蔓邊分出裂隙，腳底也托實了，無論泥石崩潰，總踩得住硬土。P137」啞子回到荒野，就如同回到自己家一樣熟門熟路。「啞子的手腳能辨地理。P187」「啞子腳步輕捷，身上少了負重，簡直飛起來。就像一道影，從白晶晶的樹掛裏面左突右進。P188」小說講他是山野的生物。「在這種強大的力量之下，啞子馴化成一個新物種。P142」啞子能夠侍弄莊稼，能認識荒野裏各種能吃的東西。「除草」、「採集」、「種植P146」，樣樣在行，讓老新崇拜、服氣。啞子是大自然中一個生氣無比的自然人。

二點呢，「雖然論年紀大約近四十，外形和內心都在孩童，不是說他從此就停在六七歲的光景嗎？P161」他能安然自如地生活在大自然之中，生活在荒山野嶺之中。雖說是個傻子，可從另一個角度來論，卻又聰慧異常。「二點的蒙蔽，有時又成為一種特殊的天資，能夠放棄現象直達本質。P170」「傻子會看天象，但要追究到底，應是通靈犀。P170」他通靈於山裏的各種物事。他吃麥餅、飲泉水，牧牛。在山裏，他能做事，能夠思考問題，知道大山的脾氣。他內心其實是非常明白。這種無知無欲的人，不正是擁有淳樸自然的人性麼。小說寫二點的腳彷彿會認路，在山野裏，似乎一切都隨心所欲。「（二點）他向板壁徑直過去，板壁果然洞開一扇門；他向崖上探步，崖石上就有凹下去的腳印子，接住他的腳丫子；澗水邊的石頭縫，一伸手，石蛙乖乖爬上手來，

〔註108〕蔣國保：《從技術化生存到生態化生存——人的生存方式的當代轉向》，《南昌大學學報》（人文社會科學版）2012年第3期。

小螃蟹也接踵而來。p169」由此，也可以看出，啞子和二點兩人的相似性。他們都是能夠依存大自然，能夠在大自然中生活自由與自如的人。

更為驚奇的是，老新在荒山野嶺的生存中，也有了脫胎換骨的變化。「這個老新人類真的是很老，在人生的梢上。誰知道呢，說不定已經死亡，活著的是一個新物種。p181」「那人（老新）似乎在迅速變種，變得和周遭環境相適宜。看過去，就像靜夜裏的一頭動物，警覺，輕捷，而且，無思無念。p142」「現在他越來越像啞子了，用肢體進行思考、解析、記憶，一系列精神活動。p152」「老新漸漸向山裏的物種靠攏，就是用腿腳思想。p118」「許多潛能在新的條件下獲得解放，誕生出新器官，所以才叫老新老新嘛！p130」「空山的生活甚至使他的聽覺更加靈敏。p127」一系列的變化真的讓老新簡直成了一個新人。「已有的常識迅速寂滅下去，新的認識卻拓展開來。p144」「由於物質世界的改變，他的認知在進行系統更替，許多新元素進來，驅走舊的。p105」小說寫道：「不要以為文明史終結了自然史，自然史永遠是文明史的最高原則。p179」「在這深邃的大山裏，任你什麼樣的物種，見過沒見過，識得識不得，全都收伏進去。p142」王安憶在這裡是探尋現代人復返自然的生存狀態的可能性，從老新的例子看來，人在某種程度上回歸自然人性是完全有可能的。老新在荒野生存中成了新人，這應該是《匿名》探索的重要價值之所在。

至此，我們不禁要問，為何王安憶會神情專注於文明進程中的生存方式呢？——反觀人類的生存方式，為的是尋找現代化生存的資源。小說寫道：「人就是忙著到處命名，下定義，做規矩，稱其為文明史。p181」然而，好多文明卻在人類史上淹沒了，比如「林窟這個地名，也從所有的行政區劃和地圖上消失。p173」然而，「很多痕跡暗示這曾經發生又遭毀滅的文明，有待現代人發掘。p145」就像「這老街，已經被新世界遺棄得差不多，以為它要消亡，其實呢，次生出自己的小世界。p141」

王安憶認為，「人的視野本身就有限，再加上偏見，所能攝取只是皮毛。p162」很顯然，王安憶認為文明的遺存中可能有現代生存方式所需的資源。「文明的淘選在某種程度上限制著物種的發育，本來的可能性也許更豐富。p182」「你以為是蠻荒世界，其實這裡那裡，遺留著文明的碎片，暗示曾經的輝煌燦爛，在某一個巨大變故中崩塌，頹圮，又在某一個契機中重建。p144」王安憶聯繫到自然生態中的人來進一步闡發她的看法：「啞子的歷史無意識全在手足的勞動中產生，經歷以及未經歷的人類史從他身體走過，這身體有的是社

會發展的動力,從類人猿到人,從原始人到現代人,從無文字到有文字,無記載到有記載。啞子他渾然不覺,渾然不覺地納入有價值,任無價值流失於無垠,在下一輪的循環裏聚集,變異,進入有價值。p150」小說一再重申:首先,荒野也是一種文明。人類活到現代,喪失了好多人本來就有的潛能,比如野外生存能力。其次,在荒野中生存,生活在大自然的懷抱中,人性就容易恢復。大自然中,萬物花開,生機勃勃。

種種不同文明遺存的生存方式,卻有可能像麻和尚的家鄉成了水下所在一樣,像是曾經的林窟一樣,這個世界上蕩然無存,因為如今現代科技具有移山填海等幾乎無所不能的巨大威力,可以讓大地改變面貌,然而,過往的生存方式也許「根生土長的地方沒有了,上面的一切,生活、家族、族群、倫理、道德,分崩離析,全面坍塌。千真萬確,這就是沉淪。按物質不滅原理,這些存在還都存在,無論分解成怎樣的碎片,都是原先組織結構形態的殘留。倘若是較為原始的元素,也許可能納入新的模式。p155」因而,《匿名》更為看重的是,在這些文明遺存當中有價值的部分:「那些細膩的,微妙的,實質性的因素,沉在最底部,被覆蓋起來。一方面,人們越來越無視於它,另一方面,它們積聚在深處,釀成一股原動力,不定在某個時候,改變事態。p127」也就是說,王安憶的《匿名》在探尋過往的生存方式對於已經面臨困境的現代生存方式的啟示意義。

（五）

荒野的生活（回歸自然）,是現代都市人的一個夢想。這就是現代鄉愁。這樣一個野性的、充滿生機的世界,真是令人神往。王安憶描繪這些景物、人物時,是欣賞的心態。王安憶面對人類的不同生存方式,有著複雜的情感和態度。從情感上來說,《匿名》是欣賞啞巴擁有那種在荒野中的生存能力的強健體魄,也歡喜於傻子二點竟然有如精靈一般自由地生存於深山老林之中。

然而,王安憶並非絕決地全然地否定現代文明。小說中,上海老人老新本能地有著回家願望,回到現代都市上海的願望。此外,從鵬飛和張樂然的視角,我們也能感受到現代化大都市上海的巨大魅力。「地鐵這東西,真是了不得。依稀彷彿,有明亮的方格子從臉上掠過,掠過,在緩緩停下,亮格子上映出人臉,擠擠挨挨,重重疊疊……亮格子動起來,掠過去,進入隧道。p170」「電梯,又一條鐵龍,行行向上,只見頭頂一方天光,就是地面。每個地鐵站,都是一座小些兒的城,街道縱橫,人流交匯,電梯貫通。上下換乘,不期

然就進高樓,是較大型的城,通體亮格子,蜂窩似的,嘩一下升到天庭。蜂巢眼子裏,都是人臉,熟臉一晃,過去了。高架,第三條鐵龍,從這幢樓的心臟部位破進去,再從那幢樓的肚腹破出來,又穿入第三幢的口中,不是光格子,是光的河,在空中飛行。雪亮的天幕上,倒映著車流和人流,交相輝映,千縷萬縷的拉絲,絞起,鬆開,繃直了,垂下來,散成渣,再化煙,爆著火星子,劈裏啪啦響。p170」地鐵這種交通方式,安全舒適,便捷快速,四通八達,無不展現了上海這座現代都市的巨大魅力。在這城市外來者眼見的上海,是一座多麼讓人驚歎不已的現代化大都市啊!

王安憶從理性上認識到現代生存方式不可逆轉。小說《匿名》最後一句寫道:「摩托過去,留下單純的時間,聲音消失了,寂靜也消失了,載體都退去,赤裸的時間保持流淌的狀態,流淌,流淌,一去不回。p187」時間的流水一去不復返,人類文明進程在總體上也不可能逆轉,不可能回到大自然中去生存的。王安憶在一定程度上希望同現實和解:「他呢,還能回到沉船裏吐泡泡的小孩子?這就叫開弓沒有回頭箭,這就是必然性的力量。那麼,就讓我們順應著它繼續進化吧!p182」這也許在說,前現代的生存方式,有著生機勃勃的存在感之處,但時間之水向前流去,文明的進程終究不可逆轉,終究回不到從前。

現代性帶來了現代文明,也很大程度解決了前現代的病苦。也許兩種生活形態的優長結合起來,就是解決現代生存困境的辦法。小說結尾並沒有讓老新回到現代都市的家。這是一場現代生存方式和荒野中「匿名」的生存方式的時空相隔的對話,引發了諸多的思考,但小說終究沒有給出最終答案。在《匿名》中,王安憶本著耐心和溫情地寫出了現代與前現代兩種不同的生存狀態,不同的生活,卻不予簡單的褒此揚彼。這樣,就給人類生存方式的探索者留有足夠的思考空間。不過,我們想,恢復自然的、生態的、人性的、「倫理的生存方式」〔註 109〕,總歸是我們良好的願望。我們也提倡生態化生存以應對現代化生存的弊端。「從哲學層面上看,生態化生存是一種和諧性、限度性、道德性與人性歸真的生存方式。轉向生態化生存的主要路徑選擇是:建立生態整體主義的自然觀,為生態化生存提供價值支撐。」〔註 110〕

〔註 109〕曾小五:《生存方式與生態環境的危機——兼評關於人類中心主義的爭論》,《自然辯證法研究》,2003 年第 8 期。

〔註 110〕蔣國保:《從技術化生存到生態化生存——人的生存方式的當代轉向》,《南昌大學學報》(人文社會科學版)2012 年第 3 期。

王安憶的《匿名》把整個人類幾種的生存方式都納入到小說的敘述中給予了展示：荒野生存方式之後，人類喪失了強大的生命力和荒野生存能力；山村小鎮的生存方式之後，喪失了本乎人性的淳樸自然、友好關愛、追求美德的社會倫理——人與人之間的那種可親的，可信賴的，相互幫襯，互相依靠的關係。在此基礎上反觀現代都市的生活方式，就是一種現代性反思。《匿名》的主題深蘊著嚮往自然的現代鄉愁。

五、原始生態：現代性反思與前現代鄉愁

懷鄉是人類生存永恆的主題。鄉土是中國作家念念不忘的心靈歸宿，對於很多中國作家來說，它代表了一種人和社會的共同記憶，即使離開鄉村進入城市生活很多年，內心仍然滿懷著對鄉土的深深眷念。「池莉、賈平凹等作家因為出身農村或者經歷了城市書寫受壓抑的年代，其城市書寫更多地染上了主流意識文化色彩，其中涉及的「鄉愁」也更多的是針對鄉村或農業文明。」〔註 111〕「孫惠芬《上塘書》的這一種風格的鄉愁，在寧靜樸質的鄉村敘寫中，展現當代鄉村的風俗民情。小說的格調是慢節奏的詩性懷鄉。」〔註 112〕這一類風格的小說，還有張煒的《刺蝟歌》等。張煒的《九月寓言》和《你在高原》也是推崇野地的。余華的《兄弟》把反映改革開放以來的社會生活發展變化的史詩性故事放到江浙小鎮。這裡有餘華熟悉的故鄉。小說通過劉鎮的社會發展與時代變遷，折射了中國當代史。余華把生命記憶中最為熟悉的故鄉作為自己小說故事發生地。這既是一種寫作虛構策略，也是一種懷鄉。這是在城市中生活的現代人對鄉土的遙望，是一種精神還鄉。懷鄉是人類永恆的精神生活。阿來的短篇小說描繪了不少前現代的生存圖景，這是現代人渴望的、崇尚的精神生活。1990 年代以來，格非的「江南三部曲」，余華對江浙小鎮的懷鄉等。這一類懷鄉，有著更為形而上的哲學意味，表達了現代鄉愁。而遲子建的《額爾古納河右岸》和劉震雲的《一句頂一萬句》和閻連科的《風雅頌》等都包含了對中國前現代化生存狀態的懷鄉。

遲子建的懷鄉對象是她守望著的北疆土地。遲子建曾說過：「故鄉不僅意

〔註 111〕張自春：《「城市懷鄉」的實感書寫——笛安小說論》，《南方文壇》，2015 年第 3 期。

〔註 112〕李明燊：《喧囂背後的鄉愁——以新世紀鄉土小說及詩歌為例》，《南京師大學報》（社會科學版），2015 第 2 期。

味著清新的空氣、美麗的風景、休息的地方，那是靈魂的歸宿。」〔註 113〕東北廣袤土地，博大溫厚。遲子建的短篇小說《五羊嶺的萬花筒》是懷舊作品，小鎮上的各種人作家都很熟悉。作家曾生活在其中，有外婆，有丈夫，還有友好的鄰里。

遲子建的長篇小說《額爾古納河右岸》是反映鄂溫克民族生活的巨著，小說寫了一個民族百年的歷史，有著對近乎原始的生活的描繪。敘事者是一個 90 多歲的鄂溫克族女人，這個老婆婆講故事，從百年前一直講到當下，把這個民族的歷史、現實和情感，一一傾訴給我們。這是一個充滿著愛情、友愛，有神的，活生生的世界，是遲子建的精神原鄉。小說構築了一個和主流意識形態不同的價值世界。一個民族正面臨著生存環境慘遭破壞，不知往何處去。《額爾古納河右岸》唱出了哀婉動人的輓歌。《額爾古納河右岸》和阿來《塵埃落定》都是寫一個民族的歷史的，一個民族的百年歷史，上演著無數的生活，《額爾古納河右岸》更多地關注人與自然的關係。這個與我們日常所見不同的世界，掩映在原始森林中。這裡的花草、樹木、蘑菇、河流、空氣，各種動物，馴鹿、野獸等，還有他們特有的居所（類似於帳篷的木柱式房子），以及他們的民族風情、民族風俗習慣和種種民族信仰以及種種神秘的大自然的因果照應，全都誕生在這個原始生活世界中。這裡本來是他們的家園，但是外面來的力量，讓樹木倒了，森林消失了，他們失去了自己賴以生存的森林世界。原始森林本來就是他們的天堂，這裡有草木蟲魚和野獸，他們有生以來都是在這大自然中生存的。這個民族無言地抗議山外文明對他們的侵蝕。

小說很詳實地敘述了很多民間文化，一個部落神的信仰和各種迷信，以及一些怪異應驗和神歌。這個民族有其獨異性，人神相通（作者也許是相信人、鬼神相通的）。在大自然當中，這些應驗是成立的。比如，要救一個人活下來，就必然有一個生命代替他死去。還有，就是話說出口來，往往就會影響後面一些事情的結果。有的話出來之後，後面非常應驗，竟然就真的遭遇到各種各樣的事情。這個民族即使是有人死了，甚至是摔死了，凍死了，被野獸吃了，這個民族認為這些都是極其自然的，生命屬於森林的一部分。在這個世界中，人的生命是大自然生命的一部分。生命的誕生和消失，是無所謂歡欣或悲哀，無論是生與死，人們都用一種宗教般的情感來禮讚。生老病

〔註 113〕高曉崗：《遲子建：故鄉天下飄雪》，《北京青年報》，2000 年 11 月 16 日。

死，在山外是一個理解，在山裏面大森林中，卻又是另一種不同理解。在鄂溫克民族看來，生老病死，就是森林中大戲的一部分，每個人都有自己的命運，也無須同命運去抗爭什麼。小說寫的這個世界中，人如草木，人的死，是大自然生生滅滅中的一部分，人死了，只要是到了年齡的正常死亡，就覺得像是到了某個季節，草木要凋零一樣。人如草木生生滅滅的生命觀，深深地震撼著讀者。這樣一種生命觀不同於一般的觀念。人在世界上，沒有必要和大自然相衝突，應當和大自然和諧相處。這些，對山外的現代生活中的人來說，應是有所啟悟的。

這個中國東北大森林裏的鄂溫克民族的生活讓人迷戀。在原始的生活狀態下，鄂溫克民族有著人與人的友愛，有著深深的宗教信仰，人的生活是自足的。這些生活都有著神奇的魅力。這個穿著獸皮的民族，吃著生肉的民族，生活在大自然中的民族，他們的曾經的生活狀態，讓生活在城裏的人們無限神往。有了上文論及的那些內容，我們喜歡上這個「野蠻」原始的民族。《額爾古納河右岸》中的游牧生活，是和自然相適應的。如果從山外的文明來看待，這些遊走的部落氏族是多麼地落後。但從他們自身的生活實際看來，這種祖輩一直傳續下來的生活方式，是多麼地符合他們的天性，是多麼合乎自然啊。那一片神奇的、迷人的土地，童話般的土地，上演著各種愛情和悲歌。這是富有生命氣息的土地，寄託了作家自己深沉的情感，數百年來生活在森林中，這個民族已經難以離開這種合乎自然的生存方式，打獵，吃肉，生存，繁衍，生兒育女等等。這樣一種生存，必須尊重！我們從前總覺得某種狀態是原始、野蠻的，等到深入這個不需要現代醫藥的民族，才知道我們的文明評價方式其實也存在著嚴重問題。小說中，鄂溫克人只是狩獵，只是繁衍後代，只是和馴鹿等神鹿生活在一起，就可以生活得很好。我們禁不住自問，對這樣一個民族來說，現代文明有意義嗎？現代文化有意義嗎？由此，在我的心靈世界，多了一份牽掛，那就是鄂溫克民族的命運。是啊，這些大地的子民，森林當中的自然生命，他們的生存環境遭到破壞了。推而廣之，哪裏僅僅是鄂溫克民族的生存環境惡化起來，其實是我們整個中華民族，我們整個人類的生存環境都惡化了，生態危機日益嚴峻啊！

如果不是人類的所謂現代文明或者是戰爭等原因侵入，或者是大興安嶺的林木大開發，鄂溫克民族和森林的生命相依的狀態就能夠很好地延續。小說所寫，也已經是幾乎消失的生活了，特別是近幾十年對於森林的破壞，生

存環境已經到了惡化的邊緣了。森林遭到了毀滅性的破壞，動物野獸也少了，打獵幾乎沒有多少收穫了。馴鹿也沒有生存的空間了，它們吃不到那些苔蘚蘑菇了，因為森林的植被遭到了破壞。他們的那種「原始」的生活方式，簡直是難以為繼了，這不得不讓讀者滿懷憂傷。這樣一個民族，如果就這樣消失了，是多麼令人惋惜啊。原始山野中的人們，生活不是挺好嗎？在二十一世紀還存在這樣一個民族生存方式，我們難道不應該對這樣一個民族的生存方式，風俗習慣，部落信仰等保持足夠的尊重嗎？然而，現實卻是竟然要武斷地把他們安置到固定的居民點去。

小說中的依蓮娜，是這民族走出森林的第一個大學生，成了畫家。雖然她在山外的世界獲得了一定的名聲，最終卻還是在山裏山外的兩個世界之間找不到平衡。最後，痛苦的依蓮娜，在畫完了薩滿的跳神圖景的畫之後，投河而死，以此來解決自己的精神痛苦。這是主動地向這個世界表達了不滿：在這樣一個不適宜生存的世界，她選擇了死亡。

誠如第七屆茅盾文學獎獲獎評語所言：「(《額爾古納河右岸》)表達了對尊重生命、敬畏自然、堅持信仰、愛憎分明等被現代性所遮蔽的人類理想精神的彰揚。」人是大自然生長當中的一部分，而鄂溫克民族，也是大自然中森林生態中的一部分，和森林有著共生關係。現在想來，我們曾經對大自然和人的理解是多麼膚淺！比如，我們會從自己主觀的思想出發，認為生活在大山中的民族，獵戶、遊走的人的生存條件惡劣，沒有好的醫療條件，沒有教育等等，應當出來定居。實際上，我們卻想錯了：他們從大自然中所掌握的東西，遠比我們從那書本上獲得的東西更加符合大森林、大自然的本來規律。《額爾古納河右岸》比我們通常對大自然的理解要深刻得多。《額爾古納河右岸》反思近幾百年來人類在強大的現代化武裝下大舉侵入「原始部落」進行破壞的行為。經過了數十年的彎路，我們現在知道了，人與自然的生活，才是最符合人性的。人類嚮往大自然，那是現代人思想觀念的又一次深刻的嬗變。這個森林世界的生活令人神往。人只是作為大自然的一部分生活在其中。那些生活，是一個多麼美的世界啊。這倒是讓人想起道家的哲學來。中國古代先秦哲學裏，早都有了天人合一，人與自然和諧生存的思想觀念。

《額爾古納河右岸》描繪了一個神奇的世界，豐富了我們對世界多樣性的理解。一個民族的生存方式符合人性的自然，應該得到尊重。小說描繪了一個和我們日常習見不一樣的世界，對自然的理解也迥異的世界。小說創造

了一個和我們現實世界有所不同的思想價值世界，有著獨特的意義。小說發現了前人所未曾涉及的（精神）世界，小說給我們帶來一個「全新」的世界，這是陳陳相因的觀念僵化的論著所不可比擬的。這部小說讓我們重新審視我們一直自以為正確的，而且一直在大力推行的現代文明。一部偉大的小說，是能夠在自足的小說世界中建立一套迥然的價值系統。在這一小說世界中，對世界的看法，對世界的闡釋，會是非常獨特的。這樣的小說是豐富了人類的思想。一部偉大的創作，比我們單純從故紙堆裏出發，從主觀出發的東西，來得更加有力量！一部偉大的作品一定能建構自己的世界。那世界中的「天、人」自然觀，不是什麼現成的書本當中存在的，也不可從一般的思想觀念出發去衡估和評判的。在大自然自身的強大規律面前，我們只有認識和順從它，甚至頂禮膜拜。《額爾古納河右岸》對人類生存的思考，是有著深刻的現代性反思，也抒發了對前現代的鄉愁。

餘論：現代懷鄉——永遠難以抵達的鄉愁

　　1990 年代以來的中國當代小說，反映了中國現代化進程中巨大的社會變化對人們生活的巨大影響。懷鄉也是現代人應對不自然的、非人性、不自由的現代性的一種應激反應。懷鄉卻是一個故鄉永遠回不去的追憶與懷想的精神狀態。即使返回現實中的故鄉，記憶中美化的理想故鄉在現實環境中已然發生根本變化，甚至崩潰消失，無處還鄉。人們只能內心懷著永遠的鄉愁。精神故鄉可以無限地趨近，卻永遠難以抵達。懷鄉是一種不斷接近精神故鄉，卻永遠不可抵達的精神活動。「疏離與趨近」，這是還鄉者在情感上不斷地要在兩者之間尋找平衡。小說懷鄉走在還鄉之路上，並啟發和引導著後繼者不斷向精神家園靠近，「還鄉將是人類的永恆追求。」

　　我們探索懷鄉問題，其實就是在剖析我們自身生存境遇，就是在面對我們自身、社會和生存環境。此外，現代生存方式，不僅僅是社會制度，經濟制度，社會運作對其有影響，而且在互聯網生活的影響下，現代人的生存方式和精神生活方式都發生了巨大的變化。因此，我們除了反思現代化給我們的生存帶來的各種問題之外，還要面對互聯網形成的現代生存環境的精神生活。所以，1990 年代以來中國當代小說懷鄉就是在抒發現代生存困境中產生的現代鄉愁。

　　本節首先探討了哲學懷鄉的內涵；其次分析了小說懷鄉的哲學審美意象；

接著還討論了文化鄉愁的問題，現代人失去或者行將失去和傳統文化的聯繫，就必然會產生文化懷鄉的思潮，這是小說懷鄉的一個重要現象。最後，以《匿名》《額爾古納河右岸》為例，闡述了王安憶、遲子建小說創作中抒發的對前現代的鄉愁，對原始生活的現代懷鄉，深寓了現代性反思，回眸過去，渴望自然人性的復歸。在生態危機越來越嚴峻的現代生存中，這一現代鄉愁將會在現代社會中越來越普遍，越來越深刻地進入到現代人的生活之中。現代懷鄉就是在抒發現代鄉愁。現代哲學鄉愁，是生存的哲學思考，追求詩意棲居。

本章小結

本章討論三個問題：懷鄉對小說的審美創造產生的影響；小說懷鄉是現代人尋找精神家園；小說懷鄉參與了現代生存的哲學思考，小說懷鄉是現代鄉愁的表現。一、論述懷鄉成為了審美創造的動因，闡述懷鄉情感是如何具體地影響小說的審美創造。二、論述作家如何在小說創作中尋找精神家園。三、論述現代懷鄉的哲學內涵以及小說懷鄉的現代性反思與批判。本章這三方面的內容，論述了小說懷鄉的文學審美意義，小說懷鄉的精神價值，以及小說懷鄉的哲學意義。總之，1990 年代以來中國當代小說懷鄉，從現象到思想內蘊，從審美形態到精神價值、哲學內涵，從追憶與抒情、記錄與闡釋，到虛構與想像，從懷鄉的情感到精神家園的建構，從心理狀態到對存在的哲學思辨，小說懷鄉已經形成了一整套的美學審美機制。一方面，小說懷鄉是依憑記憶中的故鄉獲得慰藉現代人心靈的精神力量，另一方面由此獲得現代生存狀態中的存在感等。小說懷鄉充分體現了現代性的反思與批判，並且極力從傳統當中尋找資源來回應。現代懷鄉和傳統懷鄉有了很大不同，古代懷鄉的內涵無法全然概括當今的懷鄉。1990 年代以來中國當代小說懷鄉的確帶來了新質，它不但慰藉了城市化進程中和現代生存困境中的人們，而且還具有了精神家園的精神內涵和形而上的對存在的哲學思辨性質。1990 年代以來中國當代小說懷鄉，有著豐富的審美形態和深刻的思想內涵，和中國社會現實的發展有著深切的內在聯繫。

結　語

　　本書研究 1990 年代以來中國當代小說懷鄉問題。懷鄉是現代生存的重要社會現象，懷鄉有著深刻而複雜的社會和時代原因，中國當代小說懷鄉在文學審美、精神內涵和哲學思考等方面都有其創造。本書導論綜述了相關研究成果，梳理了「懷鄉」概念，辨析了「懷鄉」、「懷舊」、「鄉愁」三者之間的關係，提出了本書的論述框架，指出了研究意義和研究目標，並就研究方法作了說明。本書的主體部分從三個方面進行論述：1990 年代以來中國當代小說懷鄉的社會原因、審美形態和意義闡述。審美形態的分析與闡述是現象分析；對懷鄉原因的社會背景分析是深層問題的探查；論述小說懷鄉意義，是為了揭示其文學審美價值、精神價值和思想價值。

　　首先，論文分析了 1990 年代以來中國當代小說懷鄉的社會時代背景。論文從三方面探討小說懷鄉的原因：一是轉型期以來社會思潮的變化；二是城市化進程所帶來的離鄉的流動社會現狀；三是現代性境遇中人的生存狀態。我們認為，1990 年代以來的社會轉型，市場經濟深入到社會的方方面面，消費主義文化對人們的精神生活空間影響很大。全球化的背景下，城市化進程異常迅猛，人們從鄉村進入城市，由於幾十年形成的巨大城鄉差異，人們融入城市的過程比較艱難，一方面要受到歧視，一方面是遭遇身份認同危機。農裔知識分子和農民工都面臨自己在城市中身份的確證問題。現代性生存境遇導致人的孤獨。在現代都市，工作緊張，生活壓力大，人際關係出現非人情化因素，現代人常常處在疏離、冷漠、孤獨的生存困境中。生態危機影響著現代人的生存質量。論文第一章論述了 1990 年代以來中國當代小說懷鄉的原因，其中社會轉型是時代原因，城市化進程是現實原因，現代性生存狀況是根本原因。

其次，論文闡述了 1990 年代以來中國當代小說懷鄉的審美形態，論文從三個方面論述了小說懷鄉的審美內涵。一是小說懷鄉在回憶故鄉的風物時抒發了懷鄉者的依戀、眷戀之情；二是懷鄉小說具有認識與闡釋功能，通過書寫故鄉的歷史與現實，在現代性反思中對社會歷史與現實進行批判；三是懷鄉小說通過虛構，想像精神故鄉。我們認為，現代鄉愁引發的懷鄉，並非僅僅侷限於表達一般的懷鄉之情，而是承載著更為豐富的社會現實和思想內涵。格非的小說在懷鄉中，就含有烏托邦情結。懷鄉小說深入故鄉的歷史與現實，表達了更為深廣的社會和人性的思考。阿來追求講述一個真實的川藏，而賈平凹等作家也在懷鄉小說中記錄中國社會的歷史變遷與發展變化。返鄉小說揭示了，現實中人們已無處還鄉。因而小說懷鄉，蘇童的小說創造「紙上故鄉」，王安憶的小說《紀實與虛構》想像精神故鄉。

第三，論文闡述了 1990 年代以來中國當代小說懷鄉的意義。小說懷鄉有三方面意義：一是小說懷鄉形成了內在的審美機制；二是小說懷鄉是現代人尋找精神家園；三是小說懷鄉參與了對存在的哲學思辨。我們認為，小說懷鄉在追憶和抒情、闡釋與批判、虛構與想像、審美創造與精神建構等方面豐富了中國當代文學的審美內涵。莫言的《豐乳肥臀》是旺盛生命力的精神外化；賈平凹的《秦腔》在追逝與哀婉中懷鄉，1990 年代以來中國當代小說懷鄉形成自身的審美形態。因為社會轉型、離鄉的流動社會、現代性生存境遇等原因，現代人失卻精神家園，人們在懷鄉中尋找精神家園。張煒堅持和捍衛道德理想主義，執著尋找田園、曠野、大地、林莽等人與自然和諧的精神家園。王安憶把自己的鄉愁寄予華舍小鎮（《上種紅菱下種藕》），也探詢了上海普通市民日常生活中堅韌務實的生存哲學。懷鄉成了現代哲學思辨的命題。現代人的本心漂離精神的寓所，懷鄉就是心靈「回家」。人通過追溯來路（比如懷鄉），以此確證「此在」的存在感，得以繼續安然地生存下去。現代鄉愁和文化鄉愁，都是產生於現代人生存所面臨的困境。小說懷鄉創造了哲學審美意象，也表達了現代人的前現代鄉愁，比如王安憶的小說《匿名》、遲子建的《額爾古納河右岸》，就是對傳統的、前現代的，甚至原始生活方式的深情回眸。小說懷鄉的創造具有文學審美價值，小說懷鄉尋找精神家園，具有文學的精神價值，小說懷鄉的哲學審美意象探索，有著參與哲學思辨的思想價值。對小說懷鄉問題的研究，就是對中國社會現實的研究，就是對現代人生存問題的研究。人類生存的困境面臨著各種問題，懷鄉成了人類生存的永恆命題。

參考文獻

一、理論書籍

1. 〔英〕羅素:《西方哲學史》,商務印書館,上卷 1963 年 9 月版,下卷 1976 年 6 月版。

2. 〔德〕尼采:《偶像的黃昏》,光明日報出版社,1996 年 9 月版。

3. 〔德〕尼采:《權力意志——重估一切價值的嘗試》,商務印書館,1991 年 5 月版。

4. 〔德〕尼采:《查拉圖斯特拉如是說》,王常柱編譯,北京出版社,2007 年 10 月版。

5. 〔德〕海德格爾:《存在與時間》(修訂譯本),三聯書店(北京),1999 年 12 月版。

6. 〔美〕赫伯特·馬爾庫塞:《審美之維》,廣西師範大學出版社,2001 年 10 月版。

7. 〔美〕赫伯特·馬爾庫塞:《愛欲與文明——對弗洛伊德思想的哲學探討》,上海譯文出版社,2008 年 4 月版。

8. 〔美〕赫伯特·馬爾庫塞:《單向度的人——發達工業社會意識形態研究》,劉繼譯,上海譯文出版社,2008 年 4 月版。

9. 〔美〕愛德華·薩義德:《文化與帝國主義》,生活·讀書·新知三聯書店,2003 年 10 月版。

10. 〔德〕本雅明:《發達資本主義時代的抒情詩人》,生活·讀書·新知三聯書店,2012 年 7 月版。

11. 〔捷克〕米蘭‧昆德拉：《小說的藝術》，上海譯文出版社，2004 年版。

12. 〔捷克〕米蘭‧昆德拉：《被背叛的遺囑》，上海譯文出版社，2003 年 2
月版。

13. 〔英〕戴維‧洛奇：《小說的藝術》，盧麗安譯，上海譯文出版社，2010
年 10 月版。

14. 〔意大利〕伊塔洛‧卡爾維諾：《新千年文學備忘錄》，譯林出版社，2009
年 3 月版。

15. 〔意〕卡爾維諾：《為什麼讀經典》，黃燦然、李桂蜜譯，譯林出版社，
2006 年版。

16. 〔法〕薩特：《存在與虛無》，生活‧讀書‧新知三聯書店，2012 年 6 月
版。

17. 〔美〕詹明信：《晚期資本主義的文化邏輯》，生活‧讀書‧新知三聯書
店，2012 年 6 月版。

18. 〔英〕艾瑞克‧霍布斯鮑姆：《極端的年代 1914～1991》，中信出版社，
2014 年 3 月版。

19. 〔法〕鮑德里亞：《消費社會》，劉成富、全志剛譯，南京大學出版社，
2000 年版。

20. 〔法〕托克維爾：《舊制度與大革命》，馮棠譯，桂裕芳、張芝聯校，商
務印書館，1992 年 9 月版。

21. 〔意大利〕安東尼奧‧葛蘭西：《葛蘭西文選》，人民出版社，2008 年 8
月版。

22. 〔日〕溝口雄三：《作為方法的中國》，生活‧讀書‧新知三聯書店，2011
年 7 月版。

23. 〔日〕竹內好：《近代的超克》，生活‧讀書‧新知三聯書店，2005 年 3
月版。

24. 〔日〕柄谷行人：《日本現代文學的起源》，趙京華譯，中央編譯出版社，
2013 年 7 月版。

25. 〔瑞士〕雅各布‧布克哈特：《意大利文藝復興時期的文化》，商務印書
館，2013 年 1 月版。

26. 〔英〕E. H. 卡爾：《歷史是什麼》，商務印書館，2007 年 6 月版。

27. 〔俄〕葉·莫·梅列金斯基:《神話的詩學》,商務印書館,2009 年 5 月版。

28. 〔德〕馬克斯·霍克海默;西奧多·阿道爾諾:《啟蒙辯證法——哲學片段》,上海世紀出版集團,2006 年 4 月版。

29. 〔德〕奧斯瓦爾德·斯賓格勒:《西方的沒落》(一、二卷),上海三聯書店,2006 年 10 月版。

30. 〔美〕戴維·哈維著,閻嘉譯《後現代的狀況——對文化變遷之緣起的探究》,商務印書館,2013 年 10 月。

31. 〔美〕伊萬·布萊迪:《人類學詩學》,徐魯亞等譯,中國人民大學出版社,2010 年 1 月版。

32. 〔英〕特雷·伊格爾頓:《二十世紀西方文學理論》,伍曉明譯,北京大學出版社,2007 年 1 月版。

33. 〔美〕喬納森·卡勒:《文學理論入門》,李平譯,譯林出版社,2013 年 1 月版。

34. 〔美〕戴安娜·克蘭:《文化生產:媒體與都市藝術》,趙國新譯,譯林出版社,2012 年 6 月版。

35. 〔美〕詹姆斯·C·斯科特:《弱者的武器》鄭廣懷、張敏、何江穗譯,譯林出版社,2011 年 4 月版。

36. 〔英〕以賽亞·柏林:《浪漫主義的根源》,亨利·哈代編,呂梁等譯,譯林出版社,2011 年 4 月版。

37. 〔德〕于爾根·哈貝馬斯:《現代性的哲學話語》曹衛東譯,譯林出版社,2011 年 1 月版。

38. 〔英〕齊格蒙特·鮑曼:《現代性與矛盾性》,南京大學出版社,1998 年版。

39. 〔英〕安東尼·吉登斯:《現代性的後果》,田禾譯、黃平校,譯林出版社,2011 年 2 月版。

40. 〔英〕安東尼·吉登斯:《現代性與自我認同》,上海三聯出版社,1998 年版。

41. 〔英〕安東尼·吉登斯:《現代晚期的自我與社會》,上海三聯出版社,1998 年版。

42. 〔英〕雷蒙德·威廉斯:《漫長的革命》,倪偉譯,上海人民出版社,2013
    年 1 月版。

43. 〔美〕本尼迪克特·安德森:《想像的共同體——民族主義的起源與散佈
    (增訂本)》,吳叡人譯,上海人民出版社,2011 年 8 月版。

44. 〔美〕杜贊奇:《文化、權力與國家:1900～1942 年的華北農村》,王福
    明譯,江蘇人民出版社,2010 年 7 月版。

45. 〔英〕雷蒙·威廉斯:《鄉村與城市》,商務印書館,韓子滿、劉戈、徐
    珊珊譯,2013 年 6 月版。

46. 〔英〕雷蒙·威廉斯:《希望的源泉:文化、民主、社會主義》,祁阿紅、
    吳曉妹譯,譯林出版社,2014 年 1 月版。

47. 〔美〕丹尼爾·貝爾:《資本主義文化矛盾》,嚴蓓雯譯,江蘇人民出版
    社,2012 年 5 月版。

48. 〔德〕馬克斯·韋伯:《新教倫理與資本主義精神》,電子工業出版社,
    2013 年 7 月版。

49. 〔印度〕帕爾塔·查特吉:《民族主義思想與殖民地世界:一種衍生的話
    語?》,范慕尤、楊曦譯,譯林出版社,2007 年 10 月版。

50. 〔意大利〕杰奧瓦尼·阿瑞基:《漫長的 20 世紀》,江蘇人民出版社,姚
    乃強、嚴維明、韓振榮譯,2011 年 1 月版。

51. 〔英〕約翰·B·湯普森:《意識形態與現代文化》,高恬等譯,譯林出版
    社,2012 年 12 月版。

52. 〔德〕康德:《純粹理性批判》,商務印書館,1960 年 3 月版。

53. 〔法〕皮埃爾·布爾迪厄:《藝術的法則:文學場的生成與結構(新修訂
    本)》,劉暉譯,中央編譯出版社,2011 年 12 月版。

54. 〔英〕斯蒂芬·霍爾蓋特:《黑格爾導論——自由、真理與歷史》,丁三
    東譯,商務印書館,2013 年 1 月版。

55. 〔法〕熱拉爾·熱奈特等著:《文學理論精粹讀本》,閻嘉主編,中國人
    民出版社,2010 年 2 月版。

56. 〔英〕斯圖爾特·霍爾:《表徵:文化表徵與意指實踐》,徐亮、陸興華
    譯,商務印書館,2013 年 7 月版。

57. 〔英〕史蒂文·盧克斯:《權力:一種激進的觀點》,彭斌譯,江蘇人民

出版社，2012 年 6 月版。

58. 〔匈〕盧卡奇：《小說理論》，商務印書館，2012 年 10 月版。

59. 〔法〕羅蘭・巴爾特：《明室：攝影箚記》，中國人民大學出版社，2011 年 3 月版。

60. 〔德〕雅斯貝斯：《時代的精神狀況》，上海譯文出版社，2013 年版。

61. 〔美〕斯維特蘭娜・博伊姆：《懷舊的未來》，楊德友譯，譯林出版社，2010 年版。

62. 〔德〕尤爾根・哈貝馬斯：《交往行為理論》（第一卷），曹衛東譯，上海人民出版社，2004 年版。

63. 〔德〕馬克思・恩格斯：《馬克思恩格斯選集》（1～4 卷）人民出版社，1995 年 6 月版。

64. 〔德〕黑格爾：《精神現象學》，商務印書館，2009 年版。

65. 〔德〕黑格爾：《美學》，商務印書館，（第一卷）1996 年 11 月第 2 版；（第三卷下冊）1981 年 7 月第 1 版。

66. 〔德〕黑格爾：《小邏輯》，賀麟譯，商務印書館，1980 年 7 月版。

67. 〔美〕韋勒克、沃倫：《文學理論》，江蘇教育出版社，2005 年版。

68. 〔俄〕葉・莫・梅列金斯基：《神話的詩學》，商務印書館，2009 年版。

69. 〔英〕威廉・雷蒙德：《關鍵詞：文化與社會的詞彙》，三聯書店（北京），2005 年版。

70. 〔英〕弗雷澤：《金枝》，徐育新等譯，中國民間文藝出版社，1987 年版。

71. 〔德〕恩斯特・卡西爾：《人論》，甘陽譯，上海譯文出版社，1985 年版。

72. 〔法〕列維・布留爾：《原始思維》，丁由譯，商務印書館，1981 年版。

73. 〔加〕查爾斯・泰勒：《現代性之隱憂》，程煉譯，中央編譯出版社，2001 年版。

74. 〔英〕特里・伊格爾頓：《當代西方文藝理論》，王逢振譯，中國社會科學出版社，1988 年版。

75. 〔德〕卡爾・曼海姆：《保守主義》，李朝暉譯，譯林出版社，2002 年版。

76. 〔美〕丹尼爾・貝爾：《資本主義文化矛盾》，趙一凡等譯，三聯書店，1989 年版。

77. 〔美〕艾愷：《世界範圍內的反現代化思潮——論文化守成主義》，貴州

人民出版社，1991 年版。

78. 〔美〕愛德華·W·薩義德：《知識分子論》，單德興譯，三聯書店，2002 年版。

79. 〔法〕米歇爾·福柯：《瘋癲與文明》，劉北城，楊遠嬰譯，生活·讀書·新知三聯書店，2003 年版。

80. 〔美〕杰姆遜：《後現代主義與文化理論》，唐小兵譯，北京大學出版社，1998 年版。

81. 〔美〕王德威：《想像中國的方法》，生活·讀書·新知三聯書店，1998 年版。

82. 〔德〕海德格爾：《人，詩意地安居》，郜元寶譯，上海遠東出版社，2004 年版。

83. 〔俄〕米哈伊爾·巴赫金：《陀思妥耶夫斯基詩學問題》，劉虎譯，中央編譯出版社，2010 年 6 月版。

84. 〔加拿大〕諾思羅普·弗萊：《批評的剖析》，陳慧、袁憲軍、吳偉仁譯，百花文藝出版社，1998 年 11 月版。

85. 〔美〕喬納森·卡勒：《結構主義詩學》，中國社會科學出版社，1991 年版。

86. 〔美〕賽義德：《東方學》，三聯書店，2000 年版。

87. 〔英〕福斯特：《小說面面觀》，人民文學出版社，2009 年 8 月版。

88. 〔美〕哈羅德·布魯姆：《影響的焦慮》，鳳凰出版傳媒集團，2006 年版。

89. 〔美〕海登·懷特：《後現代歷史敘事學》，中國社會科學出版社，2003 年版。

90. 馮亞琳、〔德〕阿斯特莉特·埃爾：《文化記憶理論讀本》，北京大學出版社，2012 年 1 月版。

91. 〔美〕羅蘭·羅伯森：《全球化與懷鄉範式》，上海人民出版社，2000 年版。

92. 李耳：《老子》，雲南人民出版社，2011 年版。

93. 莊周：《莊子》，嶽麓書社，2011 年版。

94. 劉勰：《文心雕龍》，〔清〕黃叔琳注，浙江古籍出版社，2011 年 5 月版。

95. 毛澤東：《毛澤東選集》，（1～4 卷）人民出版社，1991 年 6 月第二版。

96. 魯迅：《魯迅全集》，人民文學出版社，2005 年 11 版。

97. 魯迅等著：《1917～1927 中國新文學大系導言集》，劉運峰編，天津人民出版社，2009 年 5 月版。

98. 周作人：《中國新文學的源流》，江蘇文藝出版社，2007 年 10 月版。

99. 馮友蘭：《中國哲學史（上下冊）》，華東師範大學出版社，2000 年 11 月版。

100. 李澤厚：《美的歷程》，生活·讀書·新知三聯書店，2009 年 7 月版。

101. 李澤厚：《中國古代思想史論》，人民出版社，1986 年版。

102. 李澤厚：《中國現代思想史論》，東方出版社，1987 年版。

103. 費孝通：《鄉土中國》，北京大學出版社，2012 年 10 月版。

104. 宗白華：《美學散步》，上海人民出版社，1981 年 6 月版。

105. 宗白華：《美學與藝術》，華東師範大學出版社，2013 年 9 月版。

106. 陳思和：《文學史理論的新探索（思和文存第二卷）》，黃山出版社，2013 年 1 月版。

107. 陳思和：《中國當代文學關鍵詞十講》，復旦大學出版社，2002 年版。

108. 陳思和：《理解九十年代》，人民文學出版社，1996 年版。

109. 陳思和：《不可一世論文學》，人民文學出版社，2003 年 12 月版。

110. 王曉明：《二十世紀中國文學史論》（修訂版），上海東方出版中心，2003 年版。

111. 王曉明：《潛流與漩渦》，中國社會科學出版社，1991 年版。

112. 王曉明：《王曉明自選集》，廣西師範大學出版社，1997 年 9 月版。

113. 王曉明：《人文精神尋思錄》，文匯出版社，1996 年版。

114. 王曉明、周展安編：《中國現代思想文選》，上海書店出版社，2013 年 4 月版。

115. 王光東：《民間理念與當代情感》，廣西師範大學出版社，2003 年 4 月版。

116. 王光東等著：《20 世紀中國文學與民間文化》，復旦大學出版社，2007 年版。

117. 王光東：《民間的意義》，吉林出版集團有限責任公司，2009 年 10 月版。

118. 王光東主編：《中國現當代鄉土文學研究（上下卷）》，東方出版中心，2011 年 3 月版。

119. 王光東：《溪畔的入思》，山東友誼出版社，2006 年 1 月版。

120. 王光東：《樸素之約》，e 批評叢書，山東文藝出版社，2004 年 5 月版。

121. 張煒、王光東：《張煒王光東對話錄》，蘇州大學出版社，2003 年 12 月版。

122. 蔡翔：《革命／敘述：中國社會主義文學——文化想像（1949～1966）》，北京大學出版社，2010 年 8 月版。

123. 葛紅兵《中國文學的情感狀態》，e 批評叢書，山東文藝出版社，2008 年 1 月版。

124. 葛紅兵：《小說類型學的基本理論問題》，上海大學出版社，2012 年 8 月版。

125. 曾軍：《文化批評教程》，上海大學出版社，2008 年 10 月版。

126. 趙靜蓉：《懷舊——永恆的文化鄉愁》，商務印書館，2009 年版。

127. 王堯、林建法主編：《中國當代文學批評大系一九四九～二○○九》（全六卷），蘇州大學出版社，2012 年 6 月版。

128. 孔範今、施戰軍主編；陳晨編選《中國新時期新文學史研究資料》，（上、中、下），山東文藝出版社，2006 年 4 月版。

129. 吳義勤主編；房偉、胡健玲編選《中國新時期小說研究資料》，（上），山東文藝出版社，2006 年 4 月版。

130. 胡健玲主編；陳振華編選《中國新時期小說研究資料》，（中），山東文藝出版社，2006 年 4 月版。

131. 胡健玲主編；王永兵編選《中國新時期小說研究資料》，（下），山東文藝出版社，2006 年 4 月版。

132. 孔範今，施戰軍主編；路曉冰編選：《莫言研究資料》，山東文藝出版社，2006 年版。

133. 孔範今、施戰軍主編；黃軼編選：《張煒研究資料》，山東文藝出版社，2006 年 5 月版。

134. 雷達主編；梁穎編選：《賈平凹研究資料》，山東文藝出版社，2006 年 5 月版。

135. 吳義勤主編；王志華、胡健玲編選：《王安憶研究資料》，山東文藝出版社，2006 年 5 月版。

136. 程金城：《原型批判與重釋》，甘肅人民美術出版社，2008 年版。

137. 《讀書》雜誌組編：《重構我們的世界圖景》，生活‧讀書‧新知三聯書店，2007 年 9 月版。

138. 洪子誠：《問題與方法》，三聯出版社，2002 年版。

139. 王德威：《想像中國的方法：歷史小說敘事》，三聯書店，2003 年版。

140. 王德威：《當代小說二十家》，三聯書店，2006 年版。

141. 孟繁華：《眾神狂歡——當代中國的文化衝突問題》，今日中國出版社，1997 年版。

142. 孟繁華、程光煒：《中國當代文學發展史》（修訂版），人民文學出版社，2011 年 10 月版。

143. 李歐梵：《現代性的追求》，人民文學出版社，2010 年版。

144. 李歐梵：《上海摩登》，北京大學出版社，2001 年 12 月版。

145. 李歐梵：《鐵屋中的吶喊》，人民文學出版社，2010 年 9 月版。

146. 葉朗：《現代美學體系》，北京大學出版社，1999 年版。

147. 陳曉明：《中國當代文學主潮》（第二版），北京大學出版社，2013 年 9 月版。

148. 陳曉明：《表意的焦慮——歷史祛魅與當代文學變革》，中央編譯出版社，2003 年版。

149. 汪暉：《死火重溫》，人民文學出版社，2000 年版。

150. 汪暉：《反抗絕望：魯迅及其文學世界》，生活‧讀書‧新知三聯書店，2008 年 7 月版。

151. 汪暉：《去政治化的政治：短 20 世紀的終結與 90 年代》，生活‧讀書‧新知三聯書店，2008 年 5 月版。

152. 汪暉：《東西之間的「西藏問題」》，生活‧讀書‧新知三聯書店，2014 年 8 月版。

153. 曹錦清：《如何研究中國》，上海人民出版社，2010 年 4 月版。

154. 陳旭麓：《近代中國社會的新陳代謝》，中國人民出版社，2012 年 6 月版。

155. 張京媛主編：《新歷史主義與文學批評》，北京大學出版社，1993 年版。

156. 許紀霖：《二十世紀中國思想史論》（上、下），東方出版中心，2002 年版。

157. 許紀霖主編：《公共性與知識分子》（第一輯），江蘇人民出版社，2003 年版。

158. 張清華：《中國當代先鋒文學思潮論》，江蘇文藝出版社，1997 年版。

159. 丁帆：《中國鄉土小說史》，北京大學出版社，2007 年版。

160. 郜元寶：《魯迅六講》，北京大學出版社，2007 年 1 月版。

161. 郜元寶：《在失敗中自覺》，中國人民大學出版社，2004 年 5 月版。

162. 郜元寶：《說話的精神》，e 批評叢書，山東文藝出版社，2004 年 5 月版。

163. 洪治綱：《無邊的遷徙》，e 批評叢書，山東文藝出版社，2004 年 5 月版。

164. 吳義勤：《告別虛偽的形式》，e 批評叢書，山東文藝出版社，2004 年 5 月版。

165. 謝有順：《先鋒就是自由》，e 批評叢書，山東文藝出版社，2004 年 5 月版。

166. 陳曉明：《表意的焦慮》，中央編譯出版社，2002 年版。

167. 陳曉明：《無邊的挑戰》，廣西師範大學出版社，2004 年 1 月版。

168. 周立民：《世俗生活與精神超越》，上海文藝出版社，2011 年版。

169. 周立民：《精神探索與文學敘述：新世紀文學論稿》，廣西師範大學出版社，2008 年版。

170. 徐復觀：《中國藝術精神》，商務印書館，2010 年版。

171. 鄭汶：《尋找失落的精神家園》，雲南大學出版社，2010 年版。

172. 唐君毅：《中國人文精神之發展》，廣西師範大學出版社，2005 年版。

173. 雷啟立：《在呈現中建構：傳媒文化與當代中國人精神生活研究》，上海文化出版社，2007 年版。

174. 陳嘉明：《現代性與後現代性十五講》，北京大學出版社，2006 年版。

175. 戴錦華：《隱形書寫——九十年代中國文化研究》，江蘇文藝出版社，1999 年版。

176. 劉夢溪：《中國現代學術要略》，生活·讀書·新知三聯書店，2008 年 1 月版。

177. 羅崗、倪文尖：《90 年代思想文選》（第三卷），廣西人民出版社，2000 年 7 月版。

178. 陳平原：《小說史：理論與實踐》，北京大學出版社，2010 年 1 月版。

179. 陳平原：《中國小說敘事轉型》，北京大學出版社，2010 年 1 月版。

180. 趙園：《趙園自選集》，廣西師範大學出版社，1999 年 3 月版。

181. 楊義：《中國敘事學》（圖文版），人民出版社，2009 年 5 月版。

182. 吳義勤、李洱主編：《文學現場對話錄》，北京大學出版社，2013 年 6 月版。

183. 邵燕君：《新世紀文學脈象》，安徽教育出版社，2011 年 4 月版。

184. 逄增玉：《文學現象與文學史風景》，商務印書館，2011 年 3 月版。

185. 王輝：《穿越文本——20 世紀中國文學的兩級閱讀》，社會科學文獻出版社，2006 年版。

186. 王輝：《純然與超越——張煒小說創作論》，中國社會科學出版社，2007 年版。

187. 吳曉東：《從卡夫卡到昆德拉——20 世紀小說和小說家》，生活·讀書·新知三聯書店，2003 年 8 月版。

188. 曹文軒：《二十世紀末中國文學現象研究》，作家出版社，2003 年 1 月版。

189. 王堯、林建法主編：《我為什麼寫作——當代著名作家講演集》，鄭州大學出版社，2005 年 5 月版。

190. 黃修己：《中國新文學史編撰史》，北京大學出版社，2007 年 10 月版。

191. 魯樞元：《創作心理研究》，黃河文藝出版社，1985 年 7 月版。

192. 任一鳴：《後殖民：批評理論與文學》，外語教學與研究出版社，2008 年 2 月版。

193. 韓魯華：《精神的映像——賈平凹文學創作論》，中國社會科學出版社，2003 年 10 月版。

194. 楊豔伶：《藏地漢語小說視野中的阿來》，社會科學文獻出版社，2015 年 6 月版。

195. 張鈞：《小說的立場——新生代作家訪談錄》，廣西師範大學出版社，2002 年 2 月版。

196. 陳國和：《1990 年代以來鄉村小說的當代性》，中國社會科學出版社，2008 年版。

197. 華霄穎：《市民文化與都市想像——王安憶上海書寫研究》，上海文化出版社，2009 年 10 月版。

198. 閻秋霞:《現實的堅守與焦慮——轉型期山西文學研究》,山西人民出版社,2014 年 12 月版。

199. 布小繼、李直飛、蘇宏:《張愛玲沈從文賈平凹文化心理研究》,四川大學出版社,2011 年 5 月版。

200. 何丹萌:《見證賈平凹》,安徽文藝出版社,2011 年 8 月版。

201. 孫見喜:《賈平凹傳》,上海人民出版社,2008 年 1 月版。

202. 莫言、王堯:《莫言王堯對話錄》,蘇州大學出版社,2003 年版。

203. 葉開:《莫言評傳》,河南文藝出版社,2008 年 4 月版。

204. 張志忠:《莫言論》,北京聯合出版公司,2012 年 12 月版。

205. 王安憶:《心靈世界:王安憶小說講稿》,復旦大學出版社,2007 年 11 月版。

206. 李斌、程桂婷:《莫言批判》,北京理工大學出版社,2013 年 4 月版。

207. 張志忠:《莫言論》,北京聯合出版公司,2012 年 12 月版。

208. 葉開:《莫言評傳》,河南文藝出版社,2008 年 4 月。

209. 梁海:《阿來文學年譜》,復旦大學出版社,2014 年 8 月版。

二、學術論文(部分)

1. 李忠:《九十年代中國散文的懷舊主題研究》,南京師範大學碩士論文,2013 年。

2. 陳萍:《現代性批判中的懷鄉》,陝西師範大學碩士學位論文,2010 年。

3. 梅娟《永恆的鄉愁——生態文學中的鄉土懷舊意識研究》,上海師範大學碩士論文,2012 年。

4. 肖珩:《漂泊與懷鄉——徐則臣小說簡論》,東北師範大學碩士論文,2009 年。

5. 韓玉潔:《作家生態位與 20 世紀中國鄉土小說的生態意識》,蘇州大學博士論文,2009 年。

6. 葉君:《農村、鄉土、家園、荒野——論中國當代作家的鄉村想像》,華中師範大學博士論文,2004 年。

7. 賈永平:《審美中的懷舊現象研究》,西北師範大學的碩士論文,2012 年。

8. 李春霞:《唐代懷鄉詩研究》,哈爾濱師範大學博士論文,2012 年。

9. 劉麗萍：《90 年代以來電影敘事中的上海懷舊現象研究》，上海社會科學院碩士論文，2006 年。

10. 陳桃霞：《文學中的「上海懷舊」現象分析》，華中師範大學碩士論文，2008 年。

11. 孫銀鴿：《懷舊與新生──中國現當代家族小說的情感審美與影視改編》，河南大學碩士論文，2014 年。

12. 陳國恩、張健：《中國現代浪漫小說的懷鄉意識》，《廣西民族大學學報》（哲學社會科學版），2007 年第 1 期。

13. 軒紅芹：《「向城求生」的現代化訴求──90 年代以來新鄉土敘事的一種考察》，《文學評論》，2006 年第 2 期。

14. 陳超：《一種離散的詩學：「鄉愁」的越界與現代性》，《文藝爭鳴》，2012 年第 12 期。

15. 陳超：《「鄉愁」的當代闡釋與意蘊嬗變──中國當代文學鄉土情結的心態尋蹤》，《當代文壇》，2011 年第 2 期。

16. 王光東、李雪林：《張煒的精神立場及其呈現方式──以九十年代長篇小說為例》，《當代作家評論》2002 年第 3 期。

17. 盧建紅：《「鄉愁」的美學──論中國現代文學的「故鄉書寫」》，《華南師範大學學報》（社會科學版），2012 年第 1 期。

18. 種海峰：《當代中國文化鄉愁的歷史生成與現實消彌》，《天府新論》，2008 年第 4 期。

19. 張自春：《「城市懷鄉」的實感書寫──笛安小說論》，《南方文壇》，2015／03。

20. 周明鵑：《論中國現代散文的懷鄉情結》，《中國文學研究》，2005／01。

21. 丁國強：《懷鄉與孤獨》，《讀書》，2001／11。

22. 王秀杰：《「逆向精靈」：遲子建現代懷舊中的人文關懷》，《河南社會科學》，2009／06。

23. 劉春：《鄉土、鄉俗與鄉愁：〈秦腔〉的風俗世界》，《文藝爭鳴》，2012／10。

24. 袁國興：《鄉愁小說的「做舊故鄉」和「城裏想像」》，《中國現代文學研究叢刊》，2010／05。

25. 李明燊：《喧囂背後的鄉愁——以新世紀鄉土小說及詩歌為例》，《南京師大學報（社會科學版）》，2015／02。

26. 謝有順：《從「文化」的鄉愁到「存在」的鄉愁——先鋒文學對鄉土文學的影響考察之一》，《文藝爭鳴》，2015／10。

27. 廖開順：《「鄉愁」文學的文化闡釋》，《山東師大學報（社會科學版）》，2000／06。

28. 陳超：《一種離散的詩學：「鄉愁」的越界與現代性》，《文藝爭鳴》2012／12。

29. 張放：《中國古代文論話語中的「鄉愁」及其詩學特徵》，《江西社會科學》2010／11。

30. 金赫楠：《鄉土·鄉愁，與80後小說寫作——以顏歌、甫躍輝、馬金蓮為例》，《南方文壇》2016／02。

31. 于曼：《無奈的精神還鄉——讀賈平凹的長篇新作〈高老莊〉》，《小說評論》，1999／01。

32. 李自國：《論賈平凹小說創作的家園意識》，《當代文壇》，2000／06。

33. 李偉：《賈平凹鄉土小說的家園意識》，《重慶社會科學》，2013／05。

34. 程華：《賈平凹〈帶燈〉的生態反思主題》，《小說評論》，2013／04。

35. 汪榮：《史詩的重構與返鄉的書寫——論阿來的長篇小說〈格薩爾王〉》，《民族文學研究》2014／05。

36. 曹長英：《「融入野地」的生態理想——張煒小說中的生態意識》，《文藝爭鳴》，2012／06。

37. 汪樹東：《生態意識與張煒文學創作》，《南京師範大學文學院學報》，2008／04。

38. 李詠吟：《莫言與賈平凹的原始故鄉》，《小說評論》，1995／03。

39. 丹珍草：《嘉絨藏區自然地理與阿來文學創作》，《民族文學研究》，2015／05。

40. 邱詩越：《原鄉的變奏——阿來小說創作探析》，《南昌大學學報（人文社會科學版）》，2015／03。

41. 王曉明：《從「淮海路」到「梅家橋」——從王安憶小說創作的轉變談起》，《文學評論》，2002／03。

42. 張新穎：《一物之通，生機處處——王安憶《天香》的幾個層次》，《當代作家評論》，2011／04。

43. 倪文尖：《上海／香港：女作家眼中的「雙城記」——從王安憶到張愛玲》，《文學評論》，2002／01。

44. 羅崗：《尋找消失的記憶——對王安憶〈長恨歌〉的一種疏解》，《當代作家評論》，1996／05。

三、文學作品（部分）

1. 賈平凹：《商州》，譯林出版社，2012 年 9 月版。

2. 賈平凹：《浮躁》，譯林出版社，2012 年 6 月版。

3. 賈平凹：《廢都》，北京出版社，1993 年版。

4. 賈平凹：《白夜》，譯林出版社，2012 年 8 月版。

5. 賈平凹：《妊娠　土門》，譯林出版社，2012 年 8 月版。

6. 賈平凹：《高老莊　懷念狼》，譯林出版社，2012 年 7 月版。

7. 賈平凹：《雞窩窪人家》，譯林出版社，2012 年 7 月版。

8. 賈平凹：《秦腔》，作家出版社，2012 年 1 月版。

9. 賈平凹：《高興》，譯林出版社，2012 年 6 月版。

10. 賈平凹：《病相報告》，譯林出版社，2012 年 7 月版。

11. 賈平凹：《我是農民》，譯林出版社，2012 年 9 月版。

12. 賈平凹：《商州》，譯林出版社，2015 年版。

13. 賈平凹：《土爐》，人民文學出版社，2011 年 1 月版。

14. 賈平凹：《帶燈》，人民文學出版社，2013 年 1 月版。

15. 賈平凹：《老生》，人民文學出版社，2014 年 9 月版。

16. 賈平凹：《極花》，《人民文學》，2016 年第 1 期。

17. 莫言：《紅高粱家族》，上海文藝出版社，2008 年 8 月版。

18. 莫言：《酒國》，湖南文藝出版社，1993 年 2 月版。

19. 莫言：《豐乳肥臀》，北京十月文藝出版社，2010 年 1 月版。

20. 莫言：《檀香刑》，長江文藝出版社，2010 年 6 月版。

21. 莫言：《四十一炮》，上海文藝出版社，2008 年 8 月版。

22. 莫言：《生死疲勞》，上海文藝出版社，2008 年 8 月版。

23. 莫言：《天堂蒜薹之歌》，作家出版社，2011 年 11 月版。

24. 莫言：《蛙》，上海文藝出版社，2009 年 12 月版。

25. 莫言：《莫言散文新編》，文化藝術出版社，2010 年 2 月版。

26. 莫言：《莫言對話新錄》，文化藝術出版社，2010 年 2 月版。

27. 莫言：《莫言講演新編》，文化藝術出版社，2010 年 2 月版。

28. 莫言：《白狗秋韆架》，作家出版社，2012 年 11 月版。

29. 莫言：《與大師約會》，作家出版社，2012 年 11 月版。

30. 莫言：《歡樂》，作家出版社，2012 年 11 月版。

31. 莫言：《懷抱鮮花的女人》，作家出版社，2012 年 11 月版。

32. 莫言：《師傅越來越幽默》，作家出版社，2012 年 11 月版。

33. 張煒：《古船》，人民文學出版社，1987 年 8 月版。

34. 張煒：《九月寓言》，作家出版社，2009 年 4 月版。

35. 張煒：《外省書》，花城出版社，2005 年 1 月版。

36. 張煒：《醜行或浪漫》，作家出版社，2013 年 8 月版。

37. 張煒：《能不憶蜀葵》，作家出版社，2013 年 8 月版。

38. 張煒：《刺蝟歌》，人民文學出版社，2007 年 1 月版。

39. 張煒：《你在高原》包括 10 部小說：

　　張煒：《家族》，作家出版社，2010 年 4 月版。

　　張煒：《橡樹路》，作家出版社，2010 年 4 月版。

　　張煒：《海客談瀛洲》，作家出版社，2010 年 4 月版。

　　張煒：《鹿眼》，作家出版社，2010 年 4 月版。

　　張煒：《憶阿雅》，作家出版社，2010 年 4 月版。

　　張煒：《我的田園》，作家出版社，2010 年 4 月版。

　　張煒：《人的雜誌》，作家出版社，2010 年 4 月版。

　　張煒：《曙光與暮色》，作家出版社，2010 年 4 月版。

　　張煒：《荒原紀事》，作家出版社，2010 年 4 月版。

　　張煒：《無邊的游蕩》，作家出版社，2010 年 4 月版。

40. 張煒：《芳心似火》，作家出版社，2009 年 1 月版。

41. 張煒：《精神的絲縷：張煒的傾訴與欣悅》，上海人民出版社，1996。

42. 張煒：《葡萄園暢談錄》，作家出版社，2014 年 11 月版。

43. 張煒：《遊走：從少年到青年》，廣西師範大學出版社，2012 年 8 月版。

44. 張煒：《築萬松浦記》，青島出版社，2010 年 1 月。

45. 張煒：《詩性的源流》，文匯出版社，2006 年 1 月版。

46. 張煒：《告訴我書的消息》，新華出版社，2012 年 2 月版。

47. 張賢亮：《張賢亮精選集》，北京燕山出版社，2013 年 1 月版。

48. 古華：《芙蓉鎮》，人民文學出版社，1981 年版。

49. 王安憶：《王安憶精選集》，北京燕山出版社，2011 年 4 月版。

50. 王安憶：《紀實與虛構》，人民文學出版社，1993 年 6 月版。

51. 王安憶：《上種紅菱下種藕》，雲南人民出版社，2013 年 1 月版。

52. 王安憶：《長恨歌》，南海出版公司，2003 年 8 月版。

53. 王安憶：《富萍》，上海文藝出版社，2005 年版。

54. 王安憶：《米尼》，雲南人民出版社，2009 年 9 月版。

55. 王安憶：《天香》，《收穫》，2011 年第 1、2 期。

56. 王安憶：《匿名》，《收穫》，2015 年第 5、6 期。

57. 王安憶：《王安憶說》，湖南文藝出版社，2003 年版。

58. 王安憶：《啟蒙時代》，人民文學出版社，2007 年 4 月版。

59. 王安憶：《傷心太平洋》，黃山出版社，2010 年 4 月版。

60. 王安憶：《流水三十章》，人民文學出版社，2004 年 6 月版。

61. 王安憶：《桃之夭夭》，北京聯合出版公司，2014 年 11 月版。

62. 王安憶：《黑弄堂》（短篇小說年編　卷四），人民文學出版社，2009 年 1 月版。

63. 王安憶：《雅致的結構》，上海書店出版社，2011 年版。

64. 王安憶：《心靈世界：王安憶小說講稿》，復旦大學出版社，2007 年版。

65. 阿來：《靈魂之舞》，人民文學出版社，2013 年 1 月版。

66. 阿來：《看見》，湖南文藝出版社，2011 年 7 月版。

67. 阿來：《寶刀》，作家出版社，2009 年 9 月版。

68. 阿來：《看見》，湖南文藝出版社，2011 年 7 月版。

69. 阿來：《空山 1》，人民文學出版社，2005 年 5 月版。

70. 阿來：《空山 2》，人民文學出版社，2007 年 1 月版。

71. 阿來：《空山 3》，人民文學出版社，2009 年 1 月版。

72. 阿來：《塵埃落定》，作家出版社，2009 年 4 月版。

73. 阿來：《格拉長大》，東方出版中心，2007 年 8 月版。

74. 阿來：《遙遠的溫泉》，四川民族出版社，2005 年 1 月版。

75. 阿來：《奧達的馬隊》，四川民族出版社，2005 年 1 月版。

76. 阿來：《就這樣日益豐盈》，解放軍文藝出版社，2002 年 1 月版。

77. 阿來：《川藏》，華東師範大學出版社，2008 年 11 月版。

78. 阿來：《草原上的太陽》，四川科學技術出版社，2013 年 7 月版。

79. 阿來：《大地的階梯》，南海出版公司，2008 年 1 月版。

80. 阿來：《草木的理想國》，江蘇人民出版社，2012 年 4 月版。

81. 阿來：《阿來文集　詩文卷》，人民文學出版社，2001 年 8 月版。

82. 阿來：《格薩爾王》，重慶出版社，2009 年 9 月版。

83. 阿來：《瞻對》，四川文藝出版社，2014 年 1 月版。

84. 路遙：《人生》，北京十月文藝出版社，2012 年 3 月版。

85. 路遙：《平凡的世界》（共三部），北京十月文藝出版社，2012 年 3 月版。

86. 陳忠實：《白鹿原》，人民文學出版社，1993 年 6 月版。

87. 閻連科：《風雅頌》，雲南人民出版社，2012 年 4 月版。

88. 寧肯：《三個三重奏》，《收穫》，2014 年第 2 期。

89. 遲子建：《額爾古納河右岸》，《收穫》，2005 年第 6 期。

90. 格非：《人面桃花》，作家出版社，2009 年 9 月版。

91. 格非：《山河入夢》，譯林出版社，2012 年 4 月版。

92. 格非：《春盡江南》，上海文藝出版社，2011 年版。

93. 蘇童：《黃雀記》，《收穫》，2013 年第 4 期。

94. 蘇童：《碧奴》，重慶出版社，2014 年 11 月版。

95. 蘇童：《河岸》，人民文學出版社，2009 年 4 月版。

96. 蘇童：《蘇童小說精選》，西南師範大學出版社，1993 年 4 月版。

97. 蘇童：《刺青時代》，長江文藝出版社，1993 年 6 月版。

98. 蘇童：《我的帝王生涯》，花城出版社，1993 年版。

99. 余華：《許三觀賣血記》，上海文藝出版社，2004 年版。

100. 余華：《活著》，上海文藝出版社，2004 年 5 月版。

101. 余華：《細雨中的呼喊》，作家出版社，2012 年版。

102. 余華：《兄弟》，上海文藝出版社，2006 年版。

103. 余華：《第七天》，新星出版社，2013 年 6 月版。

104. 余華：《現實一種》，作家出版社，2012 年 9 月版。

105. 史鐵生：《務虛筆記》，作家出版社，2009 年 5 月版。

106. 李銳：《銀城故事》，人民文學出版社，2008 年 1 月版。

107. 李銳：《舊址》，作家出版社，2009 年 9 月版。

108. 劉震雲：《故鄉天下黃花》，中國青年出版社，1991 年 8 月版。

109. 劉震雲：《故鄉相處流傳》，華藝出版社，1993 年 3 月版。

110. 劉震雲：《故鄉麵和花朵》，華藝出版社，1998 年 9 月版。

111. 劉震雲：《手機》，作家出版社，2009 年 7 月版。

112. 劉震雲：《我叫劉躍進》，作家出版社，2009 年 6 月版。

113. 劉震雲：《我不是潘金蓮》，長江文藝出版社，2012 年 8 月版。

114. 劉震雲：《溫故一九四二》，人民文學出版社，2009 年 3 月版。

115. 劉震雲：《一句頂一萬句》，長江文藝出版社，2009 年 3 月版。

116. 閻連科：《炸裂志》，上海文藝出版社，2013 年版。

117. 閻連科：《堅硬如水》，雲南人民出版社，2013 年版。

118. 韓少功：《日夜書》，《收穫》，2013 年第 2 期。

119. 韓少功：《馬橋詞典》，作家出版社，2011 年 5 月版。

120. 李洱：《花腔》，人民文學出版社，2002 年 1 月版。

121. 李一清：《父老鄉親》，四川文藝出版社，1996 年 10 月版。

122. 李一清：《農民》，四川文藝出版社，2004 年 1 月版。

123. 李一清：《傻子一隻眼》，大眾文藝出版社，2009 年 8 月版。

124. 李一清：《木鐸》，作家出版社，2011 年 1 月版。

125. 畢飛宇：《推拿》，人民文學出版社，2008 年 9 月版。

126. 陳染：《與往事乾杯》，江蘇文藝出版社，1996 年 12 月版。

127. 陳染：《私人生活》，江蘇文藝出版社，1996 年 12 月版。

128. 陳染：《沉默的左乳》，江蘇文藝出版社，1996 年 12 月版。

129. 陳染:《女人沒有岸》,江蘇文藝出版社,1996 年 12 月版。

130. 衛慧:《上海寶貝》,春風文藝出版社,1999 年版。

131. 李銳:《張馬丁的第八天》,《收穫》,2011 年第 4 期。

132. 六六:《心術》,《收穫》,2010 年第 4 期。

四、學術雜誌(部分)

1. 《文學評論》。

2. 《當代作家評論》。

3. 《小說評論》。

4. 《文藝爭鳴》。

5. 《當代文壇》。

6. 《南方文壇》。

7. 《人大複印資料:中國現當代文學研究》。

致　謝

　　2013 年 9 月，我開始了在上海大學攻讀博士學位的學習。學習期間，我有幸聆聽到中文系很多博士生導師的課，這對於優化自己的學術思維很有幫助。這些導師是王曉明教授、蔡翔教授、葛紅兵教授、陳曉蘭教授、曾軍教授、董乃斌教授、董麗敏教授、邵炳軍教授、楊緒容教授、楊逢彬教授、程琪龍教授等。博士學習階段，的確對於打開學術視野和思想視野很有幫助。學校地處中國最為現代的國際都市大上海，能經常有機會聆聽國內外一流學者的講學。

　　學校良好的學術氛圍，讓我得以迅速地進入到學術前沿思考專業領域內的學術問題。我的博士論文最初從當代文學與精神建構方面找題目。起初，我選擇的題目因為大而空泛而被導師否定了。接著，我想做作家作品論。先是選擇阿來作為研究對象，導師希望我從少數民族文學的角度研究，我覺得自己難以完成這個題目，因為自己沒有這方面的生命體驗和學術積累。後來，我的博士論文題目又調整為「50 後」作家研究。不過籠統的「50 後作家研究」，沒有進入的角度，無法深入。臨近預開題時，我從「50 後作家」創作與故鄉之間的關係來設計博士論文。在預開題的會上，中文系的現當代文學專業的博士生導師們給我提出了很多有啟發的意見和建議。後來，開題報告幾經否定和反覆修改，在正式開題報告會之後，我的博士論文題目確定為《1990 年代以來中國當代小說懷鄉問題研究》。

　　博士在讀期間，我積極參加各種學術活動。文化聯合課程，羅崗、倪文尖、薛毅等老師的課，我都聽了。此外，溫鐵軍先生、程光煒先生、李敬澤先生、李鳳亮先生、王杰先生、王亮先生等在上海大學的學術報告，我也都聆

聽了。楊煉、陳丹燕、金來順等詩人、作家的文學講座，我也參加了。我們幾個博士生還舉辦了賈平凹的長篇小說《老生》作品研討會，在《文學報》等報刊發表了相關文章。我還積極和當代作家的互動，比如四川作協副主席李一清，四川作家安昌河等。在讀期間，我做得比較多的是文學批評實踐。我撰寫了有關張煒、莫言、王安憶、賈平凹、韓少功等作家作品的文學批評；撰寫了 2015 年的文學研究綜述等。有不少學術實踐，都是在導師指導下進行的。博士學習期間有 6 篇學術論文發表。

博士學習期間，我更為深入地研究了中國歷史，特別是當代史，也系統地學習了中西方哲學史的相關內容。在對現代都市的觀察和思考方面，在對人性的深入理解方面，同入學前相比，有了較大的進展。這些都促成了我思想和學術上的成長。學習期間，我還擁有一個經常能坐到一起來交流的朋友圈。我們討論思想和專業等，能夠辯論，能較為深入地探討問題。我很喜歡這種學術氛圍。

論文寫作之前，我較為系統地閱讀新時期以來作家的經典作品，特別是對賈平凹、莫言、張煒、阿來、王安憶等人的小說，我通讀了他們的大部分作品。此外，我還閱讀了余華、蘇童、格非，以及遲子建、劉震雲、閻連科等作家的作品。與此同時，我還到圖書館查閱了相關的文獻資料，瞭解前人在相關研究上有哪些成果，我還把中國知網上的有關學術期刊論文和碩博士學位論文都下載來閱讀、思考、辨析，其中有的研究成果的論述被引用到我的論文當中。前人的研究只是對於我論述問題有所幫助，然而，論文的立論和具體的論述還得靠自己努力。在導師的指導幫助下，我設計好論文結構框架，之後就放手寫作。

在論文的寫作過程中，遭遇了不少困難。雖說我有寫學術專著的經驗，但要在十多萬字的篇幅中做一篇博士論文，對我仍是一個嚴峻的考驗。在博士論文的寫作過程中，我是寫寫停停，停停寫寫。每一個寫作階段暫停，我會明顯地感覺到某方面知識的欠缺，我必須繼續去查閱文獻資料，繼續閱讀文學作品，通過學習思考提高，接著再寫作博士論文。大概是在 2015 年 12 月中旬，我終於把博士論文稿子寫出來了，博士論文稿打印好後，交給了導師批閱。最初，我以為自己大功告成了。哪知博士論文的修改竟然要費很多時間和精力。導師多次給我提出了精闢的修改意見，經過艱辛的反覆修改，終於完成博士論文的寫作。

學習期間頗為艱難。我曾經奔波於上海和四川之間的漫長的鐵路線上，難忘那些在列車上讓人備受煎熬的夜晚。由於我專心於博士階段的學習，很多的事情都由家人承擔，我真是感到萬分愧疚。為了能夠助我完成學業，我的家人在經濟上，在生活上，都為我付出了很多，內心真是非常感激。現在我終於完成了博士階段的學習任務，內心多少感到一絲欣慰。感謝我的家人，有了你們在我背後的強力支持，我得以順利完成這份艱難的學業。

在我交出這份淺陋的博士論文時，我想我能夠完成學業，是因為得到了很多人的幫助和支持。在這裡，我要鄭重地向大家表示我誠摯的謝意。

本書是在我的導師王光東教授的悉心指導下完成的。王老師為人謙和，待人寬容，頗有君子風度，他追求的是真正的文學人生。對於我這個學生，他總能夠因材施教，指導我論文寫作，總能一語中的，切中要害，該糾正和否定的，從不含糊，對於我論文的微小進步，總是不吝鼓勵。由於老師關懷備至，由於老師的鞭策，我得以順利完成學業。如果論文取得了某些成績，首先應歸功於王老師的精心指導，而論文存在的不足，很顯然是因為我自身學力的欠缺，讓我尚且未能達到王老師的要求。今後我將繼續在學術上努力、前進，以不辜負學校和老師們的培養。在這論文完成的日子裏，我要衷心感謝王老師在我學習期間給予的親切關懷和耐心細緻的指導！

我還要真誠地感謝所有關心、支持和幫助過我的老師、同學、朋友和親人，因為有你們生活在我的身邊，陪伴走過我人生的一段段路程，我才得以順利完成博士階段的學習。我要衷心感謝上文提及的全體老師！王輝教授、宋炳輝教授、畢光明教授、李怡教授、梁中傑教授、毛克強教授、郭五林教授、資建民教授、王明元教授、李一清先生、美國的康教授等對我的親切關懷，在這裡一併表示深深的謝意！感謝我的碩士生導師何希凡教授，感謝他對我學術成長的關心！需要感謝的人真是很多，這一長串的名字還包括郭黨生老師、廖倫忠先生、王枚生、郭文松、趙尚武、黃振華、郭檢生、郭曉敏、呂述明、黃其淮、何絢、鍾華友博士、龔奎林博士、林曉華博士、譚光輝教授、劉旭東博士、杜鳳鳴、任軍博士、郭愛平、葉祥財博士、肖智輝、劉衛平、安昌河先生、何李新博士、楊國華、譚官德主任、梁光焰博士、張惠民、代利博士、楊位儉博士、周志雄教授、房偉博士等，以及我博士學習期間的同學徐峰、賈魯華、鄧劍、雷勇、李清華、黃立一、袁劍、李廣旭、易永誼、左安秋等等。衷心謝謝你們！

　　我要感謝四爺、姑姑、姑父；大舅、二舅、姨媽、姑媽；表哥、大姐、二姐等親人。我還要再次感謝我的家人，在我學術成長的道路上，你們默默奉獻，在生活上給了我很大的支持和鼓勵，是你們給予我努力學習的信心和力量！在我完成博士學業的時候，藉此機會，衷心感謝你們，祝你們身體健康！平安快樂！

郭名華

2016 年 5 月

上大博士生公寓 I3-605#

後　記

　　能夠進入著名學者李怡先生主編的學術叢書，作為作者的我，感到非常榮幸。李怡教授當年多次來到我讀研究生的學校講學，我有幸聆聽了他對文學研究的精彩演講。特別是其中有一次，他連續近一個星期給我們講授研究方法與研究心得，讓我們深受教益。時間過去了十數年，李怡先生給我留下的深刻記憶未曾忘卻。如今以出版這種方式和主編李怡先生聯繫在一起，在我看來，是通過我的學術實踐在回應當年延伸出來的學術脈絡。因而，我首先要向李怡先生謹致謝忱。

　　博士畢業後，離開上海已經有五六年了，然而，上海大學的諸位先生對我的影響，一直都在。董乃斌先生是中國古代文學敘事研究的大家，他儒雅而謹嚴，對我們每個學生都進行了精當的點評；楊逢彬先生語言學研究有著深厚的家學淵源，反覆在課堂上強調，研究必須使用最好的方法；邵炳軍先生從《詩經》的研究談他的研究理路和方法；楊緒容教授解讀《西廂記》真是活色生香，認識到文學研究也可以做得麻辣鮮香，讓人倍感她的大膽和潑辣；程琪龍先生的口音有著西洋味道，讓我們認識到關鍵在於知識創造，要能夠耐煩研究的目前似乎是「沒用」的東西。曾軍先生的巴赫金研究引領我們拓寬到世界視野，他分析《俄狄浦斯王》，沒有僅僅侷限在弗洛伊德精神分析學的闡釋，啟發我們從幾乎所有的思想內容和藝術形式分析的許多層面上進行藝術闡釋，拓展了我們的思維，解放了文學研究思維，讓我們進入到幾乎全息多樣化多角度文學研究中去。葛紅兵先生在富有激情地介紹他處於全國領先水平的創意寫作理論研究與實踐之前，以宏闊的視野和雄健的思想對中國現當代文學研究的問題進行了總結性的反思，發人深省，引人深思；董麗敏

教授文學研究的宏觀理論架構涵蓋了從文學內部研究和文學同社會聯繫的外部研究，讓我想到了文學和文學研究介入社會功用和文學價值問題；陳曉蘭教授的比較文學視野，讓我們進入到主題學和形象學等理論與方法……王曉明先生的《文化研究前沿理論問題》給我們勾勒了中國八十年代以來的新意識形態的圖譜，中國當代文化研究的起點恐怕在於此，這個課堂上，我們接觸了查特吉的後殖民主義研究理論，非物質勞動的等理論；王曉明先生的《中國現代早期思想史》又從中國「三千年未遇之變局」開講，從現代性／化和資本主義兩個核心概念或者是兩條脈絡，對中國百年歷史發展進程進行了追根溯源，回到 20 世紀的前一二十年進行了回顧、探詢和辨析。

外來學者名流來到上海大學所作的報告也是一場場知識盛宴。《上海文化》主編吳亮先生，他在「城市的造訪者」演講中，並非懷舊地論述到巴爾扎克的作品在當前社會現實面前所展現的巨大魅力；深圳美術館長的報告，加深了我對三十年來中國油畫發展過程當中重要作品的理解，比如羅中立的名作《父親》等；著名經濟學家溫鐵軍先生不會以難懂的術語來忽悠人，相反，他講得深入淺出，內容直擊中國的房地產泡沫，同時，闡述了他在全球化浪潮中以及壓倒性的城市化進程當中的「三農」建設問題上的觀點，他們的「新農村建設」試點的實踐，讓人耳目一新，在地化本地化的理論介紹也讓人受到啟迪。

回憶在上海大學攻讀博士學位的日子，最難忘的是我的導師王光東先生。王老師是一位中國現當代文學學者，同時也是一名文學批評家。他從民間理論視角對中國現當代文學的研究，有著鮮明的學術特色。記得在上海大學求學期間，王老師帶領我們閱讀經典著作，展開學術討論交流，對學術研究一絲不苟，精益求精。這些都深刻地影響著我。如果說我在學術上有那麼一點進步的話，那是和王老師的精心指導有著密切關係的。畢業之後，我也一直在王老師的關切之中。我要向王老師表達最誠摯的感謝。

我的碩士生導師何希凡教授，是一名卓有成就的中國現當代文學學者。當年的研究生三年時光奠定了我的學術生涯基礎，我從何老師的學問中學到了很多。這次，何老師又撥冗作序，實在是包含了一份對弟子的深情。序言寫得非常精彩，讓我這本著作頓然有了蓬蓽生輝之感，其中有何老師對我著述的褒獎之詞，我自然深知尚有距離，那麼，我就當作是何老師對我的期許，在今後的學術研究與探索中孜孜以求吧。

　　近年來，我負責四川作家研究中心的工作，對著名作家、電視連續劇《唐明皇》小說原作者吳因易先生、小說家安昌河先生、散文家陳霽先生，詩人雨田先生、白鶴林先生、楊曉芸女士，小說家賀小晴女士等進行了研究，在《中國藝術報》等報刊發表了相應的評論文章。我的研究工作得到綿陽師院學院科研項目「新世紀中國當代文學的『鄉愁』主題研究」（項目編號：QD2017B006）和綿陽市社科聯「校地共建專項課題」科研項目「民間文化與川西北鄉土文學研究」（項目編號：2019MYTDZ08）的資助，謹此致謝。我要感謝王輝教授、楊榮宏先生、何琴音教授、廖勝教授對我工作的關切與支持。感謝楊嘉樂先生／女士，感謝在學術界享有盛譽的花木蘭文化事業有限公司。

　　我的親人和朋友一如既往地關心著我，我要在此再次表達我誠摯的感謝，你們是我得以前行的力量！

郭名華

2021.3.19.人和天地